U0104179

文學研究叢書・古典文學叢刊

賦寫帝國
——唐賦創作的文化情境與書寫意涵

吳儀鳳　著

本書第四章獲九十六年度國家科學委員會專題研究計畫補助（計畫編號：NSC 96-2411-H-259-010-）、第五章獲九十七年度國家科學委員會專題研究計畫補助（計畫編號：NSC 97-2410-H-259-032-）、附論第一章獲九十九年度國家科學委員會專題研究計畫補助（計畫編號：NSC 99-2410-H-259-073），謹此致謝。

自 序

　　自博士畢業任教後，逐漸展開另一段新的研究里程，因看《文苑英華》中的唐賦有值得研究之處，便陸續進行了一些相關的研究。〈歌功頌德型唐賦創作之社會因素考察〉是這方面研究的第一篇論文，之後又撰寫〈唐賦的自然書寫研究〉。這兩篇論文都是應好友丁亞傑學長之邀，參加元培科學技術學院國文組舉辦的「主題文學學術研討會」而作。然而不幸的是亞傑學長已於去年（二○一一年九月九日）猝然離開人世了。我們的傷痛也在時間的長河中逐漸癒合。看到兩本《主題文學學術研討會論文集》（由萬卷樓圖書公司出版）時，仍會思念故人。

　　感謝丁亞傑學長舉辦這些研討會，讓我被迫去寫出論文來，而他做事又能有始有終，還能堅持在資源十分有限的情況下出版論文集。這才留下了曾經有過的印記。生活中有太多東西，發生過卻只是隨風而逝，到後來沒有留下任何一點痕跡，一切就彷彿沒有發生過一樣！船過水無痕一般。

　　選擇唐賦進行研究，其實有很多的困難，因為文學研究素來多以作家為主，透過作品進入作家的生命中，是文學研究者最為習慣的研究方式。我自博士階段開始進行賦的研究，一直以來便遭遇不少選題上的困難。首先，是大家都被研究過了，如司馬相如、揚雄之類的知名賦家都已有很好的研究了。至於其他賦家，有作品量太少和生平不詳等問題，也難以成為長篇論文或長期研究的題目。博士論文時，找到以主題學切入的方式，研究禽鳥賦。之後約略知道有些前輩學者並不欣賞這種做法，後來我大約

能夠了解。我想：那是因為一般採主題學研究法進行研究時，有人會擔心研究者的視野受到侷限，跨作者與跨朝代的做法，會讓人擔心無法深入。主題學的研究方式有其優點，例如以京都賦來說，它可以從特定的主題類型的角度做跨時代、跨作者的研究，從中可以比較細緻地去看出前後作者、作品的影響、承襲與新變。每一個研究方法都各有它的利弊得失，實際還是要看研究者的自覺和具體的研究成果而定，不能一概而論。

　　我因碩士論文和博士論文都是採取主題學的研究方法，因此希望在接下來能有所改變和突破。我從賦篇的實際作品觀察，發現唐賦是作品豐富又材料也比較完整的一塊很好的研究寶地，因此擬從斷代的唐賦入手進行研究。然而唐賦既有的研究，多是以文本的寫作技巧、修辭、篇章技法等分析為主的研究，由於這並非我的興趣所在，因而試圖找到不同的切入點進行唐賦的研究。我感到興趣的仍是人的心靈，在詩文等文體的作品中這樣的研究並不困難，但是在賦這個文體的研究中，要去挖掘作者個人的心靈世界，就有一點困難了！我努力地爬梳和閱讀文本，賦篇中極罕見的有生命書寫的片段，我特別找了出來，但是這個部分材料實在太少，也不容易處理，因為作者生平不詳，作品創作的背景也不詳。於是只好去反思：「為什麼會如此？」的問題。這應該和唐賦的文體性質和文人寫作時的社會背景有關，於是撰寫了〈歌功頌德型唐賦創作的社會因素考察〉一文。而在〈唐賦的自然書寫研究〉一文中，觀察「唐賦如何去描寫自然？從哪些角度去呈現自然？」，從中逐漸發現這些作品其實具有某種特定的視角，作家在寫作這些賦篇時，並不是從他們個人私人的角度出發的，他們往往是戴著特定的思想框架和眼鏡去看待一切事物，於是「帝國書寫特質」這一點逐漸浮現出來。在完成〈唐賦的帝國

書寫特質探討〉一文後，就更加確定了這大量唐賦寫作的性質，於是再進一步地去發掘其中有許多賦題、語彙都來自於經書，賦篇的科舉考試命題、限韻，和作者在賦篇中的主旨，其實都與經藝相關，因此遂又進一步對唐賦中關涉經藝的作品命題進行了一番考察，查找出處、列表，再進一步地撰寫〈唐賦的經藝書寫〉一文。而在唐賦的經藝書寫現象的觀察中，更發現：作者多是具有崇禮的心態和傾向，大量有關月令、五行的賦作其實都與禮典有關，於是又進一步地深入研究，乃完成〈唐代典禮賦創作的文化情境〉一文。

在完成〈唐代典禮賦創作的文化情境〉一文後，又逐漸遭遇研究上的瓶頸。喜歡求新求變的我，對於唐賦這個研究對象感到一時有些倦怠了，卻又苦苦找不到出路。一次課程中，因教學相長之故，又重新注意到漢賦，其中張衡〈二京賦〉中有著隱微的意含，運用細讀的工夫，加上從史料中了解其時的創作背景和社會狀況，進一步地提出對〈二京賦〉解讀的一些心得和看法。如此，可說是遂我心願，回到文本和作家心靈探索的研究興趣上。

在此也要感謝在這一路上給予我許多引導幫助和批評的諸多師長朋友們！感謝東華大學中文系的同仁們，在我面臨瓶頸、遭遇低谷時，所給予的協助。「學如逆水行舟，不進則退。」我在學術研究上的專注力和定力都不夠，經常「跑野馬」。資質既非天才，後天又不夠勤勉努力，好逸惡勞、懶散怠惰，使得這個課題一直拖延了十二年沒有成果。在現今種種制度的壓力下，不得不儘快交出成績。因此，本書定然還有很多不足之處，尚請專家、讀者們海涵，不吝賜教。

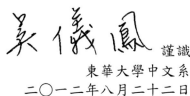

謹識

東華大學中文系

二〇一二年八月二十二日

目 次

第一章

緒　論

第一節　研究緣起

　　賦學研究在二十世紀有幾個階段性的變化，特別在一九八○年代是一個關鍵點，自一九九○後又是一個階段。[1]萬光治在《中晚唐賦分體研究》一書的〈序〉文中說道：自二十世紀八○年代賦學研究復興以來，學者的目光大都集中在漢賦。從九○年代起，賦學研究的視野更多地向漢以後延伸。[2]

　　詹杭倫《唐宋賦學研究》第一章引言中以〈研究唐宋賦學的意義〉為題，說明「一代有一代之文學」的觀點來自於元明的復古派，特別是明代，他們的代表論點是「崇唐黜宋」，因此此一說法本身有其偏激之處。且詩賦都是貫穿歷代的文體，不能只注意某一特定輝煌表現的時代。[3]

　　《歷代賦彙》收錄歷代賦篇共計三千一百四十五篇，其中

---

[1]　有關二十世紀賦學研究的成果，可參見簡宗梧〈1991-1995年中外賦學研究述評〉、何新文〈近二十年大陸賦學文獻整理的新進展〉（以上俱見周勛初等著《辭賦文學論集》，南京：江蘇教育出版社，1999年）以及何新文、蘇瑞隆等著《中國賦論史》（北京：人民出版社，2012年）第七章〈現當代新賦學的開啟與復興〉、第八章〈20世紀國外賦學研究概況〉（由蘇瑞隆撰寫）。

[2]　萬光治為趙俊波《中晚唐賦分體研究》（北京：中國社會科學出版社、華齡出版社，2005年）所寫〈序〉，頁1。

[3]　詹杭倫：《唐宋賦學研究》（北京：華齡出版社、中國社會科學出版社，2005年），頁2-3。

唐代賦有一千四百一十七篇，光是唐代賦就佔百分之四十五了！可見唐賦數量之多，創作之興盛，而且也爲後人所重視，若非如此，又怎能得到如此好的保存呢？

關於唐賦的數量，不同學者的統計有不同的說法，馬寶蓮《唐律賦研究》稱以《全唐文》計算，有一千六百二十二篇[4]；葉幼明《辭賦通論》第三章中則估計唐賦賦作篇數有一千六百四十二篇[5]；馬積高《歷代辭賦研究史料概述》估計《文苑英華》所收辭賦計有一千四百篇左右。[6]簡宗梧先生、李時銘《全唐賦》編校完整的全唐賦作共計一千七百一十四篇。[7]雖然前人唐賦作品的數量估算上略有出入，但是無論是一千四百篇或是一千七百篇，這都顯示了「賦盛於唐」的事實，對此，馬積高亦稱「詩莫盛于唐，賦亦莫盛于唐」。[8]

但是長期以來，文學研究者和辭賦研究者不去正視唐賦大量存在的這個事實。現代學者多少有意無意地去忽略它的存在。我們不禁要問：「如果這些賦作不重要的話，爲什麼宋初李昉等人奉命編撰《文苑英華》時要將它們收入呢？」在文學史重詩文及以個體情志爲主的批評觀念下，唐賦創作興盛的狀況被刻意忽略了。[9]加上以律賦爲唐賦的代表，長期以來對科舉考試的負面批評

4　馬寶蓮：《唐律賦研究》（臺北：文化大學中文所博士論文，1992年），頁47。

5　葉幼明：《辭賦通論》（長沙：湖南教育出版社，1991年）第三章第四節云：《全唐文》以賦名篇的作品有1622篇，敦煌賦近20篇。（頁106）

6　馬積高：《歷代辭賦研究史料概述》（北京：中華書局，2001年），頁96。

7　李時銘：〈《全唐賦編》校記〉（簡宗梧、李時銘主編《全唐賦》，臺北：里仁書局，2011年），頁14。

8　參見馬積高《歷代辭賦研究史料概述》，頁98。

9　參見吳儀鳳〈歌功頌德型唐賦創作之社會因素考察〉，收入元培科學技術學院國文組主編：《生命的書寫──第二屆主題文學學術研討會論文集》（臺北：萬卷樓，2003年，頁385-413），頁386。

聲音也使得唐代律賦遭受批評。[10]就如同王力(1900-1988)在〈賦的構成〉一文中曾直接地說：對這類賦作「沒有必要去多加研究」。[11]

　　雖然在此之前，也有不少唐賦研究的著作。不過，學者們在進行唐賦的研究時，多將其重點放在律賦上。既然以律賦為主，自然特別著重律賦寫作的程式和技巧的探討。如尹占華《律賦論稿》一書分為上下兩編，上編「律賦與科舉」說明律賦與科舉的關係及其內容和作法；下編「律賦發展史」從初唐寫至清代，說明律賦的發展情形。[12]幾本唐賦研究的書都以文體形式、修辭等寫作技巧為研究的重點，[13]本文的研究則是將重點放在集體唐賦作者的創作情境和心態上，以及由大量唐賦作品中可以看出的特定社會環境和意識形態這方面屬於精神文明層面的東西。

　　唐賦的寫作者有很多籍籍無名之士，這些人的賦作數量或許不多，也不見得具有較高的思想性和文學評價，因而往往是一般賦學史著作略而不提的。但令人感到困惑的是：在整個唐代文學書寫的環境中竟然有這麼多籍籍無名的寫作者投入賦的寫作行列。面對這一現象，不禁引發吾人對於這些寫作者所處書寫環境和創作心態有著想進一步去了解的好奇，他們究竟是處在一種什

---

[10] 參見彭紅衛《唐代律賦考・導論》（北京：社會科學文獻出版社，2009年），頁4-5。

[11] 王力〈賦的構成〉，王力《古代漢語》（臺北：藍燈文化事業公司，1989年）第四冊，頁1356。

[12] 尹占華《律賦論稿》，成都：巴蜀書社，2001年。

[13] 例如王良友《中唐五大家律賦研究》（臺北：文津出版社，2008年）、詹杭倫《唐宋賦學研究》（北京：華齡出版社、中國社會科學出版社，2005年）、趙俊波《中晚唐賦分體研究》（北京：中國社會科學出版社、華齡出版社，2005年）等研究唐賦之專書均著重律賦寫作技巧的分析。其中王良友《中唐五大家律賦研究》書末並附〈中唐五大家律賦全文〉，頁408-522。中唐五大家指的是王起、李程、白居易、白行簡、張仲素。

麼樣的環境和情境下去創作這些賦作的？本研究的出發點和關懷點即在於此。

　　唐代士人因應科舉考試和現實生活中可以得到封賞、官位以及升遷等種種實際利益的誘因，促使文人們積極而踴躍地作賦、獻賦，有時則是不得不爲的奉命而作，這些都說明了唐賦寫作的興盛有其外在環境之客觀需要。透過對唐代文學社會文化背景的了解將有助於我們深化唐賦的研究，因爲對大量歌功頌德型的唐賦來說，如果不將之置於整體社會文化的脈絡下來看待，將不容易對它們做出適切的理解，最終只能給予其思想性或藝術性不高的惡評，將之遺棄在唐代文學史或賦學史的殿堂外。這在研究上其實會因此而落入一種先入爲主的成見中，故本研究在此擬由不同的路徑來進行唐賦的研究，竊以爲對這些唐賦其實還有很多值得深入去探究之處，包括寫作者的心境、心態、創作時的環境、當時的文風和整體的社會文化……等。簡言之，唐賦與唐代文化間是需要不斷去做循環理解的。

　　顏崑陽先生〈論唐代「集體意識詩用」的社會文化行爲現象──建構「中國詩用學」初論〉一文曾給予本研究一定的啓發，該文說到：

　　　　假如我們在研究的態度與進路上，能暫時離開「文學本位」的價值立場，從文學活動所關係到的社會文化環境這個面向，去研究中國自古以來即普遍存在的「詩用」現象；在研究的目的上，側重於對這種現象的描述以及社會文化意義上的詮釋，而不汲汲於預設立場的評價。或許如此，對於古典詩歌的研究，會有「文學本位」之外的另類

見解。[14]

　　由此觀點出發，先不做任何預設立場的評價，來從事唐賦與其社會文化行為間研究，是本研究的出發點。

　　此外，顏崑陽教授的中國詩用學，集體意識詩用的概念，也是本研究進行中採用的觀念和方法。顏崑陽先生所謂的「詩用」觀念有以下三個重點：

（一）把「詩」當作「社會行為」的語言媒介去使用，以達到詩歌本身藝術性之外的某種社會性目的。這樣的行為，不是個人偶發性的，而是社會上某一階層普遍地反覆在操作而又自覺其價值的模式化行為，故稱之為「社會文化行為現象」。

（二）「作詩」是一種「社會行為」而不是單純「藝術創造」的個人行為。「語言的構作」，並非被視為獨立自足的藝術經營，而是被視為作詩者與某特定讀者「雙向達意的媒介工具」。

（三）不少詩人「作詩」的行為，是一種「社會行為」，而不是閉起門來自我抒情的個人行為。[15]

　　顏先生的論述雖是論「詩」，然而移至「賦」上來看時，也

14　顏崑陽：〈論唐代「集體意識詩用」的社會文化行為現象──建構「中國詩用學」初論〉，《東華人文學報》，第1期，1999年7月，頁33。

15　以上見顏崑陽：〈論詩歌文化中的「託喻」觀念──以《文心雕龍・比興篇》為討論起點〉，收入《第三屆魏晉南北朝文學與思想學術研討會論文集》第三輯（成大中文系主編，臺北：文津出版社，1997年出版），頁225-231。

有異曲同工之處。本研究借用此一觀念，將「賦」視爲一項「社會行爲的語言媒介使用」來看待，而確實賦在士人的手中也有著某些社會性目的，故可以將「作賦」視爲一種「社會行爲」來看待，而唐代文人作賦也是一種集體的社會文化行爲。本書即採取這樣的研究視角來進行唐賦創作的文化情境與書寫意涵的探討。

　　本研究對象爲唐賦，有關唐賦作品的文本來源，說明如下。因本研究歷時長久，第一階段唐代賦篇主要取材自《文苑英華》和《全唐文》[16]；第二階段因周紹良主編之《全唐文新編》出版[17]，改以其取代《全唐文》；第三階段即本書出版前，因《全唐賦》全新點校出版，於是乃全面將唐賦文本出處改採《全唐賦》。[18]但由於《文苑英華》仍是最爲原始的版本，因其時代較早，加上其以題材分類，同類賦作放在一起，有其優點，故亦一併同時著錄。

第二節　本書的構成

　　大多數的唐賦作者在創作心態上，是以大唐帝國的立場在進行思考和觀看，因而呈現在賦作上，便也具有某種特質，此一特質本人稱之爲「帝國書寫特質」。雖然論者多有類似的觀念，但卻從未見有人對賦的帝國書寫特質做出論述，在此之前王夢鷗先生以「貴遊文學」一詞來表述漢魏六朝文士環繞帝王和貴族身邊，在與其飲宴遊樂中唱和而作的這種文學現象。[19]但「帝國書

---

[16]　《全唐文》，董誥等編，北京：中華書局，1983年。

[17]　《全唐文新編》，周紹良主編，長春：吉林文史出版社，2000年。

[18]　《全唐賦》，簡宗梧、李時銘主編，臺北：里仁書局，2011年。

[19]　王夢鷗「貴遊文學」之說，見其〈貴遊文學與六朝文體的演變〉一文，收入氏撰：《古典

寫」的意義與此不同，它更加彰顯了賦作為一種國家文化宣傳的意義，更說明了賦是一種帝國文化產物的事實與現象。因此本研究承繼之前本人所撰寫之〈唐賦的帝國書寫特質探討〉一文發展而來[20]，持續將賦在帝國書寫這方面的特色進行專題式的探討，分別構成本書第二至第五章。

　　在本書之前筆者曾發表〈唐賦的帝國書寫特質探討〉一文，該文透過五個不同的面向來證明唐賦具有帝國書寫的特質，包括：一、唐賦中存在許多大唐帝國圖象的描繪；二、唐賦中不少賦篇充滿祥瑞思想，而且充斥著對帝國和帝王的歌頌，表現出以帝王或統治者為預設讀者的寫作傾向，而賦篇作者也明顯站在帝國的立場上發言。三、唐賦中有大量的國家辭彙和符號出現；四、從唐賦寫作的賦題和題材內容多環繞著帝國和帝王周遭相關的事物，也證明唐賦作者面向國家的寫作意識；五、從唐賦作者對物進行觀看和寫作的角度來看，也可以從中發現作者具有以帝國之眼進行觀看的心態存在。由以上五點論證出：唐賦具有帝國書寫的特質。而指出帝國書寫的特質，旨在闡明：「賦的作者如何觀看？」「從何角度進行觀看？」而經由前面的論述得到的結論是：賦的作者們多半是用帝王之眼或帝國之眼進行書寫和觀看，而正是因為這樣的觀看角度使得賦體成為一個具有帝國書寫特質的文體。文中更進一步說明：提出帝國書寫特質的意義乃在於呈現出賦體與帝國文化間密切的關係，同時也抉發出大量唐賦寫作者在進行作品寫作時其背後所具備的集體社會意識。而這類集體社會意識往往是士人長期受儒家經典教化和學習的結果，而

　　文學論探索》（臺北：正中書局，1984年），頁118。

[20]　吳儀鳳〈唐賦的帝國書寫特質探討〉，《東華漢學》，第4期，2006年9月，頁67-111。

士人在作賦之時往往自覺地扮演著某種社會角色，因而也多會站在「士」的社會角色上發言，扮演著為國家盡忠、為社會百姓盡責的角色。本書第二章即沿襲此一概念，由漢唐賦的大賦書寫特質入手，說明「體國經野，義尚光大」乃大賦書寫之特質，而此一特質即內化為帝國書寫的特質，同樣地也表現在唐賦之中。第二章即對此漢唐賦的共同點進行說明與論述。

第三章以唐代的自然賦作為例，觀察唐賦作者如何觀看自然、描寫自然？我們發現：最早漢賦在全景式的山川描寫中就是以帝國疆域寬廣、物產豐饒的角度在描寫了。而這也正成為後世全景式自然賦作寫作的基礎──從帝國之眼看自然。而在歌詠個別自然物的聚焦式自然賦作方面則有兩類：歌功頌德型與體物寫志型。前者即同樣以帝國書寫方式進行宮廷文學撰寫者，後者則是以一己私我的角度出發，抒發個人生命感慨者。從實際的自然物象賦作觀察看來，歌功頌德型的比例並不少。而在觀看自然物時也是以天地、帝王為中心，向外延伸的發展。研究更發現：古代賦家在看待自然時，此一自然乃是被高度人文化的自然，且自然並非孤立地存在，也不是與人文相對立的另一方，而是自然存在於人文社會之中。

第四章〈唐賦的經藝書寫〉由唐賦賦題中許多都是取材自經書典故或文句者，因而進行了相關資料的蒐集和整理工作，整理後發現：其實唐賦的寫作和經學之間有著密切的關聯存在。而這當然也和唐代的科舉考試制度、教育內容有著連帶的關聯性。本書第四章即是以現存唐賦中與經學典籍有關作品作為主要考察的對象，希望藉此探究出唐代辭賦的書寫與經學的關聯。這種關聯可能表現在內在與外在兩個層次。所謂內在層次，指的是這些唐代賦作在內容上與經學有著所謂「互文性」的關聯，如賦題的標

舉、經文語句的套語與典故的使用與襲取，以及經義內涵的滲透等。而所謂外在層次所關涉的則是這些經藝書寫的賦作之具體創作背景與實際目的，如某些以典禮、封禪與祥瑞爲主題的賦作，其在內容上雖然是來自於經書典籍，但其實質目的卻與當時的政治作爲有關。這類賦作以往學者的關注並不夠，且多以歌功頌德的角度視之，但這類賦作畢竟是唐代士人在寫作上非常重要的作品，且往往也與科舉考試有著密切的關係，是吾人今日了解唐代文人心態、科舉制度與唐代社會和政治文化之極具價值的觀察視角。

　　唐代與典禮描寫有關的賦作很多，本書第五章探討的即是唐代與禮制相關之賦作。由於典禮賦內容涉及許多禮制，故可說內容較爲艱澀，一般未熟悉禮制內容的讀者也不容易理解。故這些賦作在以往以抒情言志爲主流的文學批評下向來也是不受重視的，罕見有人提及，相關之研究也很罕見，惟許結曾撰寫過兩篇與漢賦有關之論文：〈漢賦與禮學〉、〈漢賦祀典與帝國宗教〉。[21]由於這些典禮賦必須花費許多時間去了解相關的社會文化背景，之後掌握其解讀的關鍵和文化符碼，從而才能理解到這些典禮賦正是唐代社會文化活動運行中的產物，故而可以採用文學社會學或是文化研究的方式進行研究。由於這些賦作需要具備豐富的禮制背景知識，以致於對現代讀者而言，每一個辭彙背後的文化意涵都必須花費很多時間才能了解。此外，更要研讀相關唐代國家典禮與士人社會文化生活之相關史料，方能拼湊出一些唐代士人生活圖像和還原賦篇原本寫作的場景。此即第五章中主要之研究進路。倘若不了解這些典禮賦的內容，將無法理解唐人何以要如此大量地撰寫這一類作品，更無法進入唐代文人所實際生

---

[21]　二文收入許結所著之《賦體文學的文化闡釋》（北京：中華書局，2005年）一書中。

活的社會情境中。

因此，本書第五章〈唐代典禮賦創作的文化情境〉先敘述漢唐典禮賦發展的概況，接著點出解讀唐代典禮賦的關鍵符碼在於月令與五行，並製作附表四至附表八、附圖一至附圖三，說明此皆為掌握典禮賦解讀之關鍵。而賦作的實例、若干賦序和史籍材料的記載，更證明唐代國家典禮實際實行時的盛況，文士多恭逢其盛，這些典禮的參與，實際親臨的經驗往往是文士們創作典禮賦的背景。又以封禪禮為例，說明文士多懷有對皇帝行封禪禮的企求與渴望，此乃源於其背後之禮文化信仰。於是更舉實例，以史料證明文士崇禮的事實，希望藉此能使吾人在看待賦家和典禮賦時能夠從其創作之文化情境入手，了解其背景，從而能客觀和準確地理解和評價這些作品。

以上第二至第五章皆環繞唐賦創作的文化情境與書寫意涵而發，每章各自獨立，又彼此相關，前後貫串。先從賦體的歷史發展角度揭露漢唐大賦的本質，即創作者之創作心態及由此構成的大賦的文體理念：「體國經野，義尚光大」。又以自然賦作為例，對唐賦的書寫心態和形態進行了分類和說明。再以經藝書寫為中心，由此掌握唐賦創作的文化情境中重要的科舉考試命題與經藝命題的重要現象。此皆與帝國之考試掄才與國家思想確立有關。末以典禮賦為例，說明賦篇與帝國禮文化間之密切關係，也揭示賦家創作時的文化情境與崇禮心態，這些都有助於吾人更進一步地對賦篇的書寫意涵有更豐富和深入的理解。

貫穿各章的核心概念即：「賦寫帝國」。由賦體的帝國書寫特質這一概念發展而來，延伸所及，涵納了眾多帝國文化與大小事物。於是，賦不再只是一種單純歌功頌德的文體，它成為一扇可以通往大唐帝國文化的門窗。透過對唐賦的研讀與理解，使我們重新去看待賦與帝國文化間密切互動的關係。

第二章
體國經野與
漢唐賦的帝國書寫特質

第一節　前言

　　漢大賦向來被認爲是漢賦的代表[1]，然而所謂「大賦」一詞雖在賦學的相關論述中常見使用，但其所指究竟爲何？其特色與內涵又爲何？似乎頗令人有習焉而不察的感覺。要解決此問題，不妨仍從賦史和文學史的相關論述中入手探查之。有關「大賦」的論述，較早當是出自於劉勰（約西元465—520年）《文心雕龍・詮賦篇》的這一段話，其云：

> 夫京殿苑獵，述行序志，並體國經野，義尚光大。……故知殷人輯頌，楚人理賦，斯並鴻裁之寰域，雅文之樞轄也。至於草區禽族，庶品雜類，則觸興致情，因變取會；擬諸形容，則言務纖密；象其物宜，則理貴側附；斯又小

---

[1]　姜書閣的話很有代表性，其云：「綜觀兩漢辭賦家流傳至今的作品，畢竟仍以那些『大賦』占主要地位。後世稱道兩漢文章之盛，也大抵是主要指漢賦而言；而一言漢賦，則又無不以司馬相如、揚雄、班固、張衡等少數大家及其少數幾篇著名的『大賦』爲代表。正因如此，最近幾十年來，研究中國古代文學史的學者專家們便以這些『大賦』代表了整個漢代的賦或辭賦。」（見氏撰：《漢賦通義》〔濟南：齊魯書社，1989年〕，頁5。）僅以少數幾篇著名的大賦代表整個漢代的賦，甚或漢代文章，誠然偏頗，但由此也可看出大賦在許多人的心目中的確是漢賦的代表或主流。

制之區畛，奇巧之機要也。[2]

雖然在這段話語中劉勰並未使用「大賦」一詞，不過大多數《文心雕龍》的詮解者對這段話的理解都是認為前面之「京殿苑獵，述行序志」指的是「大賦」，而後面「草區禽族，庶品雜類」所指的是「小賦」，如祖保泉《文心雕龍解說》云：

> 這裏的所謂「鴻裁」，指大賦；所謂「樞轄」，指大賦的藝術表現已成為賦創作的規範。……這裏的「小制」，指抒情小賦；「擬諸形容」云云，即小賦藝術表現的「機要」。[3]

此外，徐志嘯在其所編之《歷代賦論輯要·序》言中也明確地說劉勰「指出了大賦與小賦的特點及其區別」[4]，又說：

> 劉勰認為，所謂「大賦」，題材較廣，有序有「亂」辭，藝術特徵典雅；所謂小賦，題材較狹，描寫細密，藝術特徵奇巧。劉勰的這一大小賦分類，以後成了文學史上賦的分類名詞，一直沿用至今。[5]

---

[2] 劉勰撰、周振甫注：《文心雕龍注釋》（臺北：里仁書局，1984年），頁137-138。鳳案：「草區禽族」，一作「草區禽旅」，見范文瀾《文心雕龍注》（臺北：臺灣開明書店，1985年臺16版）卷2，頁47；及祖保泉《文心雕龍解說》（合肥：安徽教育出版社，1993年），頁144。

[3] 劉勰撰、祖保泉解說：《文心雕龍解說》，卷2，頁160。

[4] 徐志嘯：《歷代賦論輯要》（上海：復旦大學出版社，1991年），〈序〉，頁6。

[5] 徐志嘯：《歷代賦論輯要》，〈序〉，頁7。畢萬忱亦有類似的觀點，參氏撰：〈體國經野義尚光大──劉勰論漢賦〉，《文學評論》，1983年第6期，頁81。

劉大杰（1904—1977）在《中國文學發展史》中的說法很能代表一般文學史上對大賦、小賦在賦史發展脈絡上的普遍看法，他在談到張衡（西元78—139年）〈歸田賦〉、〈思玄賦〉這類作品時，特別強調這些作品在賦史發展上的重要性，云：

> 由長篇鉅製的形式，變為短篇，由描寫宮殿遊獵而只以帝王貴族為賞玩的作品，變為表現個人的胸懷情趣的作品，這一轉變是很重要的。[6]

劉大杰在這段話中指出兩個重點，其一是形式上的長篇鉅製與短篇的對比，其二則是內容上的描寫帝王貴族所賞玩的宮殿遊獵與表現個人胸懷情趣的對比。這兩組對比差不多可以涵蓋大賦與小賦的差異。

不過，劉大杰雖然在文學史的敘述層面上，客觀地指出這二者的不同，但在文學史的評價層面上，卻明顯地有軒輊抑揚的味道，如其對張衡以降的東漢創作小賦的賦家及其賦作做出如下的批評：

> （張衡〈歸田賦〉、〈思玄賦〉）這些作品，形式比較短小，一掃那種鋪采摛文虛誇堆砌的手法，運用清麗抒情的文句，描寫自己的懷抱和感情，內容和形式都起了變化。[7]
> 漢代的賦，從張衡的轉變開其端，到了蔡邕、趙壹、禰衡諸人，賦才表現了更積極的現實內容和短小適宜的形式，

6　劉大杰：《中國文學發展史》（臺北：華正書局，1988年），頁152。
7　劉大杰：《中國文學發展史》，頁151。

在漢賦的轉變上，起了很大的作用。[8]

又云：

> 只要讀了趙壹的〈刺世疾邪賦〉、蔡邕的〈述行賦〉和禰
> 衡的〈鸚鵡賦〉，就會體會到賦這一種文學，並不是歌頌
> 獻媚的專利品，只要作家的態度正確，同時也會成為有思
> 想內容的文學。[9]

與此相反，作為漢賦主流的大賦，在他眼中卻是如此評價的：

> ……大多數重在鋪陳。多以誇張的手法，板滯的形式，描
> 寫宮苑的富麗，都城的繁華，物產的豐饒，神仙、田獵的
> 樂事，以及王公貴人的奢侈生活；它們雖具有文采光華、
> 結構宏偉和語彙豐富的特色，而一般缺點，是缺少感情，
> 缺少現實社會生活的反映；喜用艱深的辭句，生僻的文
> 字，按類羅列，有些作品幾乎成為類書。……漢賦中雖也
> 有些好作品，然大多數都是繁華損技，膏腴害骨的東西，
> 因此價值就不很高了。[10]

果真如此，漢代大賦就根本不值一顧，忽略其存在，可也；將其
掃入文學史的垃圾堆中，更有何不可。[11]漢代大賦既如此，唐賦的

8　劉大杰：《中國文學發展史》，頁154。

9　劉大杰：《中國文學發展史》，頁152-153。

10　劉大杰：《中國文學發展史》，頁130。

11　如姜書閣就認為：「漢賦在中國古代文學史上並沒有什麼值得稱讚的光輝成就，不應該
　　占多麼重要的地位。」他雖對漢賦有這樣的評價，但仍不以為應對其避而不談，置諸不

評價會如何也就更不難想見了。然而誠如簡宗梧先生在為包括大賦在內的漢賦文學價值做檢討時所說的：

> 只要我們客觀的認識歷史事實，不以主觀的好惡來取捨的話，我們不能不承認：辭賦在漢代純文學領域中，是最具權威也最有代表性的。所以把漢賦逐出文學門牆，或在講文學史時略而不述，都是以主觀的偏見抹殺客觀的事實。[12]

而且觀看事物的角度本就不只一端，對事物的評價更常有因人而異，隨時不同的情況。當事過境遷，主流的思想意識改變之後，往往對某些事物（文學現象亦然）的觀感與評價也會相應地調整。因而吾人今日看待漢大賦與唐賦，除了需建立在對其客觀認識的基礎上，還應相應地調整觀看的角度，如此方能把握其本來原貌（如實本相），亦能看出其嶄新價值。

第二節　大賦的「體國經野，義尚光大」

「大賦」如上節所述，既可從形式和內容兩方面來看，但這二者的關係究竟為何呢？是否存在著內在的有機關聯？欲解決此問題，似仍需再回溯至首先意識到大賦概念的劉勰《文心雕龍·詮賦篇》之說。徐復觀（1903—1982）在〈文心雕龍的文體論〉一文中指出：《文心雕龍》中文體一詞含有體裁、體貌、體要三方面的意義。這三方面的意義，乃是通過昇華作用而互相因緣，

顧，將其排斥在文學史之外。（以上見氏撰：《漢賦通義》，頁6。）

[12] 簡宗梧：《漢賦源流與價值之商榷》（臺北：文史哲出版社，1980年），頁131。

互為表裡，以形成一個統一體。[13]他由此而對《文心雕龍·詮賦篇》「京殿苑獵，述行序志，並體國經野，義尚光大」這段話做了如下的解釋：

> 按此係由題材之大小，而決定體制之大小；由體制之大小，而決定體貌之「光大」或「纖密」。《毛詩·大序》：「政有小大，故有小雅焉，有大雅焉。」《正義》：「詩人歌其大事，製為大體；述其小事，製為小體……詩體既異，樂音亦殊。」按此正以題材之大小決定體製之大小；而樂音隨體製大小而異，亦猶體貌隨體製大小而殊。[14]

徐復觀之說可用簡化的方式表示如下：

題材大小→決定體制大小→決定體貌光大或纖密

在徐氏的文體論中，體裁或體制（或作體製）是文體的最基本內容，也是低次元的形體，是由語言文字的多少長短所排列而成的。大賦、小賦的最基本文體特徵就是由此所決定的。[15]而其所謂「體貌」則指的是文章的形相性，構成形相性的主要東西便是聲和色。[16]體製的大小又與題材相連，換言之，京殿苑獵是大型題

13　徐復觀：〈文心雕龍的文體論〉，收入氏撰：《中國文學論集》（臺北：臺灣學生書局，1974年），頁29。

14　徐復觀：〈文心雕龍的文體論〉，《中國文學論集》，頁29。

15　徐復觀：〈文心雕龍的文體論〉，《中國文學論集》，頁18-19。

16　徐復觀：〈文心雕龍的文體論〉，《中國文學論集》，頁20-21。但顏崑陽先生在〈論文心雕龍「辯證性的文體觀念架構」〉一文中並不贊同徐復觀對「體貌」的觀點，他批評徐

材，所以寫出的賦體制大，而在體貌上便表現出「光大」之貌。
草區禽族是小型題材，所以寫出的賦體制短小，而在體貌上便表
現出「纖密」、「奇巧」的特色。徐復觀所謂題材大小決定體制
大小的說法與簡宗梧先生的看法不謀而合，簡宗梧先生在〈從專
業賦家的興衰看漢賦特性與演化〉一文中嘗指出：

> 篇幅之大小，也與題材有關，寫宮殿遊獵山川京都，非長
> 篇鉅製不足以描述；登臨、悼亡、遊仙、述懷、詠物，就
> 不必鋪陳事物，篇幅自然趨於短小。[17]

龔克昌也有類似的說法，美國的康達維（David R. Knechtges）教授
在為龔氏《漢賦講稿》英譯本作序時曾如此概括龔氏的觀點：

> 賦所寫的主題需要宏大的形式，所以當賦描繪宮廷苑囿、
> 宮殿、帝都時，自然會充滿對帝國的壯觀盛大華美大肆的
> 描寫。[18]

先生最大的錯誤是將「體貌」看成是聲、色所構成，而且要比興才能表現。顏先生認
為：「假如『體貌』是文體終極性的形相表現，那它就僅是指文學作品一種整體的印
象，即相當於個人或個別作品的『風格』（雖然徐復觀並不贊成以風格解文體）。而所謂
作品風格，那是一種非實質聲色的美感印象，是形式、內容等一切因素有機構造之後的
總體表現。那裏能將它偏執為外在的、分解的、物質的二素──聲、色。因此『體貌』
一詞的意義指涉絕不同於『聲貌』。」（參氏撰：《六朝文學觀念叢論》〔臺北：正中書
局，1993年〕，頁140。）

[17]　簡宗梧先生此文收入氏撰：《漢賦史論》（臺北：東大圖書公司，1993年），引文見頁
229。

[18]　康達維撰；蘇瑞隆、龔航譯：〈龔教授漢賦講稿英譯本序〉，收入《學者論賦──龔克
昌教授治賦五十周年紀念文集》（濟南：齊魯書社，2010年），頁53。

當代不少的賦學論者都指出漢大賦的「大而全之美」的特色[19]，誠如郭建勛所評述的：

> 文體大賦特別注重對所賦對象的整體性描寫。實際上，「大」或「巨」，雖然主要指向描寫對象本身，或設置的場景，或文章的氣勢等等，但同時也可以指向描寫框架的宏大和描寫範圍的全面。文體大賦所鋪敘的對象，無論是宮苑京都，江河山川，還是具體的一事一物，無不是從各個角度、層面、類別等進行的全景式描寫，而不僅僅是對某個或某些局部的描摹。[20]

由此可知，大賦的「大」與「全」特色的體現固然是由所描寫對象（即題材）所決定的，此即徐復觀所謂的：題材決定體製，體製又決定體貌。但另外一方面，賦家的寫作手法也扮演了重要的作用，如果沒有運用宏大的描寫框架和全面的描寫範圍，恐怕也很難呈現出大賦恢宏侈麗的美學效果。

此外，龔克昌在〈關於漢賦的鋪張揚厲〉一文中亦用「高、大、全」三方面來指出漢賦鋪張揚厲的特色，並強調其不只是外觀的表象（如樓台亭閣的高、苑圍的大），更是精神實質中蘊藏的雄奇、瑰麗、美妙的風韻和氣勢。[21]三者中「高」亦可解釋為

---

[19] 如郭維森與許結合撰之《中國辭賦發展史》（南京：江蘇教育出版社，1996年）則認為漢賦作者有追求全美、大美的創作心態。（頁104-105）劉慧晏在〈論漢賦的文化意蘊〉文中第三節亦指出漢大賦具有「講求大而全之美」的審美特點。（《學者論賦──龔克昌教授治賦五十周年紀念文集》，頁128。）

[20] 郭建勛：《辭賦文體研究》（北京：中華書局，2007年），頁49-50。

[21] 龔克昌：〈關於漢賦的鋪張揚厲〉，收入氏著：《漢賦研究》（濟南：山東文藝出版社，1990年），頁370。

「崇高」，如柯繼紅在〈論漢大賦的崇高風格〉文中所指出的：
漢大賦具有崇高的風格。這種風格主要表現爲五個方面：莊嚴偉
大的思想；強烈而激動的情感；氣勢磅礴的鋪排運用；繁麗典奧
的措辭技術；以及由此而綜合生成的結構的堂皇卓越。[22]

　　不過，無論是題材的壯觀盛大，或表現手法的宏大全面，都
不能忽略了劉勰對大賦「體國經野」的描述，許結就在此基礎上
直截了當地說：

> 大賦用劉勰的話來說就是「體國經野」，這一詞語是從
> 《周禮》中來的，《周禮》是周朝的官制，要管理整個的
> 天下，所以叫做「體國經野」。大賦表現帝國的整個風
> 貌，所以要「體國經野」才能「義尚光大」。[23]

畢萬忱在〈體國經野義尚光大──劉勰論漢賦〉一文中對劉勰此
義有更爲細緻的闡述，他首先認爲劉勰借用《周禮・天官・太
宰》的「體國經野」之語是來說明大賦描寫的對象範圍關係著國
家城鄉的許多事物。賦通過對這些事物的描寫鋪陳，顯示出光輝
宏大的思想意義。但他認爲這樣從字面來解釋仍不能深切了解劉
勰的具體所指。於是他接著再從三個面向來揭示「體國經野，義
尚光大」的三重涵意。第一是以儒家思想爲主的政治主張和理
想，第二是歌頌帝國繁榮強盛，第三是作品展現時代的精神風
貌。[24]如此則將「大賦」的解讀重點指向了思想內容層面，而不僅

---

[22]　柯繼紅：〈論漢大賦的崇高風格〉，《四川文理學院學報》，第20卷，第4期，2010年7月，
　　　頁99-103。

[23]　許結：《賦學講演錄》（北京：北京大學出版社，2009年），頁28。

[24]　畢萬忱：〈體國經野義尚光大──劉勰論漢賦〉，頁82-84。

僅只是以形式結構爲主。

　　許結和畢萬忱的觀察極具啓發性，他們皆指出了大賦所具有的體國經野之帝國書寫的特質和用心。

第三節　大賦的帝國書寫特質

　　事實上，大賦作爲漢賦的典型代表，其特徵就在於寫作者是以一種帝國或帝王式的宏觀視野在看世界並進行筆下描繪的。這樣的創作方式和心態頗與西方後現代主義話語中所謂的宏大敘事（Grand Narrative，或譯作大敘述、堂皇敘述）有相類似之處。[25]誠如陳春保在〈賦是漢代宏大敘事的典型樣本——以漢大賦爲中心〉一文中所指出的：漢賦中表現出的鮮明的國家—天下意識、濃厚的歷史情緒和高昂的政治熱情，呼應著時代的共同主題，成爲漢代社會精神的集中表現，因而是漢代文學宏大敘事的典型樣本。[26]

　　大賦所具有帝國宏大敘事的特質當然是與孕育大賦的漢代社會背景有著密切的關係，而這也是爲很多論者所共同看到的現

---

[25] 胡學常在《文學話語與權力話語——漢賦與兩漢政治》（杭州：浙江人民出版社，2000年）一書中亦云：「漢賦以大爲美的宏大敘事，與後現代所欲解構的兩套『宏大敘事』（案：即以法國大革命爲代表的關於自由解放的敘事，與以德國黑格爾傳統爲代表的關於真理的敘事）在政治意義上頗多相似。宏大敘事與漢帝國的宏大政治氣象以及漢朝天子的顯赫聲威相配套，它在對現實世界的津津玩味和充分肯定、認同中，完成了對于大一統專制政治的頌贊，同時，亦理所當然地成爲這種政治秩序得以建構與維護的一種重要力量。」（頁223）與胡學常採西方理論來批判漢賦與漢代政治的做法不同的是，本文僅取此術語的中性、技術性的一面。關於胡學常書的深入討論請參本書附論第二章。

[26] 陳春保：〈賦是漢代宏大敘事的典型樣本——以漢大賦爲中心〉，《四川文理學院學報》，第21卷，第1期，2011年1月，頁90-93。

象。如劉大杰在《中國文學發展史》中歸納漢賦興盛的原因,包括政治經濟的關係、獻賦,以及學術思想的影響等。尤其帝國的統一強盛和君王貴族的豪奢淫逸,更為那些適宜歌功頌德、鋪張揚厲的大賦孕育良好的創作條件。[27]郭維森與許結合撰之《中國辭賦發展史》也歸結了政治、經濟和文化的原因。[28]此外,許結又特別強調中外交流頻繁和發達的物質經濟條件成為京都賦寫作上重要的文化場域。[29]正如同劉慧晏在〈論漢賦的文化意蘊〉一文中生動形容的:

> 漢家經文、景之治,國力富強。漢武繼起,獨尊儒術,罷黜百家,奠立了經學的大一統局面;開拓疆域,征服邊民,版圖東西南北四方空前無匹地博大。……辭賦家們睹現實,比歷史,受感動于大漢帝國的聲威,鋪采摛文,極力描繪,漢帝國的大疆域、大功業、大尊榮、大城池、大殿堂、大典禮、大排場、大奢侈和大娛樂。[30]

劉慧晏指出:漢代賦家們是受到大漢帝國的種種崇高而壯麗的國家儀式和排場感動而描繪出這些巨麗的大賦。鄭明璋在《漢賦文化學》一書中亦云:

---

27 劉大杰:《中國文學發展史》,頁131-137。

28 郭維森、許結:《中國辭賦發展史》,頁101-103。

29 參見許結:〈漢大賦與帝京文化〉、〈漢賦祀典與帝國宗教〉、〈漢代京都賦與亞歐文化交流〉等文,收入氏撰:《賦體文學的文化闡釋》(北京:中華書局,2005年),頁1-22、37-52、53-64。

30 劉慧晏:〈論漢賦的文化意蘊〉,《學者論賦——龔克昌教授治賦五十周年紀念文集》,頁128。

由於大漢帝國具有為漢賦提供構築宏大之美的客觀條件。
漢賦作家則自覺地將漢帝國豐富巨大的物象場景、聲勢權
威和勃勃生機作為自己的描寫對象。同時經學思想所主
張的一尊一統的時代精神也造就了漢賦體制的宏大。只有
宏大的體制，才能牢籠宇宙，總攬萬物，否則就不足以展
現帝王和當今時代的卓越成就。事實上，漢人就是從事物
多聚的姿態中得到了美感，並由此反照了人自身能力的提
高。[31]

在鄭明璋看來，漢大賦之所以有如此宏大的體制，目的就是為了
彰顯帝王的偉大成就。

此外，龔克昌對此現象也有細膩的分析，他在《兩漢賦評
注‧序言》中指出：賦作為漢代一代之文學，真實地表現了大漢
帝國的氣勢，傳達了大漢帝國的精神面貌。賦家們多懷著一種未
曾有過的喜悅、激動和自豪的心情來描述大漢帝國創建的歷程和
大漢帝國的聲威。[32]他更說道：漢賦展現了大漢帝國的時代精神，
其云：

我們讀漢賦，尤其是讀那些有代表性的漢大賦，往往會感
受到一股強大的力量在搖撼著我們的心靈，有一種歡快的
上升的氣氛在激勵著我們的神經。這就是蘊含在作品中的
大漢帝國的統一、強大、文明和昌盛。這種情況在作品中
是隨處可見的。……在梟雄割據、小國叢立、國力脆弱、

---

[31] 鄭明璋：《漢賦文化學》（濟南：齊魯書社，2009年），頁11。

[32] 以上俱見龔克昌：〈序言〉，《兩漢賦評注》（龔克昌等評注，濟南：山東大學出版社，2011年），頁1、3。

民不聊生的混亂時代，是絕對寫不出這樣轟轟烈烈的場面
的。[33]

　　而如前所述，這些漢大賦的宏大敘事和反映帝國精神的表
現，其實在後世的賦作中仍然還可以看到，例如唐代的賦作中也
具有一樣的表現，一樣是宏大敘事，一樣是展現帝國的威儀。[34]
而且從大賦寫作的發展上看來，採用類似漢大賦的這種觀看角度
和書寫方式在後來的歷朝歷代一直都存在著，從未消失過。吾人
不妨稱此用帝國之眼來觀看事物所進行的書寫方式為所謂的「帝
國書寫」。無論是漢大賦或是唐賦，甚至往後其他朝代的大賦，
都不乏具有「帝國書寫」特質的賦作。例如清代乾隆時期王必昌
（1704—1788）的〈臺灣賦〉，游適宏便指出這類邊疆賦作都
展示了帝國統治的文化想像，供給了「邊陲」臣服於「中心」所
需要的意識形態，作者王必昌在「帝國的凝視」下扮演了「以賦
佐治」的角色。[35]同樣地，清人和寧擔任駐藏大臣時所作的〈西
藏賦〉也是一篇邊疆賦，如同池萬興在〈和寧及其《西藏賦》〉
一文中所指出的：〈西藏賦〉不僅具有傳統大賦的特徵，而且典
型地體現了清代康乾盛世國力昌盛、軍事強大、經濟繁榮、邊疆
安泰的民族自信心與自豪感，體現了賦家為封疆增色、為盛世歌
唱的豪邁激情。全賦明顯地體現出五個特徵：一、規模宏大，氣

---

[33]　龔克昌：《兩漢賦評注・序言》，頁3、5。

[34]　參見吳儀鳳：〈唐賦的帝國書寫特質探討〉，《東華漢學》，第4期，2006年9月，頁67-
111。

[35]　參見游適宏：〈研究物情與褒贊國家——王必昌《臺灣賦》的兩個導讀面向〉，收入氏
撰：《試賦與識賦——從考試的賦到賦的教學》（臺北：秀威資訊科技，2008年），頁
180、187-188。

勢磅礴，充溢著對多民族國家統一的自豪與熱情。二、豐富的知識性與濃厚的趣味性相統一。三、以疆域描寫體現了一代大賦之盛，更體現了清代盛世的文化精神。四、典型地體現了中國大賦獨特的文化內涵。五、是中國文學史上唯一一篇用賦體文學的形式描繪西藏風光的作品，全賦徵實致用的文獻價值、導揚盛美的政治思想、雄闊宏肆的審美心態、奇異的邊疆風光描寫，都具有不可忽視的歷史意義。[36]事實上，這類邊疆輿地賦作除了具有清人徐松（1781─1848）所謂的「為封疆增色」的美學效果外[37]，更蘊涵了為歌頌帝國疆域的廣大和頌揚帝國的大一統局面而作的創作目的[38]，就如同輿圖一樣，獻上這些賦作的同時就如同獻上了臣服的邊疆之地一般，達到了擁有統治權的真實感受。[39]又如清初的〈長白山賦〉，王學玲指出：這些賦作其實在宣誇疆域資產的擁有，同時長白山對清王室而言更有著聖山的崇高地位，康熙皇帝親至長白山，進行朝聖之旅，實則〈長白山賦〉已經為大清帝國建立了政權的合法性論述，也強化了對大清的國家認同，是國家意識形態的展現。[40]而這些正是在漢賦中即已有之的帝國書寫特質。

---

[36] 池萬興：〈和寧及其西藏賦〉，《濟南大學學報》（社會科學版），第18卷，第4期（2008年7月），頁34。

[37] 見徐松為英和（1771-1840）〈卜魁城賦〉所撰之〈跋〉，《黑龍江志稿》，卷62，藝文，頁11b，收入興振芳主編：《遼海叢書續編》第2冊，瀋陽：瀋陽古籍書店，1993年。

[38] 參見許結：〈清代地理學與疆輿賦〉，收入氏撰：《中國賦學：歷史與批評》（南京：江蘇教育出版社，2001年），頁551。

[39] 《地圖權力學》（丹尼斯·渥德著、王志弘等譯，臺北：時報文化出版公司，1996年）指出地圖具有「連繫領域與隨之而來的各項事物的能力」（頁13）並且可以「將讀者連繫上它所呈現的世界」（頁23）「在某個位置創造所有權」（頁27）「地圖的作用在於替利益服務」（第一章標題）。不論是激發想像力或是填滿資料庫，輿地賦在這些方面都與地圖的作用相似。

[40] 王學玲：〈在地景上書寫帝國圖像──清初賦中的「長白山」〉，《中國文哲研究集刊》，第27期，2005年9月，頁102。

第四節　唐賦對漢大賦的繼承與開創

　　實則如果撇開唐賦的篇幅長短，撇開其律化的問題、撇開其形式體製，這些都暫且不論，直接看其題材內容和寫作的內容、辭彙和思想時，其中展現的「體國經野，義尚光大」的意涵可說與漢賦並無二致，其表現大國恢宏的氣象和帝國鴻業的偉贍鉅麗亦不下於漢賦，例如唐代鄭錫〈日中有王字賦〉云：

> 當是時也，河清海晏，時和歲豐。車書混合，華夷會同。皇帝乃率百吏，禋六宗。登臺視朔，候律占風。祀夕月於禮神之館，拜朝日於祈年之宮。霽氛霧，掃煙虹。地涯靜，天宇空。陰魄既沒，大明在東。吐象成字，昭文有融。[41]

試舉揚雄〈甘泉賦〉來做對比：

> 於是事畢功弘，回車而歸。度三巒兮偈棠梨。天閻決兮地垠開，八荒協兮萬國諧。登長平兮雷鼓磕，天聲起兮勇士屬。雲飛揚兮雨滂沛，于胥德兮麗萬世。[42]

如果我們不要去在意前引兩篇賦作的句式和語言的話，可以看出

---

[41]　見《文苑英華》（宋・李昉等編，臺北：新文豐出版公司影印明隆慶刊本，1979年），卷2，頁4b-5a，總頁16；又見簡宗梧、李時銘主編：《全唐賦》（臺北：里仁書局，2011年），第參冊，卷20，頁1806。

[42]　揚雄：〈甘泉賦〉，《揚雄集校注》（揚雄撰、張震澤校注，上海：上海古籍出版社，1993年），頁68。

這兩篇賦作內在有很多相似之處。首先，它們都是描寫皇帝進行
祭祀典禮相關的賦作；其次，文中同樣表達出國家典禮儀式的景
象；其三，作者都站在「頌德之臣」的立場進行歌頌。

　　如果我們從「帝國書寫」這個角度出發來看的話，唐賦的確
繼承了漢大賦中「體國經野，義尚光大」的寫作精神。曹勝高在
〈漢賦與大漢氣象〉中說到漢賦作者：

> 熱情地謳歌大漢的強盛，使漢天子的聲威和豪奢在羅列天
> 下財富、擁有四海疆域的富有中得以張揚。加之他們多為
> 飽學之士，博通字書，精於文化，熟悉歷史，故而作品
> 中或誇耀皇家郊祀的場面，或描繪皇帝的文治彬彬，皆崇
> 論宏議，創業垂統，縱橫古今，錯綜上下，馳騖乎天地並
> 包，勤思乎參天貳地，形成漢賦特殊的審美風尚。[43]

曹勝高上述這段話用來形容唐賦也是十分適合的。雖然漢代氣象
與唐代氣象二者間容或有所不同，但是作為統一的盛世大國這一
點是一樣的，因此唐代的賦家在歌詠時，也是充滿自信的，例如
李子卿便自信地認為唐代可以上比虞舜與大漢：「〈慶雲〉既同
於舜日，〈大風〉無異於漢年。」[44]又如孫頠〈春儺賦〉言：「我
皇堯舜比德，夔龍是扶。」[45]同樣有著將當朝皇帝上比三代聖王
的表現，這在漢賦中也有，班固（西元32─92年）〈兩都賦〉中

---

[43] 曹勝高：〈漢賦與大漢氣象〉，引文見曹氏主編：《漢賦與漢代文明》（長春：東北師範
　　 大學出版社，2009年），頁16。
[44] 李子卿〈功成作樂賦〉，見《文苑英華》，卷74，頁6a，總頁335；又見《全唐賦》，第參
　　 冊，卷20，頁1837。
[45] 見《文苑英華》，卷22，頁6a，總頁104；又見《全唐賦》，第參冊，卷21，頁1948。

也有將漢光武帝比作伏羲氏、軒轅氏和商湯、周武王、殷高宗盤庚、周成王之說。[46]

　　由於唐代同漢代一樣都是天下一統的大帝國，都具有大國之氣象，因此表現在這類國家書寫的賦作中的氣象是一致的，例如唐代崔損的〈明水賦〉便稱頌唐代：

> 於維巨唐，穆穆皇皇。崇初祀，異烝嘗。玄酒乃薦，至誠允臧。天降其福，地出則祥。醴泉洋洋，明水是將。徹慶雲之色，映瑞日之光。群臣作頌，歌孝治之無疆。[47]

相較於漢賦，唐賦在語言上更爲「明白簡易」。[48]實際上這一類歌頌祥瑞或是典禮性的賦作在漢代之後，歷朝歷代都有，而且正是這類京殿苑獵的大賦，才是被人所眞正重視者，許結便直言：「明代文人爲賦，首重『體國經野，義尙光大』的漢代京殿大賦，對『庶品雜類』、『言務纖密』（劉勰《文心雕龍・詮賦》）的魏晉小賦已視爲等下」。[49]葛洪（西元283—363年）《抱朴子外篇・鈞世》云：

---

[46] 班固〈東都賦〉云：「且夫建武之元，天地革命，四海之內，更造夫婦，肇有父子，君臣初建，人倫寔始，斯乃伏羲氏之所以基皇德也；分州土，立市朝，作舟輿，造器械，斯乃軒轅氏之所以開帝功也。龔行天罰，應天順人，斯乃湯武之所以昭王業也；遷都改邑，有殷宗中興之則焉；即土之中，有周成隆平之制焉；不階尺土一人之柄，同符乎高祖。」（見蕭統編：《文選》（李善注，胡克家刻本，臺北：華正書局影印，1995年），卷1，頁21b-22a，總頁碼31。）漢賦中的聖王理想，可參見馮良方：《漢賦與經學》（北京：中國社會科學出版社，2004年），頁223-246。

[47] 見《文苑英華》，卷57，頁1b，總頁257；又見《全唐賦》，第参冊，卷22，頁2006。

[48] 袁宏道（1568-1610）嘗言：「唐賦最明白簡易。」見《袁宏道集箋校》（錢伯城箋校，上海：上海古籍出版社，2008年2版），卷11，〈江進之〉，頁515。

[49] 許結：〈明代「唐無賦」說與賦學復古〉，收入氏撰：《中國賦學：歷史與批評》，頁119。

若夫俱論宮室，而奚斯「路寢」之頌，何如王生之賦〈靈光〉乎？同說遊獵，而〈叔畋〉、〈盧鈴〉之詩，何如相如之言〈上林〉乎？竝美祭祀，而〈清廟〉、〈雲漢〉之辭，何如郭氏之〈南郊〉之艷乎？等稱征伐，而〈出車〉、〈六月〉之作，何如陳琳〈武軍〉之壯乎？[50]

　　宮室、遊獵、祭祀、征伐等典禮的描繪，在賦中往往得到更為充分的記錄與華麗的呈現。趙小華〈初盛唐典禮賦芻論〉說明典禮的重要性如下：

封建國家所舉行的各種隆重典禮，往往是宣揚皇位正統和大一統所必不可少的文化表徵。在儒學思想演繹和闡釋下的儀式具有現實的演示性和深遠的象徵意義，不僅是強化秩序及整合社會的方式之一，而且也是一種意識形態和價值觀的展示和強化過程。[51]

趙氏更指出：初盛唐的盛世情懷下，文人洋溢著典禮賦的熱情，精心舖陳描繪諸如藉田、明堂、郊祀等種種典禮的盛況。內容上幾乎涉及帝王一切重要的禮儀活動，更展現出泱泱大國的壯盛氣勢。[52]
　　時至北宋，劉培的〈論北宋的典禮賦〉一文也說道：

---

[50]　葛洪撰、楊明照校箋：《抱朴子外篇校箋》（北京：中華書局，1997年），卷30，〈鈞世〉，頁75。

[51]　趙小華：〈初盛唐典禮賦芻論〉，《蘭州學刊》，2007年第5期，頁146。

[52]　趙小華：〈初盛唐典禮賦芻論〉，頁146-148。

　　北宋典禮賦的創作是比較繁榮的，宋太宗努力營造一種太
平氣象，典禮賦的創作興起。真宗為了顯示化致升平的氣
象，大行典禮，粉飾太平，典禮賦更盛。仁宗親政之前，
劉太后攝政，承真宗之餘緒，也出現了一些頌美之作，明
道、皇祐間的賦壇頌美賦的創作十分興盛。宋初的典禮賦
重在描寫典禮儀式，歌功頌德的主題表現得較為隱晦。而
澶淵之盟後的典禮賦則漸漸表現出處身治世的豪情，對皇
德的歌頌較為直露。政治變革運動的興起，切于時弊、有
為而作的文學觀流行，粉飾太平的典禮賦趨向消沉。氣勢
恢宏的典禮既可以體現出王朝的聲勢，也可以使文人對現
實的衰敗產生些許空幻的寄託與願望。北宋後期仍有人創
作典禮賦，以寄託強國的迷夢。[53]

可見無論是否是泱泱大國，也無論是否真的是重視典禮的意義，
帝王藉由典禮可以營造一種太平氣象，可以寄託一種國家夢想，
因此在歷朝歷代典禮和典禮賦都受到重視。

　　由於「辭賦具有宣揚上國聲威的功能」[54]，因此它在敘述中
多為正面頌美之聲，而且無論是何朝代，這類賦作最終頌揚天子
仁心儒術，篤行王道的意旨始終是一貫的。劉培《北宋初中期辭
賦研究》第一章第二節云：

　　　　賦在古代的政治生活中具有相當重要的作用，歸納之，可
　　　　分為頌揚聖德、潤色鴻業和匡政救俗、規諷當政兩個方

---

[53]　劉培：〈論北宋的典禮賦〉，《寧夏社會科學》，2005年5月，第3期，頁144。

[54]　劉培：〈論北宋的典禮賦〉，頁144。

面。這種為政治服務的賦，我們稱之為頌美諷諭賦。[55]

相較於政治的、社會的「頌美諷喻賦」，另一類則是「抒情言志賦」，指「具有抒寫一己之情，導洩人生感受功能」的賦。[56]

無論是漢大賦或是帝國書寫的唐賦，它們都是屬於前述的「頌美諷喻賦」，這類賦作共同表現了帝國書寫的特質，作者寫作時以作為國家之一分子的角度進行思考，並且以國家施政為主要的關懷出發，不同於「抒情言志賦」之由一己個人出發；前者是站在公的立場，集體利益的立場；後者是站在私人、個我的立場，此為二者間最大和最明顯的差別。前者在思想、用心上是「體國經野式」的懷抱，後者在思想、用心上是「抒情言志式」的抒發。

然而「頌美諷喻賦」雖然同樣是用大與全的角度進行寫作，卻不一定都是體製宏大的長篇之作，有時也有篇幅不長的作品。唐代劉允濟（約西元685—704年）寫〈天賦〉、〈地賦〉，〈天賦〉約四七五字，〈地賦〉約五七五字。[57]可見大物象的題材或命題，並不見得一定是長篇鉅製，物象大小與篇幅大小二者間也不見得有必然的連動性。長篇大賦、字數千言，往往是騁才的表現，例如唐代王璘參加考試，先試之於試院，王璘以往來口授的方式，十吏筆不停輟，首題〈黃河賦〉三千字，數刻而成。[58]前人

---

[55] 劉培：《北宋初中期辭賦研究》（臺北：萬卷樓圖書公司，2004年），頁29。

[56] 見劉培：《北宋初中期辭賦研究》，頁44。

[57] 劉允濟〈天賦〉見《文苑英華》，卷1，頁1a-2a，總頁10；又見《全唐賦》，第壹冊，卷2，頁170-171。〈地賦〉見《文苑英華》，卷25，頁1a-2a，總頁113；又見《全唐賦》，第壹冊，卷2，頁172-173。

[58] 參見浦銑：《歷代賦話續集》（收入何新文、路成文校證：《歷代賦話校證》，上海：上海古籍出版社，2007年），卷6，頁215。

之說多認爲：大賦被涵攝在散體賦中，抒情詠物小賦被涵攝在騷
體賦中，同樣是詠物，所寫物象的大小也影響體製的大小。但是
這個情況只是籠統的概說，實際上並不是必然如此。

　　雖然漢代帝國與唐代帝國的氣象不同，時代精神也不同，表
現在賦的書寫上自然也會有不同的風貌。因此前人在觀察賦的發
展變化時，多著重從語言、句式、篇幅等形式體製的角度出發，
論述漢賦與唐賦。因爲這是明顯可以看出二者不同之處。然而由
於過度地強調了漢賦與唐賦的不同，加上時代的久遠隔閡，逐漸
使賦體在今日更加陌生化，遂使得我們容易忽略了漢賦與唐賦原
本相同的、共同擁有的特質。因此，本文乃由帝國書寫的這個角
度，重新看出唐賦在內在精神和實質上其實繼承了漢大賦的寫作
角度和觀點。同樣是從帝國書寫的角度來看待事物，不過不同的
是，唐賦的篇幅變得不像漢賦那麼大，而且它的語言形式經過駢
體化和律化的影響，所以其句式和組成也變得與漢賦略有不同。
加上唐代因爲律賦是賦體寫作中的主流，因應科舉考試和習作等
需要都用律體寫作，因而許多帝國書寫式的賦作仍以律體表現爲
主。撇開語句形式和體製不論的話，唐賦之中可以看到漢大賦的
內在精神和特質，漢唐賦都讓讀者從中看到漢唐大國的恢宏氣
象，看到萬民擁戴、四方來朝的中國，看到富有國家符號和宮廷
生活與節慶儀式的種種樣貌，看到臣子的歌頌與期待。而這樣的
精神和特質一直貫穿於每個朝代，直到清代仍是如此。因而，賦
也是一種頌揚的文體。

　　換言之，雖然在體製形式上唐賦的篇幅變小了，在語句的
使用上多用律體或隔句對的句式，但終究在內在歌頌和諷諭帝國
事物的這個精神和脈絡上是與漢大賦一脈相承的。如果從這種賦
家寫作時的內在思維方式來看，大賦與小賦的不同正由於寫作者

觀看的角度和心態不同所致，大賦的作者往往是站在社會性、公共性的社會我的角度出發而進行寫作的，他的視野是宏觀的、開闊的，是從帝王或帝國的視角在進行觀看和書寫的。但另一方面，所謂的「抒情賦」，其實是擺脫社會公眾者的角色，而以個人意識爲主的書寫，其觀看角度是站在私人性和個我性的立場，抒發個人小我一己之感情的。因而大賦與小賦可以說前者是歌頌文學，後者是抒情文學。由於儒家的文學教化功能的力量強大，因而使得歌頌文學也被賦予了諷喻的神聖使命，成爲一項作品評價的重要指標。但賦頌等文體，其性質本就具有宮廷文宣或歌頌文學的特質，如頌、贊等文體亦然。在一種歡欣鼓舞、欣喜愉悅的心情下進行歌頌，特別如果是在經歷了戰爭苦難後，來到一個清平盛世時，不免引發人們對太平治世的歌頌，這也正是繼承了《詩經》雅頌以來的寫作傳統。然而由於隨著時代的演進，個人意識的覺醒與抬頭，更發展至現代受西方社會個人主義的影響，文學在現代被窄化爲單純表現個人情志的文學，歌頌文學或頌德文學遭到貶抑，這是現代民主社會制度下所發展出的文學評價觀念，但如果持此眼光來看待古代文學則未免會受到侷限，視野也過於狹隘。馮良方《漢賦與經學》第八章最後說到：漢賦中對帝王的聖王化，究竟是諷還是勸呢？[59]這個問題就如同我們看待所有這類頌揚型賦作一般，馮良方說：

> 賦家把漢代帝王聖王化，主要目的仍是在歌頌漢德，同時
> 採用了一種類似「典型化」的手段，將現實和理想交織，
> 使之處於似與不似之間，模糊了理想的聖王和現實帝王

---

[59] 馮良方：《漢賦與經學》，第八章，頁245。

二者之間的界線，也就模糊了諷和勸的界線。……既可以理解成是諷，也可以理解成是勸。諷和勸在此是合二為一的，彼此之間並無不可逾越的鴻溝。[60]

　　從實際作品來看，都邑類題材在《歷代賦彙》卷三十至三八中收錄的賦篇自漢代迄明代，各朝代均有賦作，其他類的大賦題材亦然。從唐賦來看，唐代有更多、更具體的材料證明國家典禮的施行和重要性，相較於材料較爲有限的漢代，國家與賦體文學間的互動情形更能夠被清楚地看到。帝王的巡幸、遊獵、封禪等活動，賦家都扮演了活動記錄者的角色，賦家並不是單純地站在個人的角色上爲一個帝王服務，反而是扮演了近似「左史記言，右史記事」的史官的角色，這便是自漢代以降，賦家在寫作中扮演的職司與角色。

　　在文體發展的歷史長河中，必然會因應時代風尙和他種文體影響或競爭、自身文體求新求變等的因素產生某種局部的變化，正像郭建勛在《辭賦文體研究》第一章第一節中描述騷體賦在各朝代不同的發展和演變一樣，漢代的散體大賦容或也有這樣因應不同朝代的變異。

　　劉培說：「沒有強大的王朝作依托，沒有自豪開闊的胸懷，潤色鴻業的頌聲是唱不成調的。」[61]歌頌其實也是一種抒情的方式，只不過作者是在融入集體的社會中去表現出集體的意志和情感，而不是去表現個人私我、一己的情感，其展現出的是集體力量對每一個個體小我的巨大的影響力。

---

[60]　馮良方：《漢賦與經學》（北京：中國社會科學出版社，2004年），第八章，頁246。
[61]　劉培：〈論北宋的典禮賦〉，頁148。

第五節　結論

　　如果將漢大賦的特質從「體國經野，義尚光大」這一點來看時，那麼擺脫語言和體製在不同朝代的微幅變化，暫且不論的話，這一類「體國經野式」的大賦其實貫穿了漢代至清代。而歷來論賦體發展之論者，總以強調漢賦、唐賦的不同為說，但是其實如果我們改由其內在實質精神來看時，漢賦、唐賦都具有這一類「體國經野式」的大賦，而這一類賦作最重要的特質並不是在於其形式體製，而是在於其帝國書寫的特質。如果我們改由「帝國書寫」這一點來作為大賦文體的重要特質時，那麼唐賦的確有大量作品都是繼承了漢大賦的這種寫作特質。這種帝國書寫的特質可以上溯到漢大賦的寫作傳統，因而漢唐大賦可以說具有以下三項特點：第一、從對象上來說：其描繪的對象是外在的、國家的、非個人心志的；第二、從效用上來說：其寫作具有針對性和目的性，通常是預設的讀者是帝王或統治階級；第三、從作者個人角度來說：藉由賦的寫作可以展現文人的才華，以此獲得晉身的機會。在漢代是可以經由帝王的賞識而獲得拔擢，在唐代則是有獻賦和參加科舉考試的方式得到入仕機會。

　　從唐賦的特質看來，雖然也有部分抒情之作，但更為多數的仍是頌美性質之作。抒情之作以表露個人心志為主，頌美之作則以公眾的、集體意識的展現為主。從賦家的寫作心態和立場來看，他們對於社會文化的面向的重視是更勝於個人心志的。

　　唐賦從元代祝堯《古賦辯體》對律賦的貶抑以來，元明清三代，以迄民國，多受到貶抑的負面評價[62]，但是如果回到唐賦的作

---

[62] 祝堯《古賦辯體》嘗云：「唐之一代古賦之所以不古者，律之盛而古之衰也。就有為古

品本身來看，它的文學性和它豐富的社會文化意涵都還有很多值
得我們去開發和重視之處。

賦者，率以徐庾為宗，亦不過少異於律爾。」（文淵閣《四庫全書》本，臺北：臺灣商務
印書館景印，1983年，卷7，頁1-2。）祝堯以古賦與律體兩者相對立，故帶有律體質素的
作品是不好的。這種觀點大抵自祝堯以降之賦論家都是如此。他們以古賦，而且是漢
賦為賦體的正宗，認為自漢代以降，賦的發展是呈現倒退的趨勢，一代不如一代。這
種觀點發展到極致乃有李夢陽（1472-1530）「唐無賦」之說。（見李夢陽：〈潛虬山人
記〉，《空同先生集》〔臺北：偉文圖書出版社，1976年〕，第4冊，卷47，總頁碼1371。）
但游適宏卻指出祝堯其實是站在國家取士選才，以古賦為考試項目，基於此一政策立
場下，去樹立古賦的正統性，從而貶抑律賦。可知其論述在某種程度上是站在特定的
立場和發言位置而發的。所謂「賦衰於唐」之說，其目的乃是「陷律賦於不義」，以保障
古賦的正當性。（參氏撰：《試賦與識賦－從考試的賦到賦的教學》，頁213-218、236）
又相關述請另參陳成文：〈從「唐無賦」到「賦莫盛於唐」──唐賦評價變遷之考察〉，
《國立臺北教育大學語文集刊》，第14期，2008年7月，頁115-148。但在祝堯之後，類似
這樣「崇古貶律」的觀點卻仍然一直被沿襲至今。

第三章
唐代自然物象賦作的書寫特質

第一節　前言

　　「自然」一詞在現代多用作nature，自然界、大自然之意。
中國文學研究者也關心古代文人是如何關注和描寫自然的，因此
多有探討古代文學自然書寫的研究。[1]但誠如林淑娟在〈新「自
然」考〉一文中所指出的：「自然」一詞之變成有nature之意乃
是十九世紀後翻譯之事。而在中國最初「自然」一詞多用於指狀
態之自然，並非指外在實體世界，與人相對的物質世界的自然。
古漢語中「自然」一詞乃「自然而然」之意。[2]至於吾人所熟悉
的外在的大自然界之自然，一般多以「物」看待之。而對自然知
識熟悉的學者，則以「博物」之士稱呼之。物有天地萬物之意，
中國古代對待自然萬物的思維與西方不同，日本學者溝口雄三
（1932—2010）在《中國的思維世界》一書的〈題解〉中指出：
關於「自然」這一概念，歐洲與中國有著不同的思維方式。其以
亞里士多德（西元前384—322年）與莊子來比較，「自然」是歐
洲人在追溯事物的起源或者本源這一逆向型的分析性的思維過程

---

[1]　例如東海大學中國文學系曾經舉辦自然書寫研討會並出版《臺灣自然生態論文集》（臺
　　北市：文津出版社，2002年）；又如韓學宏《鳥類書寫與圖像文化研究》（臺北：文津出
　　版社，2011年）也以古典文學中的鳥類書寫為探討對象。

[2]　林淑娟：〈新「自然」考〉，《臺大中文學報》，第31期，2009年12月，頁269-310。

的產物。排除了一切價值和倫理的判斷，把存在只看做存在加以
考察的思維方式。但在中國，如《莊子・知北遊》中所顯示的，
並不進行對於物質的原始狀態的個別性追究，而是把物質世界作
為一個整體，作為一個世界來加以把握。[3]因此在中國，所謂「自
然」，就是物只能如此的本來的存在方式，萬物的自然調和的存
在方式，宇宙運行的井然有序的、有條理的存在方式。而它對於
人來說，就意味著按照倫理而生活的生活方式。這一貫通著自然
界和人類世界的「條理─倫理」，進而催生了共同包括著人類世
界和自然世界的「自然的天理」和「天理的自然」這樣的觀念，
在這裡，人類社會與自然界被視為相互連接的世界。[4]

　　無論是溝口雄三，或是池田知久都指出[5]，「自然」一詞在中
國自有其古義，它不同於今日「自然」一詞來自於歐洲nature的
詞義。池田知久說明在中國先秦時代：

> 「自然」是道家思想家最初為了否定和排除人為、作為而
> 使用的一對概念──主體的「無為」和客體的「自然」
> ──的一個組成部分，在戰國時代末期開始被思想界使
> 用，「自然」作為一個思想概念就是這樣產生的。還有一
> 點需要說明的是，從語法上來說，古代漢語中「自然」一
> 詞最初是被當做與「泰然」、「漠然」同義的一個副詞使
> 用的，用來形容「萬物」、「百姓」存在的一種方式，與

3　溝口雄三：〈《中國的思維世界》題解〉，溝口雄三、小島毅主編；孫歌等譯：《中國的思
　維世界》（南京：江蘇人民出版社，2006年），頁4。

4　溝口雄三：〈《中國的思維世界》題解〉，頁5。

5　參見池田知久：〈中國思想史中「自然」的誕生〉，溝口雄三、小島毅主編；孫歌等譯：
　《中國的思維世界》，頁1-17。

有著實在對象、作為名詞的nature意思完全不同。這些看
法，在今天幾乎已成為學界的共識。[6]

除了指出中國與歐洲，古代與現代，在「自然」一詞的詞義和用
法上是不同的，是有所轉變的外，更重要的是中西方的思維方式
大不同，因此對於看待自然萬物的方式和態度顯然也是截然不同
的。溝口雄三就指出：

> 對於自然界的對應方式，歐洲的對應是分析的、客觀的，
> 被視為其間沒有道德和主觀進入的餘地；而與此相對，在
> 中國的對應則是總括的和綜合的，被視為其中存在著宇宙
> 的條理。此外，在中國，自然界的條理與人類社會的倫理
> 被視為貫通的，這一點也與歐洲並不相同。[7]

　　正因為中國古代對於自然萬物自有一套對應與看待的方式，
不同於現代的自然科學知識的、客觀的、來自於歐洲傳統思維的
這一套。因此，若以今律古，或以西評中，難免都因為帶著偏見
而易失其真。欲對中國古代的自然觀有適切的了解，還是得回到
中國原有的傳統中來觀察，方能得其實際。而號稱善於體物的文
體——賦，特別是對自然事物有大量書寫與描摹的漢代大賦，應
該可以提供吾人省思此問題的一個理想的觀照點。因為在面對這
類漢代賦作時，首先會使吾人去思考「漢人是如何看待自然萬

---

[6]　池田知久：〈中國思想史中「自然」的誕生〉，溝口雄三、小島毅主編；孫歌等譯：《中國
　　的思維世界》，頁11。

[7]　溝口雄三：〈《中國的思維世界》題解〉，溝口雄三、小島毅主編；孫歌等譯：《中國的思
　　維世界》，頁8。

物」這樣一個根本的問題。

《漢書・天文志》中有出現「自然」一詞，其云：

> 凡天文在圖籍昭昭可知者，經星常宿中外官凡百一十八
> 名，積數七百八十三星，皆有州國官宮物類之象。其伏見
> 蚤晚，邪正存亡，虛實闊陜，及五星所行，合散犯守，陵
> 歷鬭食，彗孛飛流，日月薄食，暈適背穴，抱珥虹蜺，迅
> 雷風祅，怪雲變氣：此皆陰陽之精，其本在地，而上發于
> 天者也。政失於此，則變見於彼，猶景之象形，鄉之應
> 聲。是以明君覩之而寤，飭身正事，思其咎謝，則禍除而
> 福至，自然之符也。[8]

由《漢書》中有關「自然」的資料看來，漢人心目中「自
然」的概念有著濃厚的同類相比附的觀念，亦即認為：上天或大
自然界的種種現象都與人事間的事物有所對應，因此自然界的現
象往往是人間事物的一種預示與象徵，人們多由此從事努力解讀
上天所示的徵兆或象徵意涵。這種觀念和漢代流行的「天人感
應」與「同類相感」之說是相一致的，如《淮南子・要略》所云
者：

> 〈覽冥〉者，所以言至精之通九天也，至微之淪無形也，
> 純粹之入至清也，昭昭之通冥冥也。乃始攬物引類，覽取
> 撟掇，浸想宵類，物之可以喻意象形者，乃以穿通窘滯，

8　　班固撰、顏師古集注：《漢書集注》（點校本，臺北：鼎文書局，1984年），卷26，〈天文
志〉，頁1273。

決瀆壅塞，引人之意，繫之無極，乃以明物類之感，同氣
之應，陰陽之合，形埒之朕，所以令人遠觀博見者也。[9]

「物類之感，同氣之應」被視爲是一種智者引譬連類的大智
慧，是只有少數能洞悉宇宙萬物眞相的人才具有的能力。這樣的
思想在儒家早期經典《周易》中已有，《周易‧繫辭下》曰：

古者包犧氏之王天下也，仰則觀象於天，俯則觀法於地，
觀鳥獸之文，與地之宜，近取諸身，遠取諸物，於是始作
八卦，以通神明之德，以類萬物之情。[10]

在儒家經典的觀念中，包犧氏具有「聖王」的形象，聖人法於
天，這既是來自於墨子的觀念，也爲人普遍接受。漢代「天子」
的概念便有上天之子的意思，天是一切宇宙事物的主宰，天子或
聖人乃是介於天與人之間的溝通者、橋樑，是以無論是聖人抑或
天子都需要上體天意。聖人要了解天意，必須博通萬物，「聖人
藉博物以體會天道；也因聖人合於天德，才具有知天道、通物理
的博物的能力。」[11]《周易》以八卦作爲天地萬物的象徵符號，便
表明了作者透過這樣的象徵符號體系試圖達到通天理、萬物的目
的。
　　古人認爲天地自然四時的運行有一定的規律和規則存在，此

9　劉安等編撰、劉文典集解：《淮南鴻烈集解》（點校本，北京：中華書局，1989年），下
　　冊，卷21，〈要略〉，頁702。
10　《周易注疏》（王弼、韓康伯注、孔穎達疏，南昌府學本，臺北：藝文印書館，1993
　　年），卷8，〈繫辭下〉，頁4b。
11　許聖和：《「博物思維」與六朝文學》（花蓮：國立東華大學中國語文學系碩士論文，
　　2006年），頁17。

爲常，因而人便必須遵行時節以行事，這就是時序觀念的重點。
如果自然萬物或天象、時節有異，不循常度時，便是一種變異，
這種變異往往就具有特殊的意涵。董仲舒（西元前179─104年）
之「天人感應」之說，實則乃是順應了時代社會上已普遍具有的
天人相感、相應的觀念，進一步地將之轉化爲執政者必須警惕的
天象示警的一種警告。禮者，理也，儒家希望的理想世界乃是建
立在井井有條的條理和規律上的。每個人在其職位上各司其位、
各司其職，如果有逾越分際，過與不及的僭越時，便需要受到批
判與處罰。那麼，誰可以來擔任這個裁判呢？誰有權力可以來判
定某人失禮呢？特別是像皇帝這樣權力高高在上者，只有上天能
擔任這個施予懲罰者的角色。

　　這種對於天的尊崇與敬畏的態度，最早是源於對自然萬物的
恐懼與崇拜之心理，隨著時代的逐漸進步，人類文明的進展與提
升，盲目的自然崇拜逐漸被理性的人文知識所取代，雖然如此，
人處在天地之中，對萬物的感知，仍不能免俗地還是維持了「物
類相應」這樣的類比思維。《淮南子‧覽冥訓》言：

> 夫物類之相應，玄妙深微，知不能論，辯不能解。故東風
> 至而酒湛溢，蠶咡絲而商弦絕，或感之也。畫隨灰而月運
> 闕，鯨魚死而彗星出，或動之也。故聖人在位，懷道而不
> 言，澤及萬民。君臣乖心，則背譎見於天。神氣相應，徵
> 矣。[12]

鄭毓瑜教授指出這種「物類相召」多方聯類的「類應」觀，其實

乃是來自於具體的生活經驗。[13]而漢代流行的陰陽五行觀念也是
「物類相應」說一個重要思想背景。

　　不過除此之外，「物類相應」說中更為強調的是人事與自然
災異的對應。《淮南子・天文訓》中亦有類似之說，其云：

> 物類相動，本標相應，故陽燧見日則燃而為火，方諸見月
> 則津而為水，虎嘯而谷風至，龍舉而景雲屬，麒麟鬥而日
> 月食，鯨魚死而彗星出，蠶珥絲而商弦絕，賁星墜而渤海
> 決。人主之情，上通于天，故誅暴則多飄風，枉法令則多
> 蟲螟，殺不辜則國赤地，令不收則多淫雨。[14]

由於「人主之情，上通于天」，因此若是人主施政不佳，上天便
會反映在自然災害上。在《漢書・五行志》中亦可見處處引《春
秋》來對種種災異現象做出對應的人事政治失調的解釋。以劉向
（西元前77—6年）為例，《漢書》本傳記載他「為人簡易無威
儀，廉靖樂道，不交接世俗，專積思於經術，晝誦書傳，夜觀星
宿，或不寐達旦。」[15]而其所上奏書中，亦強調「觀乎天文，以
察時變」，對於天象、自然之異，都視為是上天對帝王的某種警
告。[16]《漢書・董仲舒傳》所載董仲舒的對策一開始也是相同的意
思，其云：

13　參見鄭毓瑜：〈身體時氣感與漢魏「抒情」詩──漢魏文學與楚辭、月令的關係〉，收
　　入氏編：《中國文學研究的新趨向：自然、審美與比較研究》（臺北：臺大出版中心，
　　2005年），頁235。

14　劉安等編撰、劉文典集解：《淮南鴻烈集解》，上冊，卷3，〈天文訓〉，頁82-84。

15　班固撰、顏師古集注：《漢書集注》，卷36，〈楚元王傳〉，頁1963。

16　班固撰、顏師古集注：《漢書集注》，卷36，〈楚元王傳〉，頁1964。

> 臣謹案《春秋》之中，視前世已行之事，以觀天人相與之
> 際，甚可畏也。國家將有失道之敗，而天乃先出災害以譴
> 告之，不知自省，又出怪異以警懼之，尚不知變，而傷敗
> 乃至。以此見天心之仁愛人君而欲止其亂也。……《詩》
> 曰：「夙夜匪解」，《書》云：「茂哉茂哉！」皆彊勉之
> 謂也。[17]

其中都蘊含期許：帝王施政須懷著戒慎恐懼之心，所謂「如臨深
淵，如履薄冰」[18]，努力行道修德，否則「天子」將遭受上天的示
警和懲罰。誠如《淮南子・本經訓》所說：「天地宇宙，一人之
身也。」[19]此皆因這些著書立論之士深知在上位者大權在握，然其
施政良窳關乎國計民生，影響重大，是以不得不一而再、再而三
地重複，有耳提面命、語重心長之意。但也充分反映了漢代人對
於大自然仍存有敬畏之心，也正由於人們對於自然災異現象的恐
懼，遂使得大家會回過頭來要求在上位者的合理施政，因為這才
合於天道。這是以天子（或聖人）為中心形成的上體天道，下恤
民情，這樣的上下關係，這其中自然萬物則是天生自然，是天意
的呈現。因此也形成了自然──聖人──百姓三者間形成一種有
機體，構成互相牽制、影響與制約的關係。

　　這樣的自然觀並未將外在自然事物孤立、隔絕於人文世界，
更不是像西方人一樣，將自然事物視做可以被人類所征服、役
使、利用的對象，自然事物和人文世界是有機的、相互辯證、共
存共榮的關係。

17　班固撰、顏師古集注：《漢書集注》，卷56，〈董仲舒傳〉，頁2498。
18　語出《詩經・小雅・小旻》，見《毛詩注疏》（毛公傳、鄭玄箋、孔穎達疏，南昌府學本，
　　臺北：藝文印書館，1993年），卷12之2，頁19b-20a。
19　劉安等編撰、劉文典集解：《淮南鴻烈集解》，上冊，卷8，〈本經訓〉，頁249。

第二節　唐代自然物象賦作的分類

　　從《文苑英華》中所收唐賦之題材分類來看，其類目計有：
1.天象、2.歲時、3.地類、4.水、5.帝德、6.京都、7.邑居、8.宮
室、9.苑囿、10.朝會、11.禋祀、12.行幸、13.諷諭、14.儒學、
15.軍旅、16.治道、17.耕籍、18.樂、19.鍾鼓、20.雜伎、21.飲
食、22.符瑞、23.人事、24.志、25.射、26.博奕、27.工藝、
28.器用、29.服章、30.圖畫、31.寶、32.絲帛、33.舟車、34.薪
火、35.畋漁、36.道釋、37.紀行、38.遊覽、39.哀傷、40.鳥獸、
41.蟲魚、42.草木等共四十二類。[20]

　　本文參考林淑貞在《中國詠物詩「託物言志」析論》一書第
四章中的做法，[21]嘗試將上述四十二類作出進一步的類別歸納，看
看是否能將這四十二類做出人文與自然這兩大類的區分？

　　清朝康熙年間編纂的這套《佩文齋詠物詩選》總目分為
六十四種，每種目下又分四到十八小類，總共有四百八十六個小
類，分類繁多，[22]林淑貞《中國詠物詩「託物言志」析論》第四章
中，用歸併的方式，將之統合，以簡馭繁，其所歸納出的結果如
下，初步先分「人物」與「非人物」兩大類，其人物類分類如下表：

---

[20]　關於《文苑英華》所收賦篇的分類之相關討論，請另參凌朝棟：《文苑英華研究》（上
　　海：上海古籍出版社，2005年），頁91-95。

[21]　林淑貞：《中國詠物詩「託物言志」析論》（臺北：萬卷樓圖書公司，2002年），頁100、
　　109。

[22]　參見張玉書等編：《佩文齋詠物詩選》（京都：中文出版社，1986年）書首康熙四十六年
　　三月初一高興上表，其云：「謹校定六十四冊，為類四百八十有六，計古今各體詩一萬
　　四千五百九十首，刊刻告成。」（進表，頁3）

《佩文齋詠物詩選》人物類分類表

類別		物類
人物	宗教類	佛、僧、仙、道士
	職業類	農、圃、樵、漁、牧、織、女紅

由上表可見，這套清康熙年間御定編纂之《佩文齋詠物詩選》，其所謂「物」的概念原是包括「人」的，這一點和現代人對於「物」的概念有很大的不同。本文既以自然物象題材為主，自當排除「人物」類。在《佩文齋詠物詩選》中，「非人物類」可以再將其簡化歸納後類別如下表：

《佩文齋詠物詩選》非人物類分類表

人文器用		建築 武備 儀器金錢 衣飾用品 文書 樂器
自然界	1. 無生物	天文、山石、水系
	2. 生物	植物：花木
		動物：走獸、禽鳥、魚族、蟲類

如依此標準大略觀之，再對《文苑英華》賦篇中的類別進行重新歸納，可以整理如下：

一、人物：帝德、儒學、軍旅、道釋

二、人文活動：朝會、禋祀、行幸、諷諭、畋漁、紀行、遊覽、哀傷、志、人事

三、人文器用：京都、邑居、宮室、苑囿、治道、耕籍、樂、

　　鐘鼓、雜伎、飲食、射、博奕、工藝、器用、服章、圖
　　畫、寶、絲帛、舟車、薪火、

四、自然物象：天象、歲時、地類、水、鳥獸、蟲魚、草木等
　　七類

　　由上看來，前面三類都可以算是人文類的。在四十二類中，
「符瑞」是既有自然物類（其中有鳳、龍、龜、柳、連理樹、白
鳥等），也有人文產物（如丹甑、鏡、白玉琯）的，此外，像畋
漁、紀行、遊覽雖也有自然景物的描寫，但究竟仍是以人為主
的，在此姑先將之歸入人文類中。

　　由這樣的歸類結果看來，《文苑英華》賦篇的題材，從類
別數量的多寡上來看，人文類的比例明顯高出自然類甚多，人文
類與自然類的比例為五比一。其次，從分類的先後次第也可以看
出，作為具體自然物象的獸、蟲魚及草木等皆被擺在卷末，而以
人文為主的京都、邑居、宮室、朝會、樂等皆位於自然類前面。
可見編書者重人文而輕自然的思維觀點。雖然最前面的四類有天
象、歲時、地、水等，但這四類其實比較特殊，因為天地山水是
孕育滋養萬物、生成萬物者，其某種程度而言，具有神祇的地
位，在位階上高於「天子」；又如「歲時」，這是天地與時俱變
的時令，既是自然的運行時間規律，也是人文禮制的節度。因
此，天地水、歲時這四類雖然本文將之列為自然物象，但它們在
分類編排上，卻反而居於卷首的位置，與鳥獸草木蟲魚置於卷末
大為不同。

　　賦與類書一向有著密不可分的關係[23]，《文苑英華》賦篇的

---

[23]　詳參方師鐸（1912-1994）：《傳統文學與類書之關係》（臺中：東海大學，1971年）一
　　書。

分類可以說和《文選》的分類以及類書的分類都具有某種程度的相似性。據劉葉秋云：中國古代類書如《北堂書鈔》、《藝文類聚》、《初學記》、《太平御覽》、《唐類函》和《淵鑑類函》等，所析部類皆大致相同，只是偶有分合或名稱、次第略存歧異而已。而其門類皆先天地帝王，次典章制度，然後及於其他，其排列順序反映了古代士大夫敬天、尊君的觀念。[24]這樣的分類觀念正與《文苑英華》相去不遠，從中不但可以看到古人在分類中所隱含的一套以天地、帝王為先的思維模式。而且更從其中顯示出類書編者以人文為主的思考，有著強烈以人為本，以「人文化成」天下這樣的思維形態。因而其自然觀也不同於今人。

若依唐賦所描寫的自然物象來看，大致可分為兩大類：一是全景式的自然物象，如天、地、山、水；二是聚焦於特定自然物象上，如鳥獸蟲魚等。[25]全景式自然物象係以宏觀的方式對山、海等作全體的把握。當然，在實際描寫的同時也會寫到置身其中具體的自然物種，如摹寫海時則不免敘及其中的水族、魚類，而刻繪山林的同時亦會連帶涉及其中的草木、禽獸。早期漢賦的發展便主要是以全景式的描繪為主的苑囿題材賦篇，如司馬相如（約西元前179—118年）〈子虛賦〉、〈上林賦〉，或是揚雄（西元前53—18年）的〈羽獵賦〉。以司馬相如來說，其在〈子虛賦〉中對雲夢大澤中的山、土、石、鳥獸、草木、蟲魚等自然物象都做了誇張的描寫，司馬相如賦中的堆砌、羅列、排比，誇張地塞

---

[24] 劉葉秋：《類書簡說》（臺北：國文天地雜誌社，1990年），頁40。

[25] 此一分類觀念係借用自攝影的觀念而來，在拍攝風景照時採用廣角鏡頭，全景式是希望能以連拍方式構成一幅人置身於風景之中的大幅景象，因為鏡頭中所能見到的景象有限，故而需要廣角、連拍；另一種是長鏡頭或微距鏡頭，拍攝鳥類和昆蟲時用之，聚焦於某一特定物象上，可以做細微的觀察，使其毫芒畢現。

進各式各樣物象詞彙，彷彿要極力填滿。[26]漢大賦中的自然書寫基本上已奠定了全景式自然賦的寫作風格，賦家們企圖將所有與此主題有關的事物統統都囊括殆盡，並一一羅列、排比，展現在帝王眼前。呈現一種琳瑯滿目、目不暇給的華麗特質。

而魏晉時則以詠物小賦獨樹一幟，在寫作的對象上，轉而以某一具體之自然物象來進行微觀式的、聚焦式的鋪陳描繪，如禰衡（西元173—198年）的〈鸚鵡賦〉、張華（西元232—300年）的〈鷦鷯賦〉。然而這並不是說魏晉之時就沒有全景式的自然賦作，例如西晉賦家木華撰作〈海賦〉，便是採用全景式的方式對海進行各方面的描寫，並由此展開想像，描繪海上仙境，「名為覽海，實則遊仙」。[27]

全景式和聚焦式的兩種賦作類型在歷史發展上是一直並行的，但這兩種類型的賦又各有其特性。全景式賦作的宮廷性較強，相形之下，聚焦式賦作則較多地突顯賦家個人之生命情調，因而多為體物言志型的作品，作品較接近傳統所謂詠物賦的範疇。在賦的寫作型態中，基於作者創作心態的不同，因此那些宮廷貴遊文學性質濃厚的作品，也往往具有強烈的歌功頌德的傾向，故可稱之為「歌功頌德型賦作」；另一方面，賦家藉由體物的手法來表現個人心志的作品，也是詠物賦中常見的寫作方法，故這一類賦作不妨稱之為「體物寫志型賦作」。

從傳統的賦體分類來看，自然物象的賦作是很容易和山水

賦和詠物賦這兩大題材類別相重疊的。故而孫康宜在《抒情與描寫：六朝詩歌概論》一書中，曾區分詠物賦與山水賦，其云：詠物賦聚其視焦於單個物體，而山水賦聚其視焦於大規模的風光。[28]此處所云「聚焦」的概念與本文前述之「全景式」、「聚焦式」二分之分類念是一致的。不過，自然物象賦作可包括山水賦，卻又不僅限於山水賦，其涵括的範圍遠比山水賦的範圍要大許多，例如天、地、四時等皆屬於自然物象的範疇，但卻不是山水賦所描寫的對象。與此相反的是，自然物象賦作雖涵攝了詠物賦中的鳥獸草木蟲魚類之生物，卻不涵括其中的器物類、建築類和飲食類。詠物賦所涵括的對象又遠遠超越了自然物象賦的範圍。[29]因此，本文擬採取自訂的分類稱呼和方式來進行以下的論述。

事實上，大部分的自然物象賦作都可說是傳統詠物賦的寫法，本文意在自然物象賦作的探討，故詠物賦中只取那些眞正屬於自然物象者。綜上所述，本節所提出的分類觀念可以整理如下：

一、以描寫對象分爲自然與人文兩大類；
二、在描寫自然的作品中再以取景方式分爲全景式和聚焦式兩種；
三、如以作品型態、創作心態來看，則又有歌功頌德型與體物言志型這兩種不同的類別。

---

28 孫康宜：《抒情與描寫：六朝詩歌概論》（鍾振振譯，臺北：允晨文化實業股份有限公司，2001年），頁116。

29 廖國棟在《魏晉詠物賦研究》（臺北：文史哲出版社，1990年）一書中將詠物賦分為天象、地理、動物、植物、器物、建築、飲食及其他等八類。（參該書目次及頁17-18）由此分類可知，詠物賦包含的範圍遠較自然物象賦作為廣。

第三節　全景式自然物象賦作所展現的帝國書寫特質

　　從唐賦中看來，雖然其中不乏許多以自然爲題之賦作，但是其寫法上比較特殊，像天地日月、四時節氣等，幾乎大多數的自然物象在賦中都是披上了一層濃厚的神話色彩。早在《詩經》之中，這一原始的自然崇拜思想就已存在了。據法國漢學家葛蘭言（Marcel Granet, 1884—1940）《古代中國的節慶與歌謠》一書所言：當時人們認爲：如果王侯失德，人類秩序就會紊亂；而如果山岳失去力量，雨水也不會適時降落。自然界秩序的紊亂正是人類社會秩序被破壞的結果，不論是旱還是澇都必須由君王承擔責任。山川之德與政治的價值相關聯，山水之德只有靠君王之德才會發生效力，王室的權力與該國的山川威力之間存在著完全的一致性。[30]因此，正如同王國瓔所言，這些：

> 山嶽河川不僅因為形狀高峻、聲勢浩大令人起敬，更因為山嶽河川能反映上天的意志，是人間社會秩序的鏡子。山川在自然界的地位，有如君王在人間的地位，兩者同樣受命於天；山川主宰自然，君王主宰人間；山川之力相當於王權，山川之惠相當於君王之德。因此，山嶽河川草木

---

[30]　以上敘述參葛蘭言（Marcel Granet）：《古代中國的節慶與歌謠》（*Fêtes et chansons anciennes de la Chine*，趙丙祥、張宏明譯，桂林：廣西師範大學出版社，2005年），頁164-165。案：此書有二中譯本，除趙丙祥、張宏明的新譯本外，尚有張銘遠根據日譯本和英譯本翻譯的舊譯本，書名為《中國古代的祭禮與歌謠》（上海：文藝出版社，1989年）。新譯本除直接從法文本迻譯外，尚參考了英譯本、日譯本和舊譯本，本文主要根據新譯本。

的繁茂，顯示君王有德、人民有福，這是足以引起歡悅與頌禱之情的。……若是山嶽河川失調，以致天不雨、山無樹、川無水，稼穡遭殃，人民受苦，這是君王無德，不知畏天、恤民、勤政的結果。……由於自然界的山嶽河川，能映照人間社會的禍福，詩人因此表示儆惕之意。[31]

基於這樣傳統的觀念和信仰，自然物象都被視為是上天旨意的表現，大多數的儒生所扮演的都是一個翻譯者或解釋者的角色（類似古代的巫），將上天所呈現的自然物象，其吉凶禎祥做一番解釋對應到現實人事上來。例如〈景星見賦〉其題下限韻為：「垂象含輝有道則見」指涉出景象出現的意涵[32]：人間施政有道才會出現如此的星象，這是上天傳遞的話語，藉由星辰或自然物象來表示。如同《周易・賁卦》所言：「觀乎天文，以察時變；觀乎人文，以化成天下。」[33]古代的人們早就有了這樣一套思維模式，因而對於天文現象或自然現象，都會仔細觀察，為的是解讀上天的話語。漢代時如本文第一節中所述，如董仲舒、劉向等大臣他們為了要使權力至高無上的君王，能有所節制和收斂，都會採取「天象示警」的必要做法，借用這套論述來對君王進行勸諫，以便達到讓君王採納諫言的目的。

隨著四時季節的變化，又因為古代中原大多數地區都是農業型態的生產，因而自然的時令變化是相應的，搭配著一套與農

---

[31]　王國瓔：《中國山水詩研究》（臺北：聯經出版事業公司，1986年），頁15-16。

[32]　〈景星見賦〉的限韻文字，參見《文苑英華》（宋・李昉等編，劉允濟等著，臺北：新文豐出版公司影印明隆慶閩刻本），卷9，頁8b，總頁碼49；又見簡宗梧、李時銘主編：《全唐賦》（臺北：里仁書局，2011年），第捌冊，卷58，頁5203。

[33]　《周易注疏》，卷，〈賁卦〉，頁14b。

業耕作相關的風俗習慣，而這些風俗習慣有的也會形成禮制持續地、反覆不停地被操演著。所以唐賦中所寫的自然，其實是著重於人為禮制的這個部分，例如〈東郊迎氣賦〉、〈籍田賦〉等均是與整套禮制相關之作。[34]

　　這類賦作在寫法上，仍是沿襲漢大賦既有的書寫方式，堆疊大量的歷史文化典故在文句中。這是原本賦這個文體在形成發展過程中就與生俱來的一種特質，賦重才學，文人化氣息濃厚，又是走入宮廷的貴族文學，因此它講究精緻化，文人間互相競賽以求展現自己的才學，這一點就透過典故的運用來表現。[35]

　　以這類全景式描寫天象、地理、山川的賦作來看，它們都呈現出某種帝國書寫的特質，如《文苑英華·卷三》〈慶雲抱日賦〉云：「太陽淳精兮，表德於君；德感珍瑞兮，應天垂文。……既而五彩不散，三足增輝；英英而浮光並射，杲杲而合璧相依。信乾坤之道不昧，知君臣之德同歸。」[36]又如卷五之〈黃雲捧日賦〉云：「吾君朝黃圖，坐甲乙。履元吉。觀慶雲之飛來，暈長空以夾日，日明而麗，雲潤而黃。……推而言之，則君為日，臣為雲。君非臣則股肱斯廢，雲非日則光耀難分。」[37]

---

[34]　〈東郊迎氣賦〉見《文苑英華》，卷55，頁2b-3b，總頁碼248-249；又見《全唐賦》，第陸冊，卷40，頁3639-3640。〈籍田賦〉見《文苑英華》，卷70，頁1a-2a，總頁碼315；又見《全唐賦》，第捌冊，卷59，頁5296-5298。其與禮制相關，見於《禮記·月令》春令，亦可參本書第四章。

[35]　賦的貴族文學審美趣味，請參見郭建勛《辭賦文體研究》第五章第三節〈賦與駢文〉，頁219-220。競尚博學，用典繁巧之風，請參見黃水雲《六朝駢賦研究》（臺北：文津出版社，1999年）第六章第三節，頁289。

[36]　〈慶雲抱日賦〉見《文苑英華》，卷3，頁2a，總頁碼19；又見《全唐賦》，第捌冊，卷58，頁5178。

[37]　〈黃雲捧日賦〉見《文苑英華》，卷5，頁1，總頁碼27；又見《全唐賦》，第捌冊，卷58，頁5182。

前引賦文中所說的「日」，顯然已經不是單純的自然物象了，它帶有歷史文化傳統積累賦予它的文化意涵和意象，日不只是日，它更是帝王的象徵；雲也不只是雲，成為臣子的象徵，無論是「慶雲抱日」或是「黃雲捧日」都可以理解為臣子如同雲一般拱著如日的君王。因此，我們看到賦作並不從日月的自然性著眼，也不是從個人的情性出發，而完全是站在「國家」、「帝王」、「帝業」這樣的角度和立場出發來進行書寫的，如齊映（西元747—795年）〈冬日可愛賦〉其中強調：「聖上納諫」故「時以泰，歲以豐」[38]；或如陳昌言〈先王正時令賦〉云：「我唐百王居盛，九葉伊聖」[39]；或如張正元〈南風之薰賦〉：「今國家以義為利，知風之自，實皇猷之穆穆，因皇道之易易。」[40]我們可以在唐賦的書寫中看出文人這種特定的書寫思維，作者們總是會在寫作中將自然物象（如日和雲）與政治上的君王施政連結在一起。這背後當然是一套與賦寫作的背景有關的文化生成機制，但是特殊的觀看方式的確是唐賦中值得注意的現象，因為賦作的作者多站在帝國的立場和角度發言，故此種現象可以「帝國書寫」稱之。[41]

　　說到賦的生成機制，長期以來賦因為具有濃厚的宮廷文學性質，在其歷史發展中一向與王宮貴族有著緊密的聯繫，是以它總是擺脫不掉這貴遊文學的氣息。於是我們讀到唐代鄭遙〈初月

---

[38]　〈冬日可愛賦〉見《文苑英華》，卷5，頁8b，總頁碼31；又見《全唐賦》，第參冊，卷20，頁1815。

[39]　〈先王正時令賦〉見《文苑英華》，卷24，頁3b，總頁碼110；又見《全唐賦》，第肆冊，卷23，頁2048。

[40]　〈南風之薰賦〉見《文苑英華》，卷13，頁6b，總頁碼65；又見《全唐賦》，第肆冊，卷26，頁2326。

[41]　有關「帝國書寫」進一步的說明，可參見拙著：〈唐賦的帝國書寫特質〉，《東華漢學》，第4期，2006年9月。

賦〉末云：「悵徘徊以將失，情鬱結而莫伸。命後車之文雅，恭進牘於詞人。」[42]楊炯（西元650—693年）也在〈老人星賦〉一開頭大聲讚嘆：「赫赫宗周，皇天降休。」[43]而限韻的文字如：「天下和平君臣合德」、「天下偃兵無為而理」等也都可以看出那種站在廟堂之上[44]，統領天下的居高臨下之姿。這種現象在天象類作品中頗為常見。在禽鳥賦中我們也可以看到：凡是寫作一些具有禎祥意涵的鳥類，如鳳皇、白烏、白雀、三足烏……等，多半都是體物式的歌功頌德型賦作，都比較缺乏寫作者個人內在心志的表露。[45]

　　像天象、地理、山川、苑囿等這些類別大部分所寫的自然景物是全景式的，或者也可說是泛覽式的，其作品均會如前述般流露出泱泱大帝國的帝國書寫氣勢。就如同畫家畫出美麗的莊園給主人看一樣[46]，這些賦家也是為皇帝鋪寫出一幅美麗大好河山，將皇帝所擁有的一切形諸於文字，使皇帝得到精神上的愉悅和滿足。

---

[42]　《文苑英華》，卷6，頁2a，總頁碼33；又見《全唐賦》，第捌冊，卷57，頁5083。

[43]　《文苑英華》，卷8，頁2a，總頁碼41；又見《全唐賦》，第壹冊，卷3，頁339。

[44]　「天下和平君臣合德」句見〈五星同色賦〉第三，作者姚逖，題下限韻，《文苑英華》，卷8，頁4b，總頁碼42；又見《全唐賦》，卷53，第柒冊，頁4755。「天下偃兵無為而理」句見〈五星同色賦〉第四，作者林益，題下限韻，《文苑英華》，卷8，頁5b，總頁碼49；又見《全唐賦》，第伍冊，卷31，頁2779。

[45]　有關唐代禽鳥賦的詳細討論可參見拙著：《詠物與敘事——漢唐禽鳥賦研究》（臺北：花木蘭文化出版社，2007年6月）第六章第三節唐代詠物體禽鳥賦。關於歌功頌德型唐賦的寫作背景則可參拙著：〈歌功頌德型唐賦創作之社會因素考察〉（收入元培科學技術學院國文組主編《生命的書寫——第二屆主題文學學術研討會論文集》，臺北：萬卷樓圖書公司，2003年）一文。

[46]　約翰·柏杰（John Berger）《藝術觀賞之道》（*Ways of seeing*）（戴行鉞譯，臺北：臺灣商務印書館，1993年）中提到：許多圖畫並不是要看畫的物主獲得新的經驗，而只裝點他們已有的經驗（頁120-121），又說：莊園的繪畫實際上是使地主樂於見到自己的擁有被描繪出來。（頁129-130）

第四節　歌功頌德與體物寫志的兩種創作心態

　　唐代的自然賦作若從賦家的創作心態上來分析，大致上可以分為「歌功頌德」與「體物寫志」這兩種不同的類型。以自然賦作中的禽鳥書寫為例，排除掉故事性賦作（如〈燕子賦〉）後，歌功頌德與體物寫志仍是此類賦作的大宗。歌功頌德型賦作多半是寫給朝廷或皇帝看的，所描寫的禽鳥多是具有祥瑞象徵的禽鳥，如鳳皇、白烏、白雀、三足烏，或因其珍稀而進獻的禽鳥，如鸚鵡、白鷴。而體物言志型則是文人藉詠鳥以寄託自己心志的，所描寫的禽鳥就比較一般，如王績（西元585—644年）〈燕賦〉[47]、高郢（西元740—811年）〈沙洲獨鳥賦〉。[48]在寫作手法上，兩類賦作略有不同，歌功頌德型禽鳥賦如張說（西元667—730年）〈進白烏賦〉通篇以歌頌白烏為主，由於烏本為黑色，而若出現白烏據古人解釋此即為一種祥瑞之徵兆，故張說〈進白烏賦〉云：「有莫黑之凡族，忽變白而效靈。感上人於孝道，合中瑞於祥經。」[49]言白烏為中瑞，係有感於人間之孝道故降臨凡間。由於是要進獻白烏，故張說在賦中代白烏發言，表示其願意「期委命於渥恩，豈願思於閑放？」[50]希望自己能在國君的苑囿中與其他珍禽為鄰，並將報答於君親。雖然張說在賦中的表現

---

[47]　王績〈燕賦〉見《王績詩文集校注》（王績撰、金榮華校注，臺北：新文豐出版公司，1998年），頁104-105。

[48]　高郢〈沙洲獨鳥賦〉見《文苑英華》，卷137，頁5a-6a，總頁碼632；又見《全唐賦》，第參冊，卷20，頁1797-1798。

[49]　張說〈進白烏賦〉，見《文苑英華》，卷89，頁1a-1b，總頁碼403；又見《全唐賦》，第壹冊，卷4，頁416-417。

[50]　同前註，《全唐賦》，卷4，頁417。

也可以說是他個人的主觀心志表露，即表達自己願爲國君所用，爲國君盡心，不過在寫法上，它不像體物言志型那麼純粹，體物言志型純粹從作者個人心志出發，所流露出的個人心志明顯，而歌功頌德型則在個人抒情言志的這個部分，表現並不明顯，大致上是以一種宮廷中的思維和某種官方式的駢麗語言構作而成。

　　至於體物寫志型賦作，如盧照鄰（西元636—689年）〈馴鳶賦〉就顯得較爲抒情言志許多[51]，其所使用的語言較爲自然貼切，而對鳶之受挫也可以看出實隱含作者個人所遭遇之憂懼，最後是以感恩、報恩作結。雖然同樣是報恩的結尾，但盧照鄰表現出更多的個人生命情志，和張說那種在特定場下的官方式寫作仍有所不同。

　　唐賦中的自然書寫大體上可以上述這兩種類型爲主。如果我們以張說〈進白烏賦〉和盧照鄰〈馴鳶賦〉爲例，來看他們對禽鳥的觀察和描寫的話，可以發現一個重點：唐代文人在描寫禽鳥時，雖然也有對禽鳥進行觀察，不過這種觀察是和一般人一樣的，而在描寫上也只是幾個簡單而概括式的描述，這樣的描寫其實有些含糊、籠統，並不能夠極力地突顯出該禽鳥之外形和生物特性。而在寫作的方式上，可以看出文人體物言志型賦作著重自然物之內在刻劃與描述，將之擬人化並且作爲自己的代言人，將自己的情志強加於該禽鳥身上。另一方面，歌功頌德型賦作則是重視禎祥讖緯的政治神話，極力地鋪陳這些傳說典故，而讚美、歌頌是賦作的主要基調。

　　於是我們發現：這些作者們對於禽鳥的自然生態或自然特

51　盧照鄰〈馴鳶賦〉見《文苑英華》，卷135，頁6a-b，總頁碼622；又見《全唐賦》，第壹冊，卷2，頁182-183。

性的部分只是知其大概，他們對於這種禽鳥的生物性、生態習性所知有限，也不是太著重這個部分，因爲這並不是他們關心的重點。他們眞正關心和在乎的是如何透過禽鳥的某些象徵意涵來表達出自己的想法。所以禽鳥的象徵意涵才是使得這些禽鳥面貌不同的主要關鍵。

第五節　聚焦式自然物象賦：(一)歌功頌德型

聚焦式自然賦以一具體的自然生物爲對象進行描寫，亦即以鳥獸、蟲魚、草木這類自然物爲主題的賦作。這類自然物象賦作又有以下四點特殊、值得注意之處：

第一，在這類自然書寫的賦作中，其中有不少自然物並非單純的自然生物，而往往是符瑞的表徵。在《文苑英華》卷八四至八七收錄此類賦作很多，作者描寫的黃龍、白龜、鳳皇、連理樹、瑞柳……等基本上都是符瑞。[52]因爲其爲禎祥之物，所以歌頌它、讚美它，如陳詡（西元797年進士）〈西掖瑞柳賦〉所贊頌的：「柳變西掖，瑞彰聖時」。[53]而動物如白兔、白雀、白鹿也都是禎祥，是因皇帝仁德而出現的祥瑞之物，這時臣下不免爲此而歌功頌德一番。例如周存〈瑞龜游宮沼賦・序〉云：

> 王者嘉瑞曰五靈，龜其一也。皇帝握圖御寓十有一年，秋七月旬有一日，龜雄雌各一，游於內池，甲耀金毛，文

---

[52] 如《文苑英華》卷87有〈連理樹賦〉（頁7a-8a，總頁碼397）；又有〈西掖瑞柳賦〉（頁5a-6a，總頁碼396）。

[53] 《文苑英華》，卷87，頁5b，總頁碼396；又見《全唐賦》，第參冊，卷18，頁1691。

滋綠彩。帝乃出示百官，以議其瑞。僉曰：「至德之應
也。」少司成命文士賦以美焉，敢布下才，同夫體物。

以下賦云：

介蟲之長，寔曰靈龜。明陰陽以應化，察利害以俟時。於
穆我皇，德無不被。春國洋溢，神物來萃。雖五靈其必
臻，懿雙龜以時瑞。陋眾水而不處，選天池以自寄。[54]

偶然在皇宮內池中出現的一對龜，被賦予了祥瑞的象徵意涵，於
是在皇帝與大臣們的宴遊文學活動中成為一個歌詠、頌贊的題
目。

又如錢起（西元710—782年）〈西海雙白龍見賦〉寫：「唐
六葉，嘉祉降，皇威宣。師出以律，將有事于金天。赫矣神武，
感通上元。雙龍呈瑞，一色皎然。惟白也，昭素秋誕聖；惟龍
也，主殺氣清邊。」[55]這些祥瑞賦作其實都在歌頌皇帝因為有德，
所以這類祥瑞物象乃會出現，故而歌功頌德是其主要內容。

第二類是賦題用典故或取材自神話傳說者，如〈黃雀報白環
賦〉用的是《續齊諧記》弘農楊寶之典故[56]，〈任公子釣魚賦〉用

---

[54] 以上並見《文苑英華》，卷84，頁7a-7b，總頁碼383；又見《全唐賦》，第肆冊，卷23，頁2125。

[55] 《文苑英華》，卷84，頁4b-5a，總頁碼381-382；又見《全唐賦》，第貳冊，卷13，頁1205。

[56] 〈黃雀報白環賦〉見《文苑英華》，卷116，頁6a-7a，總頁碼530；又見《全唐賦》，第伍冊，卷34，頁3083-3084。典出《續齊諧記》弘農楊寶事，見吳均：《續齊諧記》「楊寶」條，收入李劍國輯釋：《唐前志怪小說輯釋》（臺北：文史哲出版社，1995年），頁596-597。

的是《莊子・外物》篇中的典故[57]，〈蚌鷸相持賦〉是《戰國策・燕策》中的典故。[58]

第三類是這些自然生物是作爲進貢皇宮之物，如貞觀九年（西元635年），西域進貢獅子，虞世南（西元558—638年）作〈獅子賦〉[59]，或是如馬有大宛馬、汗血馬、千里馬[60]，其他尙有〈洞庭獻新橘賦〉、〈越人獻馴象賦〉[61]，還有原本獻上的，如〈越人獻馴象賦〉代象發言，盛稱「服我后之皁棧，光我唐之域邑。」言己能「邈自遠藩，來朝至尊」實爲有幸，勝過辛勤勞苦的牛馬，末尾說自己「豈敢昧於君恩」。[62]到唐敬宗（西元809—826年）寶曆（西元825—826年）之時，皇帝又把這些象放了，於是又有幾篇〈放馴象賦〉，如獨孤授的文中稱：「我則有五色九苞之禽，在於靈囿；我則有雙骼共骶之獸，何必致遠物於

---

[57] 〈任公子釣魚賦〉見《文苑英華》，卷124，頁8a-9a，總頁碼568；又見《全唐賦》，第捌冊，卷60，頁5426-5427。典出《莊子・外物》任公子為大鈎巨緇，見郭慶藩輯：《莊子集釋》（王孝魚點校，臺北：華正書局，1987年），卷26，頁925。

[58] 〈蚌鷸相持賦〉見《文苑英華》，卷140，頁8b-9b，總頁碼648-649；又見《全唐賦》，第貳冊，卷11，頁1061-1062。典出《戰國策》，見劉向集錄、范祥雍箋證、范邦瑾協校：《戰國策箋證》（上海：上海古籍出版社，2011年），卷30，燕二，「趙且伐燕」條，頁1767。

[59] 虞世南〈獅子賦〉見《文苑英華》，卷131，頁1a-2a，總頁碼601；又見《全唐賦》，第壹冊，卷1，頁61-63。

[60] 《文苑英華》中有王起〈朔方獻千里馬賦〉（卷132，頁5b-6a，總頁碼608）、胡直鈞〈獲大宛馬賦〉（卷132，頁3b-4b，總頁碼607）、王損之〈汗血馬賦〉（卷132，頁4b-5b，總頁碼607-608）；王起賦又見《全唐賦》，冊5，卷33，頁3064-3065、胡直鈞賦又見《全唐賦》，冊4，卷29，頁2613-2614、王損之賦又見《全唐賦》，冊3，卷22，頁2031-2032。

[61] 〈洞庭獻新橘賦〉見《文苑英華》，卷145，頁7a-7b，總頁碼673；又見《全唐賦》，第肆冊，卷24，頁2191-2192。〈越人獻馴象賦〉見《文苑英華》，卷131，頁4b-5a，總頁碼602-603；又見《全唐賦》，第捌冊，卷60，頁5454-5455。

[62] 以上見《文苑英華》，卷131，頁5a-5b，總頁碼603；又見《全唐賦》，第捌冊，卷60，頁5455。

外區，崇偉觀於皇都？」[63]於是我們看見這些賦的作者，可以一下代象發言，希望自己有幸獻到宮中，當政策改變時，他們也可以換一副口吻，改以國家發言人的口吻，以「我」這樣第一人稱的口吻發言，表現出皇帝釋放這些大象的仁德。這些唐代的賦家們總是機敏地看著皇帝的喜好和朝廷政策來決定他們的寫作內容。而宮廷中的自然生物多是進貢的物品，多是珍稀寶貴之物，賦的命題寫作中就有許多都是這一類宮中珍稀物品的歌詠。

　　第四類是與宮廷中的活動有關者。例如李德裕（西元787—849年）的〈瑞橘賦〉是李德裕感謝皇帝賞賜給他進獻的瑞橘所作。[64]動物賦作中還有作為王宮貴族狩獵物者，如飛雁（〈聖人苑中射落飛雁賦〉）[65]、雙兔（〈皇帝冬狩一箭射雙兔賦〉）。[66]或是自然生物被用在典禮儀式中，如王起（西元760—847年）〈寅月釁龜賦〉。[67]

　　由此我們或多或少都可以看出寫作者寫作時的心態，他們急於表現出一副臣服、仰望於王權的寫作心態，或者乾脆代執政者發言。這就是歌功頌德型唐賦在自然物象書寫上的表現，充分地展現了賦家為帝國而書寫的特色。這樣的寫作方式實肇因於賦本身具有濃厚的宮廷文學或貴遊文學的本質，從漢代起，賦就具有

---

[63]　《文苑英華》，卷131，頁6b，總頁碼603；又見《全唐賦》，第參冊，卷21，頁1916。

[64]　李德裕〈瑞橘賦〉見《文苑英華》，卷87，頁8a-9a，總頁碼397-398；又見《全唐賦》，第伍冊，卷37，頁3379-3382。

[65]　〈聖人苑中射落飛雁賦〉見《文苑英華》，卷124，頁3a-4a，總頁碼566；又見《全唐賦》，第參冊，卷22，頁1987-1988。

[66]　〈皇帝冬狩一箭射雙兔賦〉見《文苑英華》，卷124，頁2a-3a，總頁碼565-566；又見《全唐賦》，第參冊，卷17，頁1589-1590。

[67]　王起〈寅月釁龜賦〉見《文苑英華》，卷140，頁7a-8a，總頁碼648；又見《全唐賦》，第伍冊，卷33，頁2973-2974。

向朝廷呈獻以求得官職的功利目的，獻賦這一項功利目的始終存
在，再加上唐代科舉考試中考賦的寫作，一直到明清，試賦的傳
統一直存在。[68]正因為作者是基於功利目的取向而作，其設定的
讀者是皇帝或其周圍的人，因而在寫作上總是表現出宮廷文學歌
功頌德的風格來，例如蔣防（約西元792—835年）〈白兔賦〉以
「至仁垂化靈物表祥」為韻，試錄一段來看：

> 聖理遐遠，元穹效靈，有兔爰止，載白其形。乘金氣而
> 來，居然正色；因月輪而下，大叶祥經。豈不以應至道之
> 神化，彰吾君之德馨。皎如霜輝，溫如玉粹；毫素絲而可
> 擬，足瓊枝而取類。與三窟以殊歸，將五靈而共至。潔朗
> 貞質，聯縣雅致。[69]

　　溫馴可愛的白兔在今人的思維裡大概很難和「至道之神
化」、「皇帝的仁德」聯想在一起，不過古代對白色動物都有種
崇尚其為祥瑞的觀念。[70]明代姚淶（？—1537）的〈白兔賦〉也
有同樣將白兔視為祥瑞的看法，其撰作〈白兔賦〉即為歌頌聖
德。[71]這也可以看出在這類宮廷文學的賦作中，這樣的寫作已經具

---

[68] 參見吳儀鳳〈歌功頌德型唐賦創作之社會因素考察〉，收入元培科學技術學院國文
組主編《生命的書寫——第二屆主題文學學術研討會論文集》（臺北：萬卷樓，2003
年），頁385-414。

[69] 《文苑英華》，卷89，頁8b-9a，總頁碼407；又見《全唐賦》，第陸冊，卷38，頁3497。

[70] 參見楊敏：〈白色動物精靈崇拜——中國古代白色祥瑞動物論〉，《民族文學研究》，
2003年第2期，頁25-31。言古代先民對白色動物精靈的崇拜不僅與人類早期社會的圖
騰崇拜有關，而且也受古代的陰陽五行觀念、「白」字的複雜意蘊、古代先民的神性意
識及白色祥瑞動物的稀有珍貴等多方面的影響。

[71] 明・姚淶：〈白兔賦並序〉見《御定歷代賦彙》（陳元龍等編，康熙四十五年刊本，京
都：中文出版社，1974年），卷136，頁18a-20a，總頁碼1798-1799。

有其一定的寫作傳統，其構思和思維上都已有特定的寫作框架存
在，而這也構成了賦作中的一大類型，即本文所稱之「歌功頌德
型」。自然賦中的「歌功頌德型」多是在「符瑞」這類中，其所
描寫的自然物往往具有祥瑞的象徵。

第六節　聚焦式自然物象賦：(二)體物言志型

　　文人體物言志類的作品比較能夠展現一己的心志，文人以自
然物寄託自己的心志，這些自然物多半是有生命的、具有孤高意
象的，如松、竹、蟬……等屬於一般常見的自然物，而非珍禽異
獸或奇花異木。文人作賦多是有感而發之作，例如蕭穎士（西元
717─768年）作〈蓮蕊散賦〉，賦序云：

> 己未歲夏六月，旅寄韋城，憂傷感疾，腫生於左脇之下，
> 彌旬不愈，楚痛備至。友生于逖、張南容在大梁聞之，以
> 言於方牧李公。公，予之舊知也。俯垂驚嗟，遠致是散，
> 題曰：「蓮蕊」。命和以蘇，用附腫上；又覆以油帛以冪
> 之。其瘳如洗，一夕復故。感恩歎異，于以賦焉。[72]

因為蓮蕊散治好了蕭穎士的疾病，故蕭穎士寫作這篇〈蓮蕊散賦〉
酬謝故人。這時此一植物是因其具有醫療功效而受到重視的。
　　文人有感而發創作之動植物賦作很多，例如呂溫（西元
772─811年）有〈由鹿賦〉，對鹿被獵人用來作為誘餌來獵捕其

---

[72] 〈蓮蕊散賦〉，《文苑英華》，卷148，頁9a，總頁碼688；《全唐賦》，第貳冊，卷7，頁
740。

同類發出感慨![73]又如佚名之〈傷斃犬賦〉「憫畜犬之將死，恐肝腦以塗地。豈不以其守禦之功多，惻隱之情至。」由此感慨「萬物莫不以智遇禍，以材喪身。」[74]無獨有偶的，馬吉甫的〈蝸牛賦〉因見「蝸牛蠢蠢緣堂砌而上，恐致踐履之禍，因命稚子移於牆陰。乃潛角縮殼，而有自衛之意。」[75]由此引發其「乃知無用之為用，求生而喪生」之結語。[76]

又如寫猿的，有吳筠（西元？─778年）〈玄猨賦〉、李子伭〈馴猿賦〉[77]，寫蟲的有駱賓王（西元619─684年）〈螢火賦〉、馬吉甫〈蟬賦〉、蕭穎士〈聽早蟬賦〉、左牢〈蟬蛻賦〉、賈餗及敬括（西元？─771年）〈蜘蛛賦〉[78]，描寫植物的有病梨樹、木蘭等，而張九齡（西元673─740年）〈荔枝賦〉寫

---

[73] 〈由鹿賦〉，《文苑英華》，卷134，頁1a-2b，總頁碼615；又見《全唐賦》，第伍冊，卷31，頁2847-2851。

[74] 〈傷斃犬賦〉，《文苑英華》，卷134，頁10a-b，總頁碼619；又見《全唐賦》，第捌冊，卷60，頁5464。

[75] 〈蝸牛賦〉，《文苑英華》，卷142，頁2b，總頁碼655；又見《全唐賦》，第壹冊，卷5，頁513。

[76] 〈蝸牛賦〉，《文苑英華》，卷142，頁3b，總頁碼656；又見《全唐賦》，第壹冊，卷5，頁514。

[77] 吳筠〈玄猨賦〉見《文苑英華》，卷134，頁8a-9a，總頁碼618；又見《全唐賦》，第肆冊，卷23，頁2101-2103。李子伭〈馴猿賦〉見《文苑英華》，卷134，頁9b-10a，總頁碼619；又見《全唐賦》，第捌冊，卷55，頁4979-4980。

[78] 駱賓王〈螢火賦〉見《文苑英華》，卷141，頁1a，總頁碼650；又見《全唐賦》，第壹冊，卷4，頁347-352。馬吉甫〈蟬賦〉見《文苑英華》，卷141，頁4b-5b，總頁碼651-652；又見《全唐賦》，第壹冊，卷5，頁511-512。蕭穎士〈聽早蟬賦〉見《文苑英華》，卷141，頁6a-b，總頁碼652；又見《全唐賦》，第貳冊，卷7，頁735-736。左牢〈蟬蛻賦〉見《文苑英華》，卷141，頁8a-9a，總頁碼653-654；又見《全唐賦》，第陸冊，卷43，頁3921-3922。又賈餗〈蜘蛛賦〉見《文苑英華》，卷142，頁4b-5a，總頁碼656-657；又見《全唐賦》，第陸冊，卷40，頁3647-3648。敬括〈蜘蛛賦〉見《文苑英華》，卷142，頁5a-6a，總頁碼657；又見《全唐賦》，第貳冊，卷9，頁910-912。

一般人吃不到的珍品。[79]

　　雖然文人賦一般而言是體物寫志型的，主要在表達一己之情志、感慨！但在某些小地方仍會不經意流露出文人對政治無法忘情的渴望心理，例如韓伯庸〈幽蘭賦〉末句云：「願移根於上苑」[80]，幽蘭本是山谷幽居隱士的象徵，可是作者究竟是不甘寂寞呀！他這麼寫，自然是寫給執政者看的。所以說即使是體物言志型的文人賦作，也難免會流露出這種卑微的、有所企求的寫作心態。

　　在草木這一類的賦體寫作中，通常是文人藉由某些具有特定文化意涵的草木來表現某種君子或隱士的德行，因此如松、柏等具有高士象徵意涵的草木是固定被反覆寫作的主題。正因為賦的自然書寫著重於「寫志」，因而著重自然物的稟性、德行，所謂「比德」是必然的。[81]即使不是那麼具有文化意涵的草木，也會比附上相近的意思，例如〈瓦松賦〉、〈青苔賦〉便是。

　　崔融（西元653—706年）〈瓦松賦〉中著重寫瓦松之德行：「進不必媚，居不求利，芳不為人。」「不學懸蘿附栢，直蓬倚麻。」[82]前面寫了這麼有風骨和氣節的話，把瓦松比喻得具有高尚的德行，可是卻在賦的末尾來上一句：「唯願聖皇千萬壽，但知傾葉向時明。」這崇文館瓦松也是明白自己的身分和懂得應對進退之道的！

---

[79]　張九齡〈荔枝賦〉見《文苑英華》，卷144，頁1a-2b，總頁碼665；又見《全唐賦》，第壹冊，卷6，頁589。

[80]　韓伯庸〈幽蘭賦〉見《文苑英華》，卷147，頁4b，總頁碼681；又見《全唐賦》，第伍冊，卷31，頁2762。

[81]　君子比德之說，參見張開誠〈君子人格與「比德」〉，《學術月刊》，1995年，第12期，頁25-28、47。

[82]　〈瓦松賦〉，《文苑英華》，卷147，頁8a、8b，總頁碼頁683；又見《全唐賦》，第壹冊，卷4，頁409。

即便是不起眼的青苔，文人也會有感而發，爲之作賦，對其稱讚一番。例如王勃（西元650─676年）〈青苔賦〉便稱讚青苔：

> 宜其背陽就陰，違喧處靜。不根不蔕，無華無影。恥桃李之暫芳，笑蘭桂之非永。故順時而不競，每乘幽而自整。[83]

實際上王勃〈青苔賦〉自序云：

> 吾之旅遊數月矣，憩乎荒澗，覩青苔焉，緣崖而上，迺喟然而歎曰：「嗟乎！苔之生於林塘也，為幽客之賞；苔之生於軒庭也，為居人之怨。斯擇地而處，無累於物也，愛憎從而生。遂作賦曰⋯⋯[84]

看來王勃是因自己的不得志、自己的失意卑微，而移情於青苔之上。楊炯也有〈青苔賦〉，他同樣地也稱讚了青苔的德行，他說：

> 苔之為物也賤，苔之為德也深。夫其為讓也，每違燥而居濕；其為謙也，常背陽而即陰。重扃秘宇兮不以為顯，幽山窮水兮不以為沉。有達人卷舒之意，君子行藏之心。惟天地之大德，匪予情之所任。[85]

在吾人看來，王勃、楊炯其實都是強將自身的意志和想法

---

[83] 王勃〈青苔賦〉，《文苑英華》，卷147，頁6b，總頁碼頁682；又見《全唐賦》，第壹冊，卷3，頁280。

[84] 《文苑英華》，卷147，頁6a，總頁碼頁682；又見《全唐賦》，第壹冊，卷3，頁279。

[85] 楊炯〈青苔賦〉，《文苑英華》，卷147，頁7b，總頁碼頁682；又見《全唐賦》，第壹冊，卷3，頁334。

加諸青苔之上。由這些賦的自然書寫看來，其實這不過都是士人藉自然之物來澆胸中塊壘、發自身牢騷的一個抒發管道和方式罷了！

第七節　寫作方式分析

再看崔融〈瓦松賦〉形容瓦松：

> 彼美嘉族，依於夏屋，煌煌特秀，狀金芝兮產霤，歷歷空懸，若星榆而種天。苯尊丰茸，青冥芊眠，葩條郁毓，根柢連拳，間青苔而裛露，陵碧瓦而含煙。春風搖兮鬱起，冬雪糅兮蒼然。[86]

這樣的舖敘方式正是賦體語言所要求的「鋪采摛文」。對於瓦松究竟是何形態、樣貌，採取如此的寫作方式顯然是無法達到清楚明白之效的。又如盧照鄰〈馴鳶賦〉描寫其形貌：「嘴距足以自衛，毛羽足以凌風」[87]，這種描述看來是適用於絕大多數禽鳥的，可是不能突顯出鳶的特性來。

另一方面，參看一則封演《封氏聞見記》中對「竊蟲」的記述，其云：

> 人家有小蟲，至微而響甚。細尋之，卒不可見。俗人以其難見，號「竊蟲」。云「有此者不祥」。余曾睹此蟲，大

---

[86]　《文苑英華》，卷147，頁8a，總頁碼683；又見《全唐賦》，第壹冊，卷4，頁408。
[87]　《文苑英華》，卷135，頁6a，總頁碼622；又見《全唐賦》，第壹冊，卷2，頁182。

如半胡麻，形類鼠婦，有兩角，白色，振其頭則有聲，或
時暫止，須臾復振。牀壁窗戶之間，暗黑之處，多有之。
拾遺孟匡朝貶賀州，作〈竊蟲賦〉，比之鬼魅，似都不識
此蟲。[88]

據封演所述，這「竊蟲」像半粒胡麻般大小，其體積如此小，封
演對牠的描寫可說是做了顯微鏡式的觀察。由此賦體與散文的自
然物象書寫比較中，我們可以得出以下兩點心得：

第一、賦體有它獨特的文體語言，當以散文表現時，如上則
記載「竊蟲」用散文記述，對於該自然物的描寫就清楚許多。與
散文相較之下，賦體語言受到較多拘束，它不像散文語言那麼自
由，散文可以白描，可以陳述其外形、特點，而賦則往往是用典
故、用抽象的意涵來概括表現，它有句子形式上的對偶工整、押
韻和賦體語言句式、風格等的文體成規在。因此我們在看一篇自
然物象為題的賦作時，其實並不像散文那麼容易看出作者對自然
物的外在形貌的細膩刻劃和描寫。

第二、由前述《封氏聞見記》「竊蟲」的記載來看，作賦者
看來可以僅僅只依據傳說、文獻資料來構作出一篇賦作，並不必
然要有實際的觀察經驗，孟匡朝寫〈竊蟲賦〉，就被封演認為似
乎並「不識此蟲」。又如崔融的〈瓦松賦〉，賦序云：

崇文館瓦松者，產于屋霤之上，千株萬莖，開花吐葉，高
不及尺，下纔如寸，不載於仙經，靡題於藥錄。謂之為木

---

[88] 封演撰、趙貞信校注：《封氏聞見記校注》（北京：中華書局，2005年），卷8，〈竊蟲〉，頁78。

也，訪山客而未詳；謂之為草也，驗農皇而罕記。豈不以在人無用，在物無成乎？俗以其形似松，生必依瓦，故曰「瓦松」。楊炯謂余曰：「此中草木咸可為賦。」[89]

看來崔融見到崇文館的瓦松，曾經查書，也曾經詢問過專家，不過並無所獲。沒有人知道這植物的名字？書上也沒有記載。但一般因見其形狀像松，又依瓦而生，所以俗稱「瓦松」。

可是也有像吳筠〈玄猿賦〉這樣由其賦序中就可得知：吳筠對猿是確有所見的。其賦序中言：

筠自入廬嶽，則覯斯玄猿。嘉其雨昏則無聲，景霽則長嘯。不踐土石，超遙於萬木之間。春咀其英，秋食其實。不犯稼穡，深棲遠處。[90]

另外值得注意的是，崔融似乎因為是職務之需，所以要寫賦。因為楊炯跟他說：「此中草木咸可為賦。」意思是說：你不必拘泥一定要寫什麼，這兒的任何一樣東西都可以拿來作賦。崔融似乎不知道要寫些什麼，可是又似乎是非寫不可的，因此楊炯才告訴他這番話。

唐代由於有科舉考試之故，所以文人有非寫賦不可之環境要求，以及以賦作為一種應酬答謝之文，這種情況也是頗為常見

89　《文苑英華》，卷147，頁7b-8a，總頁碼682-683；又見《全唐賦》，第壹冊，卷4，頁407。

90　〈玄猨賦〉，《文苑英華》，卷134，頁8a-8b，總頁碼618；又見《全唐賦》，第肆冊，卷23，頁2101。

的，例如盧照鄰〈窮魚賦〉用以報答恩人之德。[91]至於如崔融〈瓦
松賦・序〉所言，則令人不得不懷疑這是因爲在崇文館供職的臣
子們，其職務上便有作賦、獻賦的需要，故楊炯才會告訴崔融
說：「此中草木咸可爲賦。」或是像盧照鄰〈同崔少監作雙槿樹
賦〉序云：「日昨於著作局，見諸著作競寫〈雙槿樹賦〉」[92]，在
崇文館、著作局任職之士看來都具有這種作賦的需要，而同題共
作、互相競寫也是當時的風氣。

武少儀（西元767年進士）〈相馬賦〉云：「徐先生相馬，
不相色，不相力，相其德。」[93]這句話用來形容唐賦中自然物象
的賦作也很適切。唐賦中的自然書寫就如同這句話所說，相較之
下，外在形貌的描寫和自然生物的生態習性的描寫，都不是最重
要的，最爲作者和讀者所看重的仍是自然物的德行及其由此而延
伸出的象徵意涵。例如前引吳筠之〈玄猿賦・序〉其最爲欣賞的
是猿「不犯稼穡」，不打擾人，又「深棲遠處」猶如隱士一般的
這種內在德行。

第八節　結論

從唐賦的自然書寫中我們可以看到：唐代賦已具有其特定的
寫作模式。賦體有它熟悉的賦體語言。這個文體語言基本上是以

---

[91] 〈窮魚賦〉，《文苑英華》，卷139，頁4a-b，總頁碼641；又見《全唐賦》，第壹冊，卷2，
頁184-185。

[92] 〈同崔少監作雙槿樹賦〉，《文苑英華》，卷143，頁4b，總頁碼662；又見《全唐賦》，第
壹冊，卷2，頁179。案：《文苑英華》作「崔少監」。

[93] 〈相馬賦〉，《文苑英華》，卷133，頁4b，總頁碼612；又見《全唐賦》，第肆冊，卷29，
頁2623。

四言、六言的駢偶韻文爲主，這個語言是和詩、文的語言有著明顯區隔的。

　　賦的自然書寫最早也是圖形寫貌的，但隨著寫作者增加，大家同題共作的情況下，每個人要想讓自己所寫的禽鳥賦與眾不同，勢必得別出心裁，由於外在的刻畫描寫，無論寫得如何精巧，都不離原來禽鳥的客觀外在形貌，故而形貌的描寫是有盡的，可是對其內在的刻畫則是可以隨著作者心境不同、觀照不同，而有不同意義的。因此寫作者會從自然生物的內在德行入手，他們也會觀察自然生物的習性，再用人的思維角度去自行詮釋，從而賦予其意義。陳建森論盛唐山水田園詩的審美生成有「因物應心」之說，[94] 其說法可借用於此。文人在對自然物進行觀照時，其審美過程約有三個階段，在這三個階段中所謂的「物」是不同的：

　　一、審美觀照階段：物是作爲審美客體的自然物象

　　二、審美感應階段：物是經過內化了（了然於胸）的自然心象，

　　三、藝術創作階段：物是將內化的心象對象化（了然於口於手）了的自然藝術形象。

　　如同山水田園詩一般，賦的作者在創作過程中也始終貫徹「因物應心」的原則，充分發揮「心」的能動和創造作用。

　　從賦作中的自然書寫來看，很明顯地，賦在進行自然生物的描寫時是以文章寫作爲主，而並非著重自然的觀察和體驗，雖然這個部分也有，比如傅咸（西元239—294年）〈燕賦〉觀察燕的

94　參見陳建森：〈試論盛唐山水田園詩的審美生成及其因「物」應「心」結構〉，《唐代文學研究》第八輯（傅璇琮主編，桂林：廣西師範大學出版社，2000年），頁338-339。

春來秋去[95]、或如羊祜（西元221—278年）〈雁賦〉觀察雁的人字排列飛行等，[96]但那並不是最主要的。既以文章寫作爲主，在賦體形式體製的要求下，賦形寫貌，這部分不能說沒有，但由於受到句式、句型上以及聲律上一定的限制，尤其唐代律賦更有限韻或字數的要求，或受限於時地的寫作條件。於是對寫作者而言，他必須以他熟練了的賦體語言來構作一篇新的賦作。他採用的語言是典雅的、艱澀的（如用典）、是不易理解或一望即知的，讀者必須具有相當於作者的豐富的學養和背景知識，才能跨越這道語言文字上的閱讀障礙，如此才能夠去理解它在說什麼。賦體語言沒有白話文那麼自由，也因此它的形式要求也形成了它在自然書寫上一定的侷限性。

其次，我們也發現：賦的自然書寫，對於所描寫的自然物比較不重其形，而重視其內在，例如王績〈鶯賦〉便不那麼著重描繪其外形[97]，而更多的重點是放在作爲個人心志的寓託上。而很多被描寫的禽獸都是被豢養的、在宮廷中作爲玩賞之物或祥瑞的珍稀之物，大多數文人筆下的自然生物其實並不是他們身歷險境、涉身叢林中去做長時間觀察得來的，而是在他們的生活中寓目所及，日常生活中觀察所得去描寫的，或是在宮廷中因應實際需要而作的，包括命題而作、奉和之作或應制之作皆是。

我們知道現代人對自然的觀察可藉助望遠鏡、攝影機等器材，但在古代沒有這些器材，那麼他要如何才能觀察這些鳥獸？

95　傅咸：〈燕賦〉云：「逮來春而復旋，意眷眷而懷舊。」見《御定歷代賦彙》，卷129，頁1a-b，總頁碼1713。
96　羊祜：〈雁賦〉云：「鳴則相和，行則接武。前不絕貫，後不越序。」見《御定歷代賦彙》，卷129，頁9a-b，總頁碼1717。
97　王績：〈鶯賦〉見《王績詩文集校注》，頁104-105。

如何能靠近野生動物去從事近距離、長時間的觀察呢？也因為在現實上有其實際的困難，因此大部分都仍是以被豢養的禽獸或日常常見的禽鳥，才能對牠們進行觀察和描寫。

　　一般所說的「山水文學」、「田園文學」比較是泛覽式、全景式的[98]，早期的文學作品中有對自然進行局部性的描寫，說賦是最早對自然進行全面性描寫的文體並不為過。從漢代起，漢賦大家如司馬相如、揚雄都對苑囿中的自然鳥獸、草木作了一定程度的刻劃和描寫，賦就因其傾向於長篇鴻製和鋪陳描繪，而成為描寫自然界之博大壯觀的一種理想文學樣式。[99]只不過在賦的自然書寫裡，大自然的物象在帝國文化書寫的籠罩下都披上了帝王的、政教的意涵，由於士人身處於整個帝國文化體制下，受到特定的意識型態取向，這些都是我們在閱讀時值得細心注意之處。

　　《易》曰：「觀乎天文，以察時變；觀乎人文，以化成天下。」[100]「察時變」仍為的是人的現世生活，由此可以看出：古代中國人重視現世生活。而「化成天下」是指要以文化教化大眾，目的是要達到移風易俗的教化作用。

　　現今人們因為環境保護的意識興起，有感於人類對大自然的過度破壞，從而反省人類自身過度以自我為中心的思維和做法是不恰當的，於是在過度開發之下，環保人士主張要「超越人類中心主義」。[101]避免工業革命後，對大自然予取予求的做法。

---

[98]　孫康宜：《抒情與描寫：六朝詩歌概論》，頁116。

[99]　參見David R.Knechtges, *The Han Rhapsody: A Study of the Fu of Yang Hsiung* (Cambridge: Cambridge Univ. Press, 1976), pp.42-43。本文轉引自孫康宜著、鍾振振譯：《抒情與描寫：六朝詩歌概論》，頁84-85。

[100]　《周易注疏》，卷3，〈賁卦〉，頁14b。

[101]　吳明益：《臺灣自然寫作選》（臺北：二魚文化，2003年），〈前言〉，頁13。

　　相較之下，古代中國人在面對大自然時還是保有一份敬畏之心，雖然其理論的建立主要是以「人」為觀照點的，但是面對自然物時仍是以虔誠之心對待，並不強調征服，更反對無節制地獵捕與濫砍濫伐，其用的仍是禮樂制度中「中和節制」的觀點和月令順時敬天的觀點。

　　由於對人文的重視更甚於自然，因此我們可以看到作者無論對自然進行了如何的觀照，他最後都是要回到「人」身上來的。因此作家觀照自然，寫作自然物，目的為的仍是要「託物言志」，其自然書寫的重心仍是強調自我的主體性。

　　現今的自然生態書寫的觀念強調親歷現場觀察與研究[102]，重視自然科學的知識性和科學性[103]，強調非虛構的（non-fiction），要求要有實地的考察，著重科學的、精確的描述。這些都可以看出是受到西方歐美國家近現代科學發展的影響。如果以此標準來看唐代賦作中的自然書寫，大概會對其抱持負面或否定的態度。不過時代不同，中西的文化與自然觀也有所差異，龔鵬程在《游的精神文化史論》第六章中指出：

　　中國人具有一種「曠觀宇宙」的特殊的「看的方式」，在游目觀物之際，也就是精神進入物中，與物同游的時刻，追求觀者與被觀者合一的境界（天人合一）[104]，且依《易經》之論述是

---

[102] 如劉克襄便非常強調這一點，參見許建崑：〈尋找 X 點，或者孤獨向前——試論劉克襄自然寫作的認知與建構〉，東海大學中文系編：《臺灣自然生態文學論文集》，頁99。

[103] 吳明益：《臺灣自然寫作選》，〈前言〉，頁12。

[104] 又此處所言，即中國人所強調的「天人合一」的精神境界。「天人合一」是中國古代審美觀的思想基礎，強調人與自然的情感交流，追求人與自然的和諧，追求人與自然的渾融合一的境界，因此自然景物已不是純粹自然意義的景物，而是披上了一層濃厚的人文色彩。詳參宋建林：〈中國古代自然審美觀〉，《北京社會科學》，1994年第4期，頁61-67、76。

把天文和人文、自然與成德結合在一起，天地自然所表現的景象和意義，同時也是人文的意義，是主客合一的態度。中國對自然的觀看正如李正治所說：注重渾一整觀，而不注重透視分析。[105]這顯然與西方或現代觀看自然的方式有著本質上的差異。而在文學寫作上，中國文學又有著自《詩經》、《楚辭》以降的抒情言志傳統，因而自然書寫無論如何在詠物賦中也以體物寫志為其要務，為其評價標準。[106]這都是古代中國文學重視作者主體性、強調作者主體情志的表現。而作者往往都是文人，生活在現實的讀書、致仕、求功名的官宦生涯中，因而表現出來的不外乎是宮廷的歌功頌德之作，或是不得志時訴說一己牢騷感慨之體物言志之作。其自然書寫仍是以社會人事的關心為終極目標。

　　時至今日，隨著近代中西方知識、文化的極度交流，交通發達，地域間的文化差異縮小，今日的自然書寫受到西方的影響遠甚於古代中國。因而我們可以看到這一端是受到西方影響的、偏重自然科學的、具環境生態保育概念的當代自然書寫，而彼端則是具有濃厚神話色彩、典故運用和偏重人事的古代自然書寫，二者間有著很大的分歧和不同。這樣的不同當然也是因為古代社會和現代社會有著極巨的變化和差異，表現在自然書寫上便是觀看自然和寫作方式上的種種差異了。

　　賦的發展到了現代，仍有人嘗試用白話文來從事賦的創作者，如簡宗梧先生有〈台灣玉山賦〉、〈臺灣九二一地震賦並

---

[105] 參見龔鵬程《游的精神文化史論》（石家莊：河北教育出版社，2001年）第六章，頁224-228。李正治之說出自《自然詩篇所表露的主觀情趣》，轉引自前引龔鵬程書，頁225。

[106] 黃永武：〈詠物詩的評價標準〉（收入中國古典文學研究會主編：《古典文學》第一集，臺北：臺灣學生書局，1979年）一文對於好的詠物詩曾說道要有作者生命的投入，這一點在詠物賦的評價裡也是一樣的。

序〉、顏崑陽先生有〈太魯閣賦〉[107]，類似的賦作相信還有不少。雖然在現代社會，賦已經不是文學的主流文體了，但我們還是可以看到這些作家兼學者企圖努力的方向。他們期待現代賦能夠在擺脫了傳統賦體的帝國書寫和語言成規的束縛後，有一番新面貌。而賦仍是在歌頌時、詠物時一種合宜的選擇。

---

[107] 簡宗梧：〈臺灣玉山賦〉，見「e元賦史」網頁http://memo.cgu.edu.tw/twchien/074.htm，〈臺灣九二一地震賦並序〉見同網站http://memo.cgu.edu.tw/twchien/073 .htm；顏崑陽：〈太魯閣賦〉，《看見太魯閣》（顏崑陽編；葉世文、陳義芝等著，臺北：躍昇文化事業公司，2001年），頁10-11。

第四章
唐賦的經藝書寫

第一節　問題源起

　　翻開《文苑英華》和《全唐文》閱讀其中唐賦的部分，會發現其中有不少賦作都與經學有關。例如《文苑英華》卷六一至卷六三收錄儒學類賦作達三十篇。[1] 其中不少賦題都是出自於經書之文句或典故，如〈人不學不知道賦〉及〈學然後知不足賦〉[2] 都是用了《禮記・學記》中的經文來命題的。[3] 又如〈詩有六義賦〉[4] 命題取自於《詩大序》[5]，〈壞宅得書賦〉[6] 用的則是《尚書・序》中

---

[1]　這些儒學類賦作篇目參見本章末附表一：《文苑英華》所收儒學類賦作篇目一覽表（頁122）。

[2]　〈人不學不知道賦〉見《文苑英華》（宋・李昉等編，臺北：新文豐出版公司影印明隆慶刊本，1979年），卷62，頁3b-4a，總頁280-281；又見簡宗梧、李時銘主編：《全唐賦》（臺北：里仁書局，2011年），第捌冊，卷59，頁5321-5322。〈學然後知不足賦〉見《文苑英華》，卷62，頁7a-8b，總頁282；又見《全唐賦》，第陸冊，卷42，頁3809-3811。

[3]　「人不學不知道」語見《禮記・學記》，見《禮記注疏》（鄭玄注、孔穎達疏，南昌府學本，臺北：藝文印書館，1993年），卷36，頁1b。「學然後知不足」語見《禮記・學記》，見《禮記注疏》，卷36，頁2b。

[4]　〈詩有六義賦〉見《文苑英華》，卷63，頁6a-7a，總頁286；又見《全唐賦》，第肆冊，卷23，頁2059-2060。

[5]　《詩大序》原文如下：「故詩有六義焉：一曰風，二曰賦，三曰比，四曰興，五曰雅，六曰頌。」（《毛詩注疏》〔毛公傳、鄭玄箋、孔穎達疏，南昌府學本，臺北：藝文印書館，1993年〕，卷1之1，頁9b-10a。）

[6]　〈壞宅得書賦〉見《文苑英華》，卷63，頁2a-2b，總頁284；又見《全唐賦》，第柒冊，卷48，頁4293-4294。

魯恭王壞孔子宅得《書經》的典故。[7]

可是除了《文苑英華》儒學類所收錄之賦作以外，還有很多唐代賦作其命題都與儒學有關，例如〈宣尼宅聞金石絲竹之聲賦〉用的是前引魯恭王壞孔子宅得《書經》同樣的典故[8]，而這類以經書典故命題的唐代賦作爲數不少，筆者嘗試初步蒐羅後製做成附表二：唐賦賦題與經藝相關篇目一覽表（參本章末），依此粗略地統計唐賦賦題與經藝相關之篇目至少有一百四十四篇，其中各經的分布如下，包括：1.《周易》十五篇、2.《尚書》十七篇、3.《詩經》廿一篇、4.《禮經》二十七篇、5.《春秋經》五篇、6.《論語》七篇、7.《孟子》二篇、8.緯書十二篇、9.其他與經學有關者三篇。

雖然唐代律賦常有取材自經史子集等書籍之典故或文句來命題者，但是就其在取材自經書之比例如此之高的現象卻是少有人提及的。與此相關之前人研究多是在論及唐賦時集中於討論律賦的命題和作法，如鄺健行《科舉考試文體論稿：律賦與八股文》書中對於唐代律賦的形成及其體製都做了較爲詳細的考察，包括題下限韻、聲律、用韻等，並且也針對律賦與科舉考試的關係進行了一些考察。[9]之後論及唐代律賦的學者也多是從事上述這幾方

7　《尚書‧序》云：「至魯共王，好治宮室，壞孔子舊宅以廣其居，於壁中得先人所藏古文虞、夏、商、周之書及傳、《論語》、《孝經》，皆科斗文字。王又升孔子堂，聞金石絲竹之音，乃不壞宅，悉以書還孔氏。」（《尚書注疏》〔孔安國傳、孔穎達疏，南昌府學本，臺北：藝文印書館，1993年〕，卷1，頁12a-13a。）

8　〈宣尼宅聞金石絲竹之聲賦〉共有王起（760-847）撰及許康佐撰二篇，見《文苑英華》，卷78，頁3a-4b，總頁353；王起賦又見《全唐賦》，第伍冊，卷33，頁3045-3046；許康佐賦又見《全唐賦》，第伍冊，卷32，頁2921-2922。

9　鄺健行：《科舉考試文體論稿：律賦與八股文》（臺北：臺灣書店，1999年）其中包括〈一、唐代律賦與律〉、〈二、初唐題下限韻律賦形式的審察及引論〉、〈三、唐代律賦

面的研究，如尹占華《律賦論稿》全書以律賦為主進行多方面的探討，其對於唐代律賦的試賦命題認為是不拘於儒家一派。[10]游適宏在其《試賦與識賦──從考試的賦到賦的教學》書中第一章則是對唐代科舉考試的甲賦具有哪些限制？又對考生進行了怎樣的能力鑑別？對上述問題做出說明。[11]而趙俊波在《中晚唐賦分體研究》書中第四章論律賦的雅正，包括語言的雅正、題材的雅正以及風格的雅正，認為：此皆與律賦好引用經典成詞有關。王應麟《辭學指南》言：「制辭須用典重之語，仍須多用《詩》《書》中語言，及擇漢以前文字中典雅者用。」[12]趙氏認為在經史子當中，最為作家看重的是儒家經典，對它的黏附，自然使作品顯得典重、莊雅。他並指出，唐代律賦在語言上對經典的取用包括有：一、以經中成語入文，二、融化經中語言，三、套用經典語言的句式。趙氏書中並多有舉例。而其敘述題材雅正之處，則亦列舉了出自經書或寫國家典禮制度題目者十九篇。[13]而趙書在論及「重經史而輕文詞」一節中則交代了唐人重視經史之學的背景。[14]

　　既然唐代律賦與科舉考試有著密切的關係，於是筆者便從徐松（1781─1848）《登科記考》中蒐羅唐代的科舉試賦題目羅

用韻敘論〉、〈四、唐代律賦對於科舉考試的黏附與偏離〉等，均是針對唐代律賦研究之重要參考。

[10]　尹占華：《律賦論稿》（成都：巴蜀書社，2001年），頁51。

[11]　游適宏：《試賦與識賦──從考試的賦到賦的教學》（臺北：秀威資訊科技公司，2008年），第一章〈限制式寫作測驗源起之一考察──唐代甲賦的測驗型態與能力指標〉，頁15-45。

[12]　《辭學指南》，《玉海》（臺北：大化書局，1977年），第7冊，卷202，頁3b。

[13]　趙俊波：《中晚唐賦分體研究》（北京：中國社會科學出版社、華齡出版社，2005年），下篇，第四章〈論中唐律賦〉（上），頁284-296。

[14]　趙俊波：《中晚唐賦分體研究》，第四章第三節〈中唐律賦雅正風格形成的原因〉，頁299-301。

列成附表三：唐代科舉試賦題目一覽表（見本章末頁137）。從附表三看來，雖然試賦題目並非一面倒地全是出自於儒家經書典故者，但其中也有不少經藝書寫的賦題，如〈王師如時雨賦〉、〈人文化天下賦〉、〈止戈爲武賦〉、〈天下爲家賦〉、〈倒載干戈賦〉、〈樂德教冑子賦〉、〈性習相近遠賦〉、〈明水賦〉、〈寅賓出日賦〉、〈射隼高墉賦〉、〈梓材賦〉等，其所佔比例也不低。如果再結合縣試和州試的試題題目來看的話，當更爲可觀，如〈宣州試射中正鵠賦〉也是經藝命題者。[15]可惜縣試和州試的試賦題目今日多已不存，只能從少數文人文集中略窺一二。然則由此可以推想：經藝書寫的試賦命題當不在少數。

由於近現代研究領域專業分工的結果，賦在近代文學研究的領域中，它的身分顯得很不討好。蓋作爲文學，賦並不總是那麼抒情，也不像詩，可以搖蕩性靈，於是當帝國消失、崩頹之際，賦也在平民思想的興趣下被打入了冷宮，成爲僵化的貴族文學，被批評爲失去生命力之作，沒有多大的價值。[16]然則若暫時不從文學角度，而改由文化史的角度來看賦時，其實賦有很大的價值，它可說是了解古代帝國文化一扇重要的窗口。而賦正是扮演了一種帝國文化的要角，它本身便是帝國文化的產物，因此它充滿了帝國的話語在其中。

經學自漢代立五經博士以來，一直在士人教育中扮演著重要的角色。賦之中也充滿了經學的話語，這一方面是與國家的經學

---

[15] 〈宣州試射中正鵠賦〉，見《白居易集箋校》（白居易撰、朱金城箋校，上海：上海古籍出版社，1988年），卷38，頁2596。

[16] 胡適的意見是其中比較有代表性的，其云辭賦：「離開平民生活越遠，所以漸漸僵化了，變死了。」（《白話文學史》〔臺北：遠流出版公司，1986年〕，上卷，頁52）；又批評〈兩京賦〉、〈三都賦〉：「簡直是雜貨店的有韻仿單，不成文學了。」（同上，頁80。）

教育政策有關，一方面也是儒家士人的信仰和理念。漢代立五經博士，確立經學的官方正統性，受到帝國的重視和尊崇，是士人學習的主要典籍。[17]在唐代則更有科舉考試的引導作用在，透過考試更加確立了研讀的範圍，建立了一套規範。

　　自漢代開始，士人獻賦以取得晉身之階的做法便已使得賦具有某種功利的色彩。而有關漢代經學與賦的關係，目前大陸已有不少的相關論述，如萬光治《漢賦通論》（增訂本）第十一章〈漢賦與漢詩、漢代經學〉、胡學常《文學話語與權力話語：漢賦與兩漢政治》與馮良方《漢賦與經學》等。[18]因此，賦與經學可說是始自漢代開始就有著密切的關係，這當然有著特定歷史社會文化背景的因素，前輩學者對此著墨較多。然則，將焦點放在賦作本身，以及可以明顯從賦本身去看出其與經學之密切關聯者，則是本文選擇唐賦作為考察對象的主要原因。翻開《文苑英華》第一冊所收唐代賦篇之作，體國經野式的經學語言比比皆是，《尚書》「粵若稽古」式擬古的語言也多出現在賦篇中。[19]唐賦中

---

[17] 有關經學在兩漢教育中的發展，可參見米靖《經學與兩漢教育》（天津：天津人民出版社，2009年）第四章第一節。

[18] 萬光治：《漢賦通論》，北京：中國社會科學出版社、華齡出版社，2005年增訂本；胡學常：《文學話語與權力話語：漢賦與兩漢政治》，杭州：浙江人民出版社，2000年；馮良方：《漢賦與經學》，北京：中國社會科學出版社，2004年。關於這方面的討論，請另參本書附論第二章〈漢賦與漢代經學關係述評〉。

[19] 「粵若稽古」或作「曰若稽古」是《尚書》中常見的句子。唐賦如張仲甫〈雷賦〉首句即是「粵若稽古」（《文苑英華》，卷17，頁1a，總頁80；又見《全唐賦》，第參冊，卷16，頁1453）；任華〈明堂賦〉起首也是「粵若稽古」（《文苑英華》，卷47，頁2b，總頁210；又見《全唐賦》，第貳冊，卷12，頁1187）；崔損〈凌煙閣圖功臣賦〉首句云：「粵若聖唐之馭極也」（《文苑英華》，卷114，頁519；又見《全唐賦》，第參冊，卷22，頁2011）；張餘慶〈祀后土賦〉首句云：「粵若盛唐」（《文苑英華》，卷56，頁4b，總頁254誤作「奧若盛唐」；又見《全唐賦》，第陸冊，卷38，頁3423）。

可輕易地在賦中找到許多經學的話語，[20]雖然這種現象在唐以前的賦篇也可見到，但在唐賦上的表現尤為明顯。

　　從《文苑英華》中所見之唐人賦題看來，其中與經學相關之題目甚多，而且賦作內容中也多充滿經書中的典故和套語。對於唐賦之中大量出現的經學題目和經學化的寫作話語此種現象，本文擬以「經藝書寫」一詞稱呼之。「經藝書寫」中「藝」之一字乃取用「六藝」之意，「六藝」之意有二，一是出自《周禮·保氏》中所說的禮、樂、射、御、書、數等六種技藝[21]；另一說等同於六經，如班固（西元32─92年）《漢書·藝文志》中便以六藝指稱《樂》、《詩》、《禮》、《書》、《春秋》、《易》等六經。[22]《史記·孔子世家》也說：「孔子以《詩》、《書》、《禮》、《樂》教弟子，蓋三千焉；身通六藝者，七十有二人。」[23]鄭玄（西元127─200年）《六藝論》用的也是六經之說。[24]《舊唐書·經籍志》著錄有鄭玄《六藝論》一卷[25]，《新唐書·藝文志》也著錄有鄭玄《六藝論》一卷。[26]可見唐人是有見到鄭玄《六藝論》的，以「六藝」指稱六經是自漢代以來便已如

---

[20] 例如王良友：《中唐五大家律賦研究》（臺北：文津出版社，2008年），第五章〈中唐五大家律賦修辭分析〉製有「李程挪用經語一覽表」（頁288-290）可以參看。

[21] 見《周禮注疏》（鄭玄注、賈公彥疏，南昌府學本，臺北：藝文印書館，1993年），卷14，頁6b。

[22] 班固撰、顏師古集注：《漢書集注》（點校本，臺北：鼎文書局，1984年），卷30，〈藝文志〉，頁1723。

[23] 司馬遷撰、裴駰集解、司馬貞索引、張守節正義：《新校本史記三家注》（點校本，臺北：鼎文書局，1993年），卷47，〈孔子世家〉，頁1938。案：本文標點與點校本略有不同。

[24] 鄭玄《六藝論》，參皮錫瑞：《六藝論疏證》，光緒己亥年長沙思賢書局刻本。

[25] 劉昫撰：《舊唐書》（點校本，北京：中華書局，1975年），卷46，〈經籍志〉，頁1983。

[26] 歐陽修撰：《新唐書》（點校本，北京：中華書局，1975年），卷57，〈藝文志〉，頁1445。

此。而「藝」更有強調才藝、才能、技藝之意，不只是讀經書而已，更有強調議禮、考文、訂制度等強調實踐性的意義。因此本文採用「經藝」一詞。

唐賦中有以「六藝」為題之作，如封希顏〈六藝賦〉[27]，該賦所指稱之意為《周禮・保氏》中禮樂射御書數之意。另外，又有李益（西元746—829年）〈詩有六藝賦〉[28]，指的是《詩經》中的風雅頌賦比興六義。雖然這兩篇題名有「六藝」之作，並非本文所指「六經」之意，但唐人賦作中的確有不少直接以五經或經書為題名之作。其對於經學之重視，或是經學滲透入賦作中這一點可說是毋庸置疑的。

吾人注意到唐賦中的經藝書寫現象具有其特殊性，因此認為由此一現象進行一些觀察和探討或許可以發現唐賦與經學二者間的某些關聯性存在，而這一點是前人未曾提出過的。唯本人學力有限，在處理此一論題上或有力所未逮之處。以下僅就唐賦中有關「經藝書寫」的現象嘗試做出一些考察。

第二節　經藝書寫的歷史考察

從目前既存的賦作看來，唐代是大量出現經藝書寫類賦作的時代，在此之前雖然也偶有一些與經藝有關之賦作，但數量不多，且篇幅也多不完整。之前的經藝書寫賦作多是典禮類的賦

[27] 封希顏〈六藝賦〉見《文苑英華》，卷61，頁7b-9a，總頁278-279；又見《全唐賦》，第壹冊，卷6，頁577-579。
[28] 李益〈詩有六藝賦〉見《文苑英華》，卷63，頁6a-7a，總頁286；又見《全唐賦》，第肆冊，卷23，頁2059-2060。

作，例如西漢揚雄（西元前53—18年）的〈甘泉賦〉和〈河東
賦〉，後來則有東漢王延壽（約西元124—148年）的〈魯靈光殿
賦〉。[29]這類以郊祀、宮殿爲主題的賦作，在後來唐代賦作中仍
有，但就經藝書寫這一點來看的話，漢賦中的經藝書寫表現不像
唐賦那麼明顯，但已可略見一些端倪了，例如〈魯靈光殿賦〉起
首便用了「粵若稽古帝漢，祖宗濬哲欽明」這樣出自於《尚書》
中的語言。

　　歌詠祥瑞之作是唐賦中另一項爲數眾多的主題，而這顯然也
是前有所承。從劉劭（約西元168—249年）的〈龍瑞賦〉中可以
看出，該賦自言作於魏明帝太和七年（西元233年）春。其序文
云：

> 太和七年春，龍見摩陂，行自許昌，親往臨觀，形狀瓌
> 麗，光色燭燿，侍衛左右，咸與睹焉。自載籍所紀，瑞應
> 之致，或翔集于邦國，卓犖于要荒，未有若斯之著明也。[30]

祥瑞之說經書中亦有之，如《尚書・皋陶謨》中的「簫韶九成，
鳳凰來儀」、「擊石拊石，百獸率舞」。[31]發展到後來，緯書中有
更多與瑞應相關的內容，而這些也是在唐賦經藝書寫中常見的一
種表現形態。[32]

29　見蕭統編：《文選》（李善注，胡克家刻本，臺北：華正書局影印，1995年），卷11；又見
　　於《全漢賦校注》下冊（費振剛等校注，廣州：廣東教育出版社，2005年），頁850-862，
　　頁2b-3a，總頁1231-1232。

30　劉劭：〈龍瑞賦〉，見嚴可均編：《全上古三代秦漢三國六朝文》（北京市：中華書局，
　　1958年），《全三國文》，卷32，頁2b-3a，總頁1231-1232。

31　《尚書注疏》，卷5，〈益稷〉，頁14b、15a。

32　唐賦中寫瑞應類題材的作品可參見《文苑英華》，卷84-89，符瑞類。另可看看吳儀鳳：

　　綜合而言，嚴格意義的經藝書寫，即以儒家經典命題的賦作在唐代以前是不常見的，因此經藝書寫此一現象的確可以說是唐賦發展上的一大特色。唐代以前的賦，偶有典禮賦和瑞應賦的寫作，這一點可以約略窺看出經藝書寫的部分端倪，但真正全面性的、徹底地在賦作中普遍化經藝書寫、以經藝命題的這種寫作手法則是惟有唐代時方有之。唐以前的賦篇很少以經書典故來命題，只有像辟雍、郊祀、藉田等這些與禮制相關的賦題，還有在都城和宮殿題材的賦作中會出現較具有經學話語的辭彙。但是到了唐代，援引經義入題的賦作大量增加。此外，典禮如春射秋饗、鄉射、鄉飲之類的賦作撰寫，在唐以前只是偶爾、零星地寫作，在內容上也還未達到唐人那種以限韻文字為主，主題扣緊經義式的寫法，而且篇目之多，所寫題目之廣也是前所未有的。這不得不讓人懷疑是因為科舉考試以賦取士之故。

　　以賦取士的做法，早在漢代即已有之。五代蜀馮鑒《文體指要》嘗云：「賦家者流，由漢晉而歷隋唐之初，專以取士。」[33]此處所言指的應是獻賦以獲取青睞，取得晉身階之做法，此西漢之司馬相如便為一例。[34]故以賦作為一種入仕的手段，早在司馬相如（西元前179—127年）時便已是如此。這種獻賦以謀求官職的做法一直到唐代都始終存在著。杜甫（西元712—770年）不也是企圖以獻三大禮賦而謀求仕途嗎？[35]但若說是以考試的方式，

　　〈唐賦的帝國書寫特質〉（《東華漢學》，第4期，2006年9月）第二節指出，這些瑞應題材賦作正是帝國書寫的一種表現。

[33]　吳曾：《能改齋漫錄》（臺北：木鐸出版社，1982年），卷2，〈事始〉「試賦八字韻腳」條引。

[34]　司馬相如因〈子虛賦〉而被漢武帝召見。見《漢書》，卷57，〈司馬相如傳〉，頁2529-2533。

[35]　見《舊唐書》，卷190，〈杜甫傳〉，頁5054。

出題考驗考生作賦的這種做法，則是出現於隋開皇十五年（西元595年）。當時楊素（西元？—606年）考杜正玄，便手題以下數題，令杜正玄擬作，包括〈司馬相如上林賦〉、〈王褒聖主得賢臣頌〉、〈班固燕然山銘〉、〈張載劍閣銘〉、〈白鸚鵡賦〉等。而且給予時間限制，令其在一天之中未時之前完成。楊素意本在試退杜正玄，孰料杜正玄完全通過考試，沒有問題。他的弟弟杜正藏也是，在開皇十六年（西元596年）時，蘇威（西元542—623年）主考，試擬〈賈誼過秦論〉及〈尚書湯誓〉、〈匠人箴〉、〈連理樹賦〉、〈几賦〉、〈弓銘〉。同樣地，杜正藏應時便就，又無點竄。[36]

由此看來，隋代開皇十五、十六年時，已有以試賦來甄選人才的作法了。只不過當時的出題主要是由經、史中出題，和雜文的命題擬作。而到了唐朝，則不但延續了隋代命題作文式取士的做法，而且更加予以制度化、定型化。從本章末附表三：唐代科舉試賦題目一覽表（頁137）中看來，試賦的情況由原本雜文中多選一的文體，逐漸被固定化下來，成為每年科舉考試中雜文科必考一詩一賦這樣的情況。同時，從命題上來看，也可以看出主考官有越來越著重以經義來命題的現象。唐代的入仕管道，主要有三：門蔭入仕、科舉和雜色入流三種。門蔭入仕主要是沿襲魏晉南北朝九品中正的制度而來，是貴族入仕的世襲管道。科舉才是主要大多數中下階層士人主要的選擇。雜色入流是一般較低階的技術性吏員，較不為士子所重。[37]

---

[36] 唐‧李延壽：《北史》（點校本，臺北：鼎文書局，1980年），卷26，〈杜銓附族孫正玄傳〉，頁961-962。

[37] 有關唐代科舉考試制度的詳細說明，參見吳宗國：《唐代科舉制度研究》（瀋陽：遼寧大學出版社，1997年）一書。

　　在唐代的科舉考試中最為士人所重視的是進士科，這也是
禮部舉行的固定的常科考試。進士科考試，在地方上有州縣的考
試，然後才是到省參加由中央禮部舉行的省試。而無論是在州縣
的考試或是在中央的省試都曾經出現過試賦的題目。例如〈宣州
試射中正鵠賦〉，又如〈府試授衣賦〉、〈省試人文化天下賦〉
等。而且這些命題都是出自於經書，考生必須熟知經書的內容和
典故，掌握經義，方能在文辭上進行巧妙地舖陳和作答。

　　除了常科的進士科考試外，吏部進行官員甄選的考試，即所
謂科目選的考試，其中的「博學宏詞科」也經常以賦命題。[38]吾
人由徐松的《登科記考》和孟二冬（1957—2006）的《登科記考
補正》書中整理出的「唐代科舉試賦題目一覽表」（頁137附表
三），其中便有不少賦題是博學宏詞科的試題。[39]此外，由於唐代
有兩都，因此在試賦題目中也會有東都的試賦題目。由附表三：
唐代科舉試賦一覽表中可以看到科舉考試命題試賦的頻繁性，因
此可以說律賦的寫作是士人應科舉考試時必須具備的能力。

　　由科舉考試的命題再回過頭來看唐代士人所受的教育，則
可以知道：基本上士人所受的教育主要還是經學教育，在經學教
育中培養了士人崇聖尊儒的觀念。而隨著唐初《五經正義》的頒
布，更奠定了《五經正義》在教育和科舉考試中的重要性。

---

[38]　博學宏詞科屬科目選之說明，詳參吳宗國：《唐代科舉制度研究》第五章科目選，頁98-
　　99。

[39]　博學宏詞科以賦命題者，見於《登科記考》者，有〈公孫弘開東閣賦〉、〈五
　　星同色賦〉、〈放馴象賦〉、〈鈞天樂賦〉、〈太清宮觀紫極舞賦〉、〈朱
　　絲繩賦〉、〈披沙揀金賦〉、〈樂理心賦〉、〈瑤臺月賦〉、〈漢高祖斬白蛇
　　賦〉等，參見本章末附表三：唐代科舉試賦題目一覽表，該表依據徐松：《登
　　科記考》（趙守儼點校，北京：中華書局，1984年）及孟二冬之《登科記考補
　　正》（北京：北京燕山出版社，2003年）製作而成。

　　科舉試題的命題是確立賦援引典故入題及寫作要求的重要因素。而除了賦題本身外，從玄宗開元二年（西元714年）起開始有了明確的限韻文字，而後幾乎已成為一種固定試題要求。因而從命題上來看，其援引經義之處除了賦題本身外，限韻文字往往也是援引經義之處。而考生除了針對賦題作賦之外，限韻文字往往也是一個題目，它除了本身限韻的要求外，更傳達了某種與題目相輔相成的訊息在。因此考生往往根據著賦題和限韻文字這兩條線索，開始構思自己的賦作。賦的開始首重破題，正如研究律賦的學者所言一般，在這些律賦的寫作裡，它逐漸有一種讓閱卷官一看即知其程度深淺好壞的標準形成。於是這就是中晚唐時《賦譜》一類書籍產生之緣由，該類書籍旨在教人如何寫好應試的律賦。它需要具備哪些條件？它需要注意哪些地方？有關律賦寫作的要求前輩學者研究甚多，在此不擬多加贅述。[40]

　　但是詩賦之間的命題往往也會出現重複的現象，例如唐文宗開成二年（西元837年）考〈霓裳羽衣曲詩〉，而開成三年（西元838年）就考〈霓裳羽衣曲賦〉。[41]又如〈太學剏置石經詩〉是開成四年（西元839年）考題，唐賦中便有同題之賦[42]；李德裕（西元787─849年）曾作〈振振鷺賦〉[43]，而〈振振鷺詩〉是大

---

[40] 例如鄺健行：《科舉考試文體論稿》、游適宏：《試賦與識賦：從考試的賦到賦的教學》、王良友：《中唐五大家律賦研究》（臺北：文津出版社，2009年）、尹占華：《律賦研究》、詹杭倫：《唐宋賦學研究》（北京：中國社會科學出版社、華齡出版社，2004年）等對律賦的寫作要求都有不少的說明，可參看。

[41] 參見徐松：《登科記考》，卷21，開成二年至三年，頁776-780。亦可見《登科記考補正》，卷21，開成二至三年，頁866-871。

[42] 〈太學剏置石經賦〉見《文苑英華》，卷61，頁3b-4b，總頁276；又見《全唐賦》，第捌冊，卷59，頁5325-5326。

[43] 李德裕：〈振鷺賦〉見《李德裕文集校箋》（李德裕撰、傅璇琮、周建國校箋，石家庄：河北教育出版社，1999年），別集卷1，頁419-420。

中八年（西元854年）試題[44]；〈白雲起封中詩〉據《全唐詩》卷
一二一得知：這是省試的詩題[45]，而唐人賦作中也有〈白雲起封中
賦〉[46]；武宗會昌三年（西元843年）試〈風不鳴條詩〉[47]，唐賦
有〈風不鳴條賦〉。[48]可見詩賦之間的命題是可以互相挪用的，因
此這也成了考生們模擬考試習作的題目取材。

　　由此看來，唐代賦作在典禮賦和經藝書寫上都是具有鮮明特
色的。至於為何會如此呢？據本文推測這很可能與唐代科舉考試
以賦取士，而賦又以經藝為命題的考試方式有著密切的關聯性。
而作為一個大一統的唐代帝國，在此一特色上也展現了更為中央
極權和強化國家意識的帝國形象，也因此在國家政教的推行上，
典禮和經藝便形成其思想意識上的兩大主流，從而主導了士人的
教育和考試方向。

第三節　唐賦經藝書寫的內在層次分析

　　有關唐賦之中的經藝書寫現象，本文擬分為外在層次及內在
層次兩方面來分別敘述探討。首先先說明內在層次的部分，這一
部分是純粹就賦作本身的分析探討而言，第二部分是外在層次，

---

[44]　參見徐松：《登科記考》，卷22，大中八年，頁824。亦可見《登科記考補正》，卷22，大
中八年，頁919。

[45]　《全唐詩》（彭定求編、點校本，北京市：中華書局，1960年），卷121，陳希烈有〈省試
白雲起封中〉詩。（第4冊，頁1214）

[46]　〈白雲起封中賦〉見《文苑英華》，卷12，頁4b-5b，總頁60；又見《全唐賦》，第陸冊，卷
42，頁3795-3796。

[47]　參見徐松：《登科記考》，卷22，會昌三年，頁797-798。

[48]　〈風不鳴條賦〉有二首，見《文苑英華》，卷62，頁1b-3b，總頁62-63；又見《全唐賦》，
第捌冊，卷58，頁5209-5210，及第柒冊，卷52，頁4705-4706。

這是就唐賦的經藝書寫現象中具有具體創作背景或創作時具有實際外在現實目的指向者。外在層次將在第四節中敘述。

　　唐賦的經藝書寫可以有廣義與狹義兩種區分，廣義的經義書寫泛指與六經相關的書寫都算，包括賦文的用詞、風格等，而狹義的經藝書寫則專指賦題出自於經書者。本文的研究重點在於後者。

　　當然今日談用典，多是將其視爲是詩文中一種修辭的表現手法。古代則有《文心雕龍・事類》一篇談用典，詩歌中的確有很多用典之佳例，一般在解說用典時也都以詩歌爲主。詩詞文中的引用可以用修辭學的引用，賦文中的引用亦然，可是本文要處理的並不是修辭學意義的引用，本文欲探討的唐代賦篇是以經藝成詞、或典故、或典章制度爲命題者，其例爲通篇命題之所在，並不是文句中個別文詞的使用，故並不適用傳統修辭學的引用。換言之，本文所欲處理的唐賦經藝書寫，並不是指賦文中使用經典成詞或套語的手法，當然這類情形在唐代賦文中很多，而且多能融化詞句，相關的研究可參看趙俊波《中晚唐賦分體研究》第四章第一節及王良友《中唐五大家律賦研究》第三章、第五章。賦文中融鑄經典成詞和用典的寫作手法很多，但本文所欲針對的乃是唐代賦篇命題與經藝有關之部分，這其中既可以說是直接來自於經典的成詞，也可以說是來自於經典的思想，既可以說是用典，也可以說是引用。但主要是對於唐賦以經藝命題的探討，而不是修辭學意義下對賦文文詞的運用。

　　命題是主考官測試考生（作者）對此題目來源（出處）之知識背景的釐測。測驗考生在賦文中能否展現出其正確的理解和態度。因此涉及考生（作者）對題目的理解和詮釋。一篇賦作包括：賦題、限韻文字和賦文三個部分。而經藝書寫現象在這三個部分都可以看到，並且三個部分在一篇賦作中不是孤立的存在，

而是三者間彼此互相呼應、有機的結合成一個整體。由唐賦的實際作品看來，賦文詮釋的向度包括：一、經文本身，二、注解群，賦的限韻文字有時會給予經義詮解的指向。

　　賦文中以經藝書寫入賦的寫法在唐代律賦中很多，趙俊波、王良友等人均已指出這一點，此處不擬重述。本文主要研究的對象是以賦題本身具有經藝書寫者爲主，亦即賦題係出自於儒家經書文句或典故者爲主，這類賦作甚多，如本章末附表二中所列。由於唐賦經藝書寫的材料很多，今擬分別以下列四點，敘述由相關材料觀察歸納所得之現象。四點分別爲：一、賦題對經藝的直接引用例，二、賦題對經藝的間接引用例，三、限韻文字的作用，四、賦文、限韻文字與賦題三者的關係。

一　賦題對經藝的直接引用例

　　（一）直接引用經文者，大多數賦題皆是如此。如出自於《論語・爲政篇》的〈君子不器賦〉。又如〈三驅賦〉之命題[49]，《周易・比卦・九五》中有提到「王用三驅」[50]，《隋書・禮儀志三》載有三驅之禮，意即：王者有三驅之禮也，以驅爲名，至三而止。[51]另《史記・殷本紀》記載：湯見張網四面，乃去其三面。諸侯聞之，曰：湯德至矣，及禽獸。[52]故唐賦中另有〈開三面網

---

[49]　〈三驅賦〉見《文苑英華》，卷124，頁4a-5a，總頁566；又見《全唐賦》，第肆冊，卷25，頁2297-2298。

[50]　《周易注疏》（王弼、韓康伯注、孔穎達疏，南昌府學本，臺北：藝文印書館，1993年），卷2，〈比卦・九五〉，頁12b。

[51]　《隋書》（臺北：鼎文書局，1993年），卷8，〈禮儀志〉，頁168。

[52]　《史記》，卷3，〈殷本紀〉，頁95。

賦〉。[53]《舊唐書・張玄素傳》言：「三驅之禮，非欲教殺，將為百姓除害，故湯羅一面。」[54]這便說明了三驅之禮及開三面網的意義。又據《舊唐書・魏知古傳》載：先天元年（西元712年）冬天，玄宗畋獵於渭川，行三驅之禮。[55]故知三驅之禮在唐朝時仍然有在施行。另《舊唐書・褚亮傳》中有褚亮上疏諫唐高祖畋狩事，其中亦提及冬狩之禮，網唯一面，禽止三驅。[56]可見無論是網開三面或是三驅之禮，其目的都是在勸諫帝王勿過度畋獵而應有所節制。

（二）引用經書篇目者，如〈魚在藻賦〉、〈南有嘉魚賦〉都是直接引用《詩經》同樣篇名之命題。[57]

（三）援用其事者，如〈射雉解顏賦〉典出《左傳・昭公二十八年》：昔賈大夫惡，娶妻而美，三年不言不笑，御以如皋，射雉，獲之，其妻始笑而言。賈大夫曰：「才之不可以已！我不能射，女遂不言不笑夫！」[58]

（四）引用經藝中的國家禮制，這類例子絕大多數都是典禮類題材之賦，例如〈開冰賦〉[59]，《禮記・月令》寫仲春之月「天

---

[53] 〈開三面網賦〉見《文苑英華》，卷124，頁5b-6b，總頁567；又見《全唐賦》，第捌冊，卷59，頁5319-5320。

[54] 《舊唐書》，卷75，〈張玄素傳〉，頁2641。

[55] 《舊唐書》，卷98，〈魏知古傳〉，頁3063。

[56] 《舊唐書》，卷72，〈褚亮傳〉，頁2581。

[57] 〈魚在藻賦〉見《文苑英華》，卷139，頁9b-10a，總頁644；又見《全唐賦》，第肆冊，卷28，頁2473-2474。命題出自於《詩經・小雅・魚藻》。〈南有嘉魚賦〉見《文苑英華》，卷140，頁1a-2a，總頁645；又見《全唐賦》，第貳冊，卷11，頁1053。命題出自於《詩經・小雅・南有嘉魚》。

[58] 《春秋左傳注疏》（左丘明傳、杜預注、孔穎達疏，南昌府學本，臺北：藝文印書館，1993年），卷52，頁30b。

[59] 〈開冰賦〉見《文苑英華》，卷39，頁7a-8a，總頁175；又見《全唐賦》，第伍冊，卷33，頁2961-2962。

子乃鮮羔開冰，先薦寢廟。」[60]既是經書中的禮制，也是現在的國家禮制。[61]

　　（五）化用經文語句入題者，如《尚書・舜典》中「命汝典樂，教冑子」一句[62]，化爲賦題〈樂德教冑子賦〉。[63]

　　（六）斷章取義，片段引用者，如〈天下爲家賦〉，雖是出自於《禮記・禮運篇》[64]，但因爲片段截取「天下爲家」來命題，遂引起了一些爭議。[65]

　　（七）引用經書傳注者，命題不是出自於經文本身而是出自於注釋者，如〈冬日可愛賦〉、〈夏日可畏賦〉[66]兩篇賦題用的是《左傳・文公七年》中杜預（西元222—284年）的注。《左傳・文公七年》酆舒問於賈季曰：「趙衰、趙盾孰賢？」對曰：「趙衰，冬日之日也；趙盾，夏日之日也。」杜預注：「冬日可愛，

60　《禮記注疏》（鄭玄注、孔穎達疏，南昌府學本，臺北：藝文印書館，1993年），卷15，〈月令〉，頁6b。

61　有關唐代典禮賦的部分，請參看本書第五章。

62　《尚書注疏》，卷3，〈舜典〉，頁26a。

63　〈樂德教冑子賦〉有六篇，見《文苑英華》，卷76，頁4a-9a，總頁344-347；又見《全唐賦》，第陸冊，卷42，頁3791-3792（李彥芳）、第肆冊，卷24，頁2179-2180（羅讓）、第伍冊，卷31，頁2745-2746（徐至）、第伍冊，卷31，頁2753-2754（鄭方）、第伍冊，卷31，頁2741-2742（劉積中）、第伍冊，卷36，頁3287-3288（杜周士）。

64　原文爲「今大道既隱，天下爲家，各親其親，各子其子，貨力爲己，大人世及以爲禮。」（《禮記注疏》，卷21，〈禮運〉，頁4b。）

65　《唐摭言》，卷13，〈無名子謗議下〉載：「劉允章試〈天下爲家賦〉，爲拾遺杜裔休駁奏，允章辭窮，乃謂與裔休對。時允章出江夏，裔休尋亦改官。」（見王定保撰、姜漢椿注譯：《新譯唐摭言》〔臺北：三民書局，2005年〕，頁445。）

66　《文苑英華》收錄〈冬日可愛賦〉有齊映、席夔二首，〈夏日可畏賦〉有賈嵩一首，見《文苑英華》，卷5，頁7b-10a，總頁30-31；齊映賦又見《全唐賦》，第參冊，卷20，頁1815、席夔賦又見《全唐賦》，第伍冊，卷32，頁2917-2918、賈嵩賦又見《全唐賦》，第陸冊，卷44，頁3951-3952。

夏日可畏。」[67]又如〈鑄劍戟爲農器賦〉，此題較爲特別，乃是出自於《韓詩外傳・卷九》：「鑄庫兵以爲農器。」[68]南朝宋詩人鮑照〈河清頌〉亦云：「銷我長劍，歸爲農器。」[69]可見唐賦在命題時也不限於只有《毛詩》。

（八）化用經典思想者。如〈聖人以四時爲柄賦〉。[70]

（九）結合文句與思想者。如〈靈臺賦〉既是《詩經・靈臺》之篇章，也是經書中之思想。[71]

二　賦題對經藝的間接引用例

（一）間接與經書相關者，如〈進善旌賦〉典出《管子・桓公問》：「舜有告善之旌，而主不蔽也」。[72]據《大戴禮記・保傳》記載，堯在位時，曾於庭前設置「進善旌」（即一面旗幟），讓百姓站在旗下，向他提出對政事的建議、評論。[73]此爲間接引用經書之例。

（二）出自《孔子家語》或《尸子》者，例如李方叔（西

---

[67] 《春秋左傳注疏》，卷19上，頁15b。

[68] 韓嬰撰、屈守元箋疏：《韓詩外傳箋疏》（成都：巴蜀書社，1996年），卷9，頁785。

[69] 鮑照：〈河清頌〉，見《鮑參軍集注》（鮑照撰、錢仲聯增補集說校，上海：上海古籍出版社，1980年），卷2，頁97。

[70] 〈聖人以四時爲柄賦〉見《文苑英華》，卷24，頁2b-3a，總頁109；又見《全唐賦》，第捌冊，卷58，頁5233-5234。

[71] 〈靈臺賦〉見《文苑英華》，卷60，頁6a-8b，總頁273-274；又見《全唐賦》，第壹冊，卷3，頁289-293。命題出自於《詩經・大雅・靈臺》。

[72] 王冬珍等校注：《新編管子》（臺北：國立編譯館，2002年），下冊，卷18，〈桓公問〉，頁1189。

[73] 方向東：《大戴禮記滙校集解》（北京：中華書局，2008年），上冊，卷3，〈保傳〉，頁328。

元780—805年）〈南風之薰賦〉出自所謂的〈南風歌〉。[74]雖然
《禮記‧樂記》中有云：「昔者舜作五弦之琴以歌〈南風〉。」[75]
《史記‧樂書》亦云：「舜彈五弦之琴，歌〈南風〉之詩而天下
治。……夫南風之詩者生長之音也。」[76]但此賦之命題中包括了限
韻文字「悅人阜財生物遂感」，其中「阜財」二字係出自於〈南
風歌〉。〈南風歌〉其辭據孔穎達（西元574—648年）《禮記正
義》所引：

> 《聖證論》引《尸子》及《家語》難鄭云：「昔者舜彈五
> 弦之琴，其辭曰：『南風之薰兮，可以解吾民之慍兮！南
> 風之時兮，可以阜吾民之財兮！』[77]

雖然鄭玄《禮記注》及孔穎達《禮記正義》均認為〈南風歌〉是
不可靠的，[78]但是這對於作此賦並無妨礙。李方叔的〈南風之薰
賦〉其所用限韻即是採用了《家語》中所流傳之〈南風歌〉之
辭。

　　（三）又有〈舜有羶行賦〉，[79]語出《莊子‧徐無鬼》：

74　〈南風之薰賦〉有四篇，此為第四篇，見《文苑英華》，卷13，頁8a-9a，總頁66；又見《全
　　唐賦》，第肆冊，卷28，頁2479-2480。案：《文苑英華》作者作「李叔」，誤，當據《全
　　唐賦》作「李方叔」。

75　《禮記注疏》，卷38，〈樂記〉，頁1a。

76　《史記》，卷24，〈樂書〉，頁1235。

77　《禮記注疏》，卷38，〈樂記〉，頁1b。

78　鄭玄注云：「〈南風〉，長養之風也，以言父母之長養己，其辭未聞也。」《孔疏》云：
　　「今案：馬昭云：『《家語》王肅所增加，非鄭所見。』又《尸子》雜說，不可取證正經，
　　故言未聞也。」（《鄭注》及《孔疏》俱見《禮記注疏》，卷38，〈樂記〉，頁1a-b。）

79　〈舜有羶行賦〉見《文苑英華》，卷43，頁4b-5b，總頁192-193；又見《全唐賦》，第陸
　　冊，卷43，頁3839-3840。

「舜有饘行，百姓悅之。」[80]雖然並非出自儒家典籍，但都是將舜視爲聖王形象而予以歌頌的。

（四）用典，但用的是史事，而並非直接引用自經書之典。如〈端午日獻尙書爲壽賦〉用的是蘇綽獻尙書給隋煬帝的典故[81]，典出《隋書‧蘇威傳》隋煬帝時天下大亂，蘇威知煬帝不可改，很是擔心，五月五日端午節這一天，百僚上饋，多以珍玩。蘇威獨獻《尙書》一部，微以諷帝，煬帝不悅。[82]

（五）非以經藝本身爲題，但與經藝相關者。如許堯佐〈五經閣賦〉[83]，屬於歌詠建築，觀此賦之作當是先有一座五經閣在而詠之，但該建築物之相關資料現已無考。

（六）與當時實際時事結合之題，並非引用之例。如〈太學剏置石經賦〉和〈御註孝經臺賦〉[84]，這是與當時時事結合之命題。這個部分將會在第四節唐賦經藝書寫的外在層次分析中述之。

（七）其他間接與經書相關之賦題，包括大量引用緯書的祥瑞題目賦作，及以三代聖王爲題之賦，雖然並非直接引自經書，但也與經學有著密切關聯在。由此也可看到唐人對於正統儒家經籍以外的材料並不排斥。

---

[80]　郭慶藩輯：《莊子集釋》（王孝魚點校，臺北：華正書局，1987年），卷24，頁864。

[81]　〈端午日獻尚書為壽賦〉見《文苑英華》，卷63，頁8a-8b，總頁287；又見《全唐賦》，第陸冊，卷45，頁4025-4027。

[82]　見《隋書》，卷41，〈蘇威傳〉，頁1189。

[83]　〈五經閣賦〉見《文苑英華》，卷61，頁5a-6a，總頁277；又見《全唐賦》，第伍冊，卷32，頁2925-2926。

[84]　〈太學剏置石經賦〉同註42。〈御註孝經臺賦〉見《文苑英華》，卷61，頁4b-5a，總頁276-277；又見《全唐賦》，第參冊，卷20，頁1865-1866。

三　限韻文字的作用

　　對於經籍的引用，除了表現在賦題、賦文以外，限韻文字也有，例如〈河橋竹索賦〉，此賦題看起來普通，但特別的是，它用的限韻文字是「誰謂河廣一葦航之」[85]，這是《詩經‧衛風‧河廣》中的句子，可見也有單以經文入限韻文字者。又如〈下車泣罪人賦〉限韻文字爲「萬方之過在予一人」[86]，此典出自於《說苑‧君道》[87]，但其意來自於《尚書‧泰誓》「百姓有過，在予一人」。[88]故亦屬於間接引用經藝之例。

　　此外，限韻文字也有來自於傳注序文者，如〈南有嘉魚賦〉賦題雖然用的是《詩經‧小雅》中的〈南有嘉魚〉，然其限韻文字爲：「樂得賢者次用韻」[89]，卻襲用了正作爲《詩經》傳注之屬的《詩序》之文[90]，而其功用則在於揭示題旨。

　　限韻文字其實扮演著重要的功能，它對於賦題有重要的指示作用，其與賦題間的關係有以下四點：一、說明或補述關係，如裴度（西元765—839年）〈鑄劍戟爲農器賦〉，限韻文字「天

---

[85]　《文苑英華》，卷46，頁4b-5a，總頁207；又見《全唐賦》，第伍冊，卷34，頁3109。

[86]　王起〈下車泣罪人賦〉，見《文苑英華》，卷121，頁6b-7b，總頁552-553；又見《全唐賦》，冊8，卷59，頁5278。

[87]　左松超：《說苑集證》（臺北：國立編譯館，2001年），上冊，卷1，〈君道〉第十則云：「禹出，見罪人，下車問而泣之。左右曰：『夫罪人不順道，故使然焉。君王何為痛之至於此也？』禹曰：『堯舜之人，皆以堯舜之心為心。今寡人為君也，百姓各自以其心為心，是以痛之也。』」《書》曰：「百姓有罪，在予一人。」（頁20）

[88]　《尚書注疏》，卷11，〈泰誓〉，頁10a。

[89]　〈南有嘉魚賦〉2篇，《文苑英華》，卷140，頁1a-2b，總頁645。李蒙〈南有嘉魚賦〉又見《全唐賦》，第貳冊，卷11，頁1053。楊諫〈南有嘉魚賦〉又見《全唐賦》，第貳冊，卷12，頁1127。

[90]　〈南有嘉魚〉之《詩序》云：「樂與賢也，太平君子至誠，樂與賢者共之也。」（《毛詩注疏》，卷10之1，頁1a。）

下無事務農息兵」屬於補述題意。[91]二、因果關係說明，如謝觀〈周公朝諸侯於明堂賦〉，限韻文字「九垓向序外方同心」[92]，題目是因，限韻文字是果。三、點明題旨，如裴度的〈三驅賦〉限韻文字為「蒐畋以時網去三面」[93]；〈開三面網賦〉限韻文字為「仁聖之道開［弛］三面」。[94]其限韻文字都更加點明了題目的主旨。四、確定題目出處及方向，有時賦題出處來源不只一處，這時藉助限韻文字可以掌握到命題的題旨和方向。例如〈衣錦襞衣賦〉[95]，因為其出處亦可見於《詩經》中〈衛風・碩人〉和〈鄭風・丰〉二篇，但無論怎樣解讀都無法找出其與賦作內容的關聯。後來找到《禮記・中庸》這才確定此乃是本賦題的出處。因為限韻文字「君子之道闇然日章」以及賦文內容都是與此有連結的。可見限韻文字扮演著重要的題目指示功能，具有解題、闡明或補述題意的作用在，功能十分重要，並非只是為了要求考生押韻而已。

四　賦文、限韻文字與賦題三者的關係

從一些唐賦經藝書寫的實例看來，唐人是有參看孔穎達疏的，而《孔疏》基本上採取對前人之說集大成的做法，既引用鄭玄之說，也引用王肅（西元195─256年）之說，將漢魏六朝前行

91　《文苑英華》，卷42，頁3b，總頁187；又見《全唐賦》，第肆冊，卷25，頁2289。

92　《文苑英華》，卷54，頁9a，總頁242；又見《全唐賦》，第陸冊，卷43，頁3847。

93　《文苑英華》，卷124，頁4a，總頁566；又見《全唐賦》，第肆冊，卷25，頁2297。

94　〈開三面網賦〉見《文苑英華》，卷124，頁5b，總頁567；又見《全唐賦》，第捌冊，卷59，頁5319。案：《文苑英華》缺一「弛」字，今據《全唐賦》補入。

95　〈衣錦襞衣賦〉，見《文苑英華》，卷113，頁1a-2a，總頁514；又見《全唐賦》，第伍冊，卷32，頁2909-2910。

學者的說法皆並列之，比較像是一種集解式的做法，這用來作為一種教科書倒是不錯的。

從命題來看，唐賦中出現的《詩經》命題多集中在《雅》，如《小雅》中的〈南有嘉魚〉便是一個題目。而〈南有嘉魚賦〉限以「樂得賢者次用」為韻，這也是用了〈詩序〉的詩旨，強調樂得賢者之意，嘉魚是賢者的比喻。

再看實際的賦作。例一、李蒙〈南有嘉魚賦〉云：「惟魚在淵兮其跡惟深，賢在野兮其道惟默。」「釣嘉魚在內穴，得奇士於滋川。」[96]又如楊諫〈南有嘉魚賦〉一開始即破題，云：「后非賢不乂，魚非水不託。」「我國家憂勞庶績，寤寐求賢，」「詩人格言，必將興之於王國。」[97]見此命題作賦者必須能熟稔《詩經・南有嘉魚》一詩之詩旨（即《詩序》所提供者），了解其中的隱喻關係，而且知道命題者的用心，此既是為國家取才之試，應試者也應當站在國家渴求賢才的角度來作賦發揮。

例二、李程〈衣錦褧衣賦〉，此賦題出處有二：《詩經・衛風・碩人》、及《詩經・鄭風・丰》。李程〈衣錦褧衣賦〉賦文中點出「賦於碩人之篇」、「知我者謂我隱蔽文章，不知我者謂顛倒衣裳。」李程這篇賦並不是只是以〈碩人〉一詩之《詩序》為說，其中也用了莊姜〈綠衣〉之典，但主要是在講君子韜光不耀。脫離了原本《詩序》連結衛莊姜之說。賦篇主要是以限韻中的「君子之道闇然日章」作為主旨，這出自於《禮記・中庸》。由此看來，好的寫作者還要能夠貫通各經。

---

[96] 李蒙〈南有嘉魚賦〉見《文苑英華》，卷140，頁1b-2a，總頁645；又見《全唐賦》，第貳冊，卷11，頁1053。

[97] 楊諫〈南有嘉魚賦〉見《文苑英華》，卷140，頁1a-1b，總頁645；又見《全唐賦》，第貳冊，卷12，頁1127。

　　例三、李子卿〈府試授衣賦〉以「霜降此時女工云就」為韻。賦一開始點出授衣的時間在「九月」，試賦之時，乃是題目和限韻文字都是題目，作賦者必須在賦中都達到兩個題目的題旨才行。〈府試授衣賦〉題目出於《詩經・豳風・七月》：「七月流火，九月授衣」。[98]〈府試授衣賦〉寫到：

> 將備服之繡素，豈徒事夫紅紫？則知王者之德，聖人之
> 思，禮法在矣，古今以之。事陳王業，功當天時。澤及周
> 王之道，歌得豳人之詩。……方今四隩既宅，九州攸同，
> 人悅物茂，時和年豐，男勤耕於稼穡，女務績於蠶工，雖
> 悅當今之化，亦猶行古之方。[99]

最後以「霜始降兮女工就，歲時窮兮寒衣授。」作結，首尾兼顧，有所呼應。張何〈授衣賦〉直接點出：「稽〈月令〉之前制，得〈豳詩〉之首章」來點明題目出處。[100]可見作賦者除了點明題目「豳詩」外，還要展現對這題意的理解，從經義的角度上、治道的角度上去論說，又必須以優美的賦文進行舖敘。賦文中充滿對洋洋王道的讚美。這個題目乃是河南府考試之試題。作為考試的人才鑑別，從賦中可以看出作者語言文字的構作能力，經典的學識及其吸收與融貫能力等。

　　總而言之，賦題、限韻文字、賦文三者可說在寫作時必須是三位一體的，三者間必須有著結構上的連結與統合。

---

[98]　《毛詩注疏》，卷8之1，頁9a。

[99]　《文苑英華》，卷113，頁4a-5a，總頁515-516；又見《全唐賦》，第參冊，卷20，頁1853-1854。

[100]　張何〈授衣賦〉見《文苑英華》，卷113，頁5a，總頁516；又見《全唐賦》，第參冊，卷21，頁1941。

第四節　唐賦經藝書寫的外在層次分析

　　唐賦以經藝來命題之作，若進一步考察，會發現某些賦篇的寫作其實有其特定的時空背景存在，並非只是單純地紙上命題作文。換言之，命題這件事本身便與當時的政治、社會等時事背景有關，因此由這些賦作的經藝書寫現象，參酌相關史料，還可以進一步觀察到賦作與外在環境間的聯結關係。以下即舉例說明之。

一　壁經、石經、孝經臺等相關賦作

　　首先，在唐賦之中有直接以「壁經」、「石經」、「五經」為題名者，如：〈太學壁經賦〉[101]、〈太學剏置石經賦〉[102]。〈太學壁經賦〉是引用東漢熹平石經的典故，據《後漢書·蔡邕傳》云：

> 邕以經籍去聖久遠，文字多謬，俗儒穿鑿，疑誤後學。熹平四年，乃與五官中郎將堂谿典、光祿大夫楊賜、諫議大夫馬日磾、議郎張馴、韓說、太史令單颺等，奏求正定《六經》文字。靈帝許之。邕乃自書丹於碑，使工鐫刻立於太學門外。於是後儒晚學，咸取正焉。[103]

---

[101]　〈太學壁經賦〉，《文苑英華》，卷61，頁2b-3b，總頁275-276；又見《全唐賦》，第捌冊，卷59，頁5323-5324。

[102]　〈太學剏置石經賦〉，《文苑英華》，卷61，頁3b-4b，總頁276；又見《全唐賦》，第捌冊，卷59，頁5325-5326。

[103]　范曄：《後漢書》（點校本，臺北：鼎文書局，1979年），卷60下，〈蔡邕列傳〉，頁1990。

　　〈太學壁經賦〉表面上看來是以東漢蔡邕（西元133—192年）立熹平石經的典故為題而作。然則實際上唐文宗開成二年（西元837年）有立開成石經之舉。據《舊唐書‧文宗本紀》載：開成二年十月癸卯，宰臣判國子祭酒鄭覃進《石壁九經》一百六十卷。時上（指文宗）好文，鄭覃以經義啟導，稍折文章之士，遂奏置五經博士，依後漢蔡伯喈刊碑列於太學，創立石壁九經，諸儒校正訛謬。上又令翰林勒字官唐玄度復校字體，又乖師法。故石經立後數十年，名儒皆不窺之，以為蕪累甚矣。[104]

　　正是在這樣一個唐文宗立開成石經的背景下，開成四年（西元839年）便以〈太學創置石經詩〉為該年科舉試題。〈太學創置石經賦〉也必然是在此一開成石經設立的背景下寫作的。該賦云：「我國家學校崇崇，刱石經于其中，用啟千年之聖，將遺萬古之風。」雖然賦中所述並不是十分具體，但文中有云：「雕鏤之功備矣，文質之義昭然」、「鑿寒光而嶄嶄迭映，駢古色而字字相宣」，以及說明石經最主要的功用在於「辨舛錯而定魯魚，然後二三子是效是則。」[105]這說明了開成石經具有刊正九經文字的作用在。而〈太學壁經賦〉也說：

國家誕敷文命，建學崇政，置六經於屋壁，作群儒之龜鏡。剪遺文以辨謬，俾雅誥以詳正。……稽古至今，從百家之正義；歸真背偽，俾四海之同文。於是博考群臣，宣明舊典，既科斗之互缺，亦魚魯之相舛。依鳥跡而難從，訪蛇形而莫辨。定茲金簡，規程邈之隸書；遵彼古文，參

---

[104] 《舊唐書》，卷17下，〈文宗本紀〉，頁571。

[105] 以上俱見《文苑英華》，卷61，頁3b-4b，總頁276；又見《全唐賦》，第捌冊，卷59，頁5325-5326。

史籀之大篆。然後命鍾張之藝，詔文學之官，界四壁以繩直，揮五色之毫端。粲爾其彩，昭然可觀。雖一勞之克定，乃千載之不刊。錯綜既備，班列有次。欲昭明於六書，先褒貶於一字。俾去顛訛之惑，用全述作之意。苟不絕於韋編，將永齊於石記。至於止戈為武，反正為乏，將為後生之式，必憲先王之法。……瞻彼垣牆，代茲簡牘，篇章煥炳，文雅照燭，正以先王之脩；則曲禮三千，習以孔門之徒，則冠者五六。所謂一人作則，萬國儀刑；光我廊廟，異彼丹青。示人範於古訓，正國常於典經。既文明乎天下，宜遠域而來庭。[106]

這一篇〈太學壁經賦〉寫得比較好，有具體地寫到刊刻石經具有訂正文字之功，而且提及在此過程中必須去處理經文中各種古文的文字校訂問題。

　　唐代中央政府對於經學很重視，這可以從其重視五經文字校正的這一點看出來。最早在唐太宗時便已注重五經文字考定的工作了。《舊唐書·顏師古傳》載：

太宗以經籍去聖久遠，文字訛謬，令師古於秘書省考定五經，師古多所釐正，既成，奏之。太宗復遣諸儒重加詳議，於時諸儒傳習已久，皆共非之。師古輒引晉、宋已來古今本，隨言曉答，援據詳明，皆出其意表，諸儒莫不歎服。於是……頒其所定之書於天下，令學者習焉。[107]

---

[106] 〈太學壁經賦〉，見《文苑英華》，卷61，頁275-276；又見《全唐賦》，第捌冊，卷59，頁5323-5324。

[107] 《舊唐書》，卷73，〈顏師古傳〉，頁2594。

唐太宗嘗嘆五經去聖遠，傳習寖訛，詔顏師古（西元581─645年）於秘書省考定，多所釐正。因頒所定書於天下，學者賴之。[108]《舊唐書・太宗本紀》載：「貞觀七年十一月丁丑唐太宗頒新定五經。」[109]太宗時，孔穎達與顏師古、司馬才章、王恭、王琰等諸儒受詔撰定《五經義訓》，凡一百八十卷，名曰《五經正義》。[110]唐高宗永徽四年三月壬子朔，頒孔穎達《五經正義》於天下，每年明經令依此考試。[111]

　　既然唐代以科舉考試取士，在科舉考試中經學始終是主要的教育和考試的內容。根據相關文獻考察可知：中唐以後，由於太學衰微，民間私學盛行。而最為國家考試所重視的經書，其印刷刊行據了解最早必須要遲至五代時才開始以雕版印刷方式刊行儒家經典。在此之前，目前所發現的唐代較早的雕版印刷文件多是佛經。[112]因此，唐文宗立開成石經便是基於社會的需要。

　　五經之外，《孝經》、《論語》也是被視為等同於經書的。《舊唐書・職官志》記載國子監祭酒、司業必須教授之經其中便包含了《孝經》、《論語》[113]，而唐玄宗更曾經親自御注《孝

---

[108] 《新唐書》，卷198，〈顏師古傳〉，頁5641-5642。

[109] 《舊唐書》，卷3，〈太宗本紀〉，頁43。

[110] 《舊唐書》，卷73，〈孔穎達傳〉，頁2602。

[111] 《舊唐書》，卷4，〈高宗本紀〉，頁71。

[112] 參見張秀民撰、韓琦增訂：《中國印刷史》（杭州：浙江古籍出版社，2006年），上冊，第一章唐代雕版印刷的始興部分，頁16-29。又可參見張樹棟、龐多益、鄭如斯撰：《簡明中華印刷通史》（桂林：廣西師範大學出版社，2004年），第三章第一節隋唐時期的雕版印刷，頁65-69。

[113] 《舊唐書》，卷44，〈職官三〉「國子監祭酒」：「凡教授之經，以《周易》、《尚書》、《周禮》、《儀禮》、《禮記》、《毛詩》、《春秋左氏傳》、《公羊傳》、《穀梁傳》各為一經，《孝經》、《論語》兼習之。每歲終，考其學官訓導功業之多少，為之殿最。」（頁1891）

經》。《舊唐書‧玄宗本紀》載「開元十年六月辛丑，訓注《孝
經》，頒于天下。」[114]唐賦之中有一篇〈御註孝經臺賦〉即是因
唐玄宗天寶四年（西元745年）題立之石臺孝經而作，《石臺孝
經》今日尚存於西安碑林孝經亭內。[115]〈御註孝經臺賦〉其云：

> 玄宗探宣尼之旨，為聖理之闡。……勒睿旨於他山之石，
> 樹崇臺為儒林之苑。……十八章之箴規，揭之備舉。乃知
> 孝理馨香，有時而彰。不壞不朽，化被無疆。所以播鴻休
> 於玉葉，表嗣子於明王。故曰孝者天之經也，宜乎配地久
> 而天長。[116]

由帝王獎掖、提倡之經學表現出國家對經學的重視，這便有著由
上而下，風行草偃的風氣散布於士人社會中。

二　中和節相關賦作

　　唐德宗貞元五年（西元789年）正月乙卯，德宗下令以二月
一日為中和節。[117]將原本屬於民間上巳、重陽禳除災厄的節日改
以中和節來取代。有關中和節的設立和它作為節日的民俗內涵，
朱紅〈從中和節看唐代節日民俗〉一文中有詳細的說明。[118]中和

---

[114] 《舊唐書》，卷8，〈玄宗本紀〉，頁183。

[115] 參見陝西省博物館編著：《西安碑林書法藝術》（增訂本）（西安：陝西人民美術出版社，1997年），頁192。

[116] 張昔〈御註孝經臺賦〉見《文苑英華》，卷61，頁4b-5a，總頁276-277；又見《全唐賦》，第參冊，卷20，頁1865-1866。

[117] 王溥撰：《唐會要》（臺北：世界書局，1974年），卷29，〈節日〉，頁544。

[118] 朱紅：〈從中和節看唐代節日民俗〉，《史林》，2005年第5期，頁62-68。

節有著德宗欲以農爲本，重農思想的展現，故有獻農書之活動。侯喜〈中和節百辟獻農書賦〉就是在這樣一個背景下寫作的。[119]而這獻農書活動的思想其源頭可以追溯至《禮記・月令》中所述：孟春之月，天子親載耒耜，帥三公、九卿、諸侯、大夫躬耕帝藉的重農、倡農思想。[120]同時，中和節配合《禮記・月令》思想的部分尚有「仲春之月……日夜分，則同度量，鈞衡石」這一點。中和節皇上賜玉尺給臣子，象徵用統一標準來治理天下，使之規範。[121]正是依照《禮記・月令》仲春之月所言，由於這一天晝夜平分，故可以來校正度量衡，使之準確。孔穎達疏《禮記・月令》仲春之月「日夜分，則同度量、鈞衡石」中便云：

> 平當平者，謂度量鈞衡之等，人之所用，當須平均。人君
> 於晝夜分等之時而平正此當平之物。[122]

此孔疏解鄭玄注所云：「因晝夜等而平當平也。」這句話。因此，唐賦中〈平權衡賦〉一題所指便是由此而來。[123]而且這是德宗貞元九年（西元793年）的科舉試題，限韻文字爲「晝夜平分，錙鈞取則」，也完全點出題目正是由《禮記・月令》仲春之月「日夜分，則同度量、鈞衡石」這一句經文而來，而在思想內容

---

[119] 〈中和節百辟獻農書賦〉見《文苑英華》，卷22，頁2a-2b，總頁102；又見《全唐賦》，第陸冊，卷41，頁3667-3668。

[120] 參見《禮記注疏》，卷14，〈月令〉，頁20a。

[121] 有關中和節賜玉尺之說，參見朱紅：〈從中和節看唐代節日民俗〉一文，頁65-66。

[122] 《禮記注疏》，卷15，〈月令〉「仲春之月」，頁6a。

[123] 《文苑英華》所收〈平權衡賦〉有劉禹錫（772-842）、李宗和及陳佑三篇，見《文苑英華》，卷104，頁2b-5a，總頁475-476；劉賦又見《全唐賦》，第肆冊，卷29，頁2580-2581、李賦又見《全唐賦》，第肆冊，卷28，頁2487-2488、陳賦又見《全唐賦》，第肆冊，卷28，頁2491-2492。

上則必須結合鄭玄注與孔穎達疏，並結合當時唐德宗中和節之時事一併來看，方能理解其意。

與中和節有關之賦尚有〈舞中成八卦賦〉，這是德宗時原本由昭義節度使王虔休所獻之〈聖誕樂〉，經德宗改編後成為中和樂舞，而且舞中成八卦圖形，在德宗故去後，憲宗元和二年（西元807年）進士科考試即以「舞中成八卦賦」為題[124]，以「中和所制，盛德斯陳」為韻，《文苑英華》中現存此賦三篇，為張存則、白行簡（約西元776—826年）和錢眾仲所作。[125]元和二年出此題目，有著懷念德宗，及強化憲宗繼位正當性的作用在。

唐賦的經藝書寫，有些賦作比較容易可以直接從題目上看出其以經藝入題，但有些賦作則並不容易察知，一來必須要對經書的內容熟稔，二來要能掌握賦作的寫作背景和思想脈絡，如此方能解讀出賦作隱含的深層含意。前述之〈平權衡賦〉就屬於有必要深入追究的這一類。

三　祥瑞賦作與馴象的獻與放

此外，對於唐代歷史事件等政治社會背景的熟稔也是解讀這類賦作的一個關鍵。因為賦篇時而會結合時事命題，從而具有幽微的諷諫意涵，如果無法由此入手的話，對於賦篇的理解往往只能停留在浮淺的表面意義，而無法進一步去做更深一層的理解。例如唐德宗貞元十三年（西元797年）的科舉試賦題目為〈西掖瑞

---

[124] 參見朱紅：〈由中和節看唐代節日民俗〉，頁67-68；又見徐松：《登科記考》，卷17，元和二年，頁623-625。

[125] 〈舞中成八卦賦〉三篇，見《文苑英華》，卷79，頁4a-7a，總頁359-360；張存則賦又見《全唐賦》，第伍冊，卷37，頁3415-3416、白行簡賦又見《全唐賦》，第伍冊，卷36，頁3247-3248、錢眾仲賦又見《全唐賦》，第伍冊，卷37，頁3411-3412。

柳賦〉[126]，由《資治通鑑》考察其時的背景如下：唐德宗建中四年（西元783年）發生朱泚之亂，造成長安城陷落，德宗逃離長安。之後，朱泚之亂平定，德宗重新搬師回朝，再度回到經過叛軍占領過後的長安城，心情想必是五味雜陳，非常複雜的。因為在此之前，德宗對於自己是否還能再回到長安？恐怕也是不確定的。而儘管亂事平定，重回長安，但終究當初戰爭時皇帝的倉皇出走還是很狼狽不堪的，有拋棄宗廟、百姓，引發戰爭……等等的罪愆。德宗的出逃幾乎可以和唐玄宗天寶十四年的安史之亂出逃相比。

然而在搬師回朝後，朝廷恢復運作，又開始科舉考試。宮廷內中書省的柳樹在經歷叛軍占領後一度死去，此時竟然又活了，於是呂渭（西元734—800年）第二年便以〈西掖瑞柳賦〉為題，他可能認為：中書省柳樹的復活是一個祥瑞的禎兆，表示對正統王師的歡迎和嚮往。雖然呂渭這個想法很正面，可惜德宗並不領情，而且很不喜歡。據《南部新書・甲》載：「中書省柳樹久枯死。興元二年，車駕還而柳活。明年，呂渭以為禮部賦，上甚惡之。」[127]唐人韓鄂《歲華紀麗》書中曾著錄「漢武帝苑中瑞柳一日三起三眠也。」[128]，不過今日已不知此典故之出處。但唐人是知道的，呂渭用此典作為貞元十三年（西元797年）禮部進士科考試的賦題。乍看之下，這個題目是一個祥瑞的題目，可

---

[126] 《文苑英華》所收〈西掖瑞柳賦〉有郭炯和陳翊二篇，見《文苑英華》，卷87，頁5a-6a，總頁396；郭賦又見《全唐賦》，第伍冊，卷31，頁2769-2770、陳賦又見《全唐賦》，第參冊，卷18，頁1691-1692。

[127] 《南部新書》（錢易撰、黃壽成點校，北京：中華書局，2002年），甲，頁11。

[128] 唐・韓鄂撰、清・高士奇校：《歲華紀麗》（收入故宮博物院編《故宮珍本叢刊》，子部類書第484冊，海口：海南出版社，2001年），卷1，頁2b。

想而知：考生們必然會有一番歌功頌德之辭。祥瑞的題目是唐
賦中常見的，祥瑞之題多與經書、緯書有關，經書如《禮記・
中庸》中亦言：「國家將興，必有禎祥。」[129]《公羊傳》於哀公
十四年亦云：「麟者，仁獸也，有王者則至，無王者則不至。」
何休（西元129—182年）注云：「上有聖帝明王，天下太平，然
後乃至。」[130]緯書則如《孝經・援神契》中所說：「德至鳥獸，
則鳳皇翔，麒麟臻。」[131]這種思想在董仲舒（西元前176—104
年）《春秋繁露・五行順逆》中亦有表露，其言：「恩及草木，
則樹木華美，而朱草生；恩及鱗蟲，則魚大為，鱣鯨不見，群龍
下。」「恩及於毛蟲，則走獸大為，麒麟至。」[132]後漢時的王充
（西元27—97年）在《論衡・講瑞篇》中也說：「黃帝、堯、
舜、周之盛時，皆致鳳皇。」又云：「夫鳳皇，鳥之聖者也；騏
驎，獸之聖者也；五帝、三王、皋陶、孔子，人之聖也。」[133]誠
如《國語・周語》所說：「周之興也，鸑鷟鳴于岐山」一樣[134]，
因為聖者、王者出，故有祥瑞之出現。從現有的唐賦看來，其中
有大量的祥瑞命題之作，究其思想仍是延續著這一脈相承的祥瑞
思想信仰而來。

---

[129] 《禮記注疏》，卷53，〈中庸〉，頁4a。

[130] 以上俱見《春秋公羊傳注疏》（公羊壽傳、何休解詁、徐彥疏，南昌府學本，臺北：藝文印書館，1993年），卷28，「哀公十四年」，頁8b-9a。

[131] 安居香山、中村璋八：《緯書集成》（石家莊：河北人民出版社，1994年），中冊，頁977。

[132] 董仲舒撰、蘇輿義證：《春秋繁露義證》（點校本，北京：中華書局，1992年），卷13，〈五行順逆〉，頁372、頁376。

[133] 王充之語俱見黃暉：《論衡校釋》（北京：中華書局，1990年），卷16，〈講瑞篇〉，頁721、722。

[134] 《國語》（舊題左丘明撰、韋昭注，點校本，臺北：漢京文化公司，1983年），卷1，〈周語〉，頁30。

　　呂渭的〈西掖瑞柳賦〉命題本來應該是一個很歌功頌德、逢迎皇帝的題目，孰料德宗並不喜歡，大概是因為這個題目會喚醒在此之前朱泚之亂倉皇出逃的失敗經驗，所以德宗根本不希望有人再去觸及這根敏感的神經吧！

　　以祥瑞命題的唐代賦作很多，光是《文苑英華》卷八十四至八十九「符瑞」一類中便收錄了六十八篇賦作。而且觀察唐代祥瑞類賦作的命題，其中大多數都與緯書有關，例如〈黃龍負舟賦〉、〈神龜負圖出河賦〉、〈白玉琯賦〉等都是取材自緯書者[135]；也有取材自《瑞應圖》者，如〈蓂莢賦〉[136]；也有典出《尚書》者，像是〈鳳鳴朝陽賦〉、〈鳳皇來儀賦〉。[137]由於祥瑞命題的唐代賦作很多，內容又多是以歌功頌德為目的的寫作，在此不擬多述。僅舉一遠方異國進貢珍稀之物——馴象之賦為例，來說明隨著寫作背景的不同，同樣的動物也會被賦予不同的意義，然賦作最終的目的都是為了要歌頌帝王。

　　《文苑英華》卷一三一收錄了與馴象有關的賦作四篇，前兩

---

[135] 〈黃龍負舟賦〉作者為呂溫，見《文苑英華》，卷84，頁3b-4b，總頁381；又見《全唐賦》，第伍冊，卷31，頁2833-2835。〈神龜負圖出河賦〉作者為裴度，見《文苑英華》，卷84，頁5b-6b，總頁382；又見《全唐賦》，第肆冊，卷25，頁2293-2294。〈白玉琯賦〉作者為王起，見《文苑英華》，卷86，頁6b-7a，總頁392；又見《全唐賦》，第伍冊，卷33，頁3014-3015。

[136] 〈蓂莢賦〉有程諫與呂譚二首，見《文苑英華》，卷88，頁1a-2b，總頁399；程賦又見《全唐賦》，第貳冊，卷12，頁1163-1164、呂賦又見《全唐賦》，第貳冊，卷12，頁1137-1138。

[137] 〈鳳鳴朝陽賦〉作者為崔損，見《文苑英華》，卷84，頁9b-10b，總頁384；又見《全唐賦》，第參冊，卷22，頁2007-2008。〈鳳凰來儀賦〉作者為李解，見《文苑英華》，卷84，頁8b-9b，總頁383-384；又見《全唐賦》，第柒冊，卷53，頁4789-4791。

篇是〈越人獻馴象賦〉[138]，後兩篇是〈放馴象賦〉。[139]根據《舊
唐書・代宗本紀》記載：代宗大曆六年，十一月己亥，文單國王
婆彌來朝，獻馴象一十一。[140]在此之前，唐高宗永徽四年，林邑
國王亦曾遣使來朝，貢過馴象。[141]唐玄宗先天、開元、天寶年中
亦皆有獻馴象之記錄。[142]

　　〈越人獻馴象賦〉命題取材自《漢書・武帝紀》元狩二年夏
「南越獻馴象」[143]，但實際寫作背景中有南方邊邑鄰國向唐王朝
獻馴象之事。其中杜洩之〈越人獻馴象賦〉中便言：此馴象乃是
以自身可以入貢為幸、為榮，賦文中以馴象之口吻自言：「以君
好生之故，我身必壽；以君賤貨之故，我齒斯存。豈克耕於野，
輸眾人之力；曷如我入貢，霑萬乘之恩。雖自慚於陋質，永願在
乎王門。」[144]闕名之〈越人獻馴象賦〉亦言：「服我后之卑棧，
光我唐之域邑。驅之則百獸風馳，觀之則萬夫雲集。」[145]看似用
馴象的口吻敘述，實際上展示的是寫作者欲彰顯唐帝國之服遠懷
柔的大國風範，所以才會出現如：「我有蒼舒之智高，思柔服

---

[138] 此二篇〈越人獻馴象賦〉作者一為闕名，一為杜洩，俱見《文苑英華》，卷131，頁4b-
6a，總頁602-603；又見《全唐賦》，第捌冊，卷60，頁5454-5455，及第參冊，卷16，頁
1444-1446。

[139] 此二篇〈放馴象賦〉作者一為獨孤授，一為獨孤良器，俱見《文苑英華》，卷131，頁6b-
7a，總頁603-604；又見《全唐賦》，第參冊，卷21，頁1916-1917，及第伍冊，卷35，頁
3203-3204。

[140] 《舊唐書》，卷11，〈代宗紀〉，頁298。

[141] 《舊唐書》，卷4，〈高宗紀〉，頁72。

[142] 《唐會要》，卷98，「林邑國」，頁1751。相關研究請另參見詹杭倫：〈越人獻馴象賦與
杜甫關係獻疑〉，逢甲大學唐代研究中心、中文系主辦「唐代文化、文學研究及教學國
際學術研討會」，二〇〇七年五月十九、二十日。

[143] 《漢書》，卷6，〈武帝紀〉，頁176。

[144] 《文苑英華》，卷131，頁6a，總頁603；又見《全唐賦》，第參冊，卷16，頁1446。

[145] 《文苑英華》，卷131，頁5a，總頁603；又見《全唐賦》，第捌冊，卷60，頁5455。

也；我有周公之德王，以之馳三軍」這樣的文句。[146]

　　一般而言，大象的壽命約六、七十歲，這些之前被進貢至皇帝宮廷苑囿中的大象，到了代宗大曆十四年（西元779年）時，因為花費頗重，所以代宗一聲令下，把牠們都放了。據《資治通鑑》代宗大曆十四年載：

> 先是，諸國屢獻馴象，凡四十有二，上曰：「象費芻養而違物性，將安用之！」命縱於荊山之陽，及豹、貀、鬥雞、獵犬之類，悉縱之；又出宮女數百人。於是中外皆悅，淄青軍士，至投兵相顧曰：「明主出矣，吾屬猶反乎！」[147]

　　於是這一年（代宗大曆十四年）博學宏詞科的試賦題目就是〈放馴象賦〉[148]，可見主考官在命題時是多麼地切合時事！〈放馴象賦〉一題由時事而來，但其思想精神卻是源自於《禮記・中庸》中所言之「凡為天下國家有九經」其中的「柔遠人則四方歸之」。[149]

　　元稹（西元779—831年）有〈和李校書新題樂府十二首〉其中〈馴犀〉一首開頭有云：「建中之初放馴象」[150]，故知：元稹將放馴象之功歸之於德宗！而《舊唐書・德宗本紀》末史臣贊曰亦有提及德宗「放文單之馴象」[151]，可見代宗、德宗二朝都有放

---

[146] 《文苑英華》，卷131，頁6a，總頁603；又見《全唐賦》，第參冊，卷16，頁1446
[147] 《資治通鑑》代宗大曆十四年，頁7259-60。
[148] 參《登科記考補正》，卷11，代宗大曆十四年，頁467。
[149] 《禮記注疏》，卷53，〈中庸〉，頁13-14。
[150] 《元稹集》（冀勤點校，北京：中華書局，2000年），卷24，頁283。
[151] 《舊唐書》，卷13，〈德宗紀〉，頁400。

過馴象。而由這些賦作實例看來，無論是收受遠方貢獻的馴象，或者是釋放馴象，都可以找到頌讚的理由，歌頌帝王一番！

四　〈王師如時雨賦〉與平淮西

再如〈王師如時雨賦〉[152]，在閱讀《資治通鑑》憲宗元和十三、十四年整個完整的平淮西事件後再回頭觀看此題，從而確定了〈王師如時雨賦〉這篇賦的寫作背景正是與平淮西有關的歌頌。〈王師如時雨賦〉是憲宗元和十四年（西元819年）的科舉試題，配合著當時的時代背景看來，那時正是憲宗平淮西後，展現朝廷中央軍事魄力的一年[153]，對唐王朝而言具有重大的意義，於是元和十四年的中書舍人庾承宣便在試賦的命題上訂下了〈王師如時雨賦〉這樣的題目，結合著此一時事背景來看，就更加明瞭主考官對於試賦的命題往往蘊含著深意。中唐之時，各地方節度使勢力坐大，往往專斷獨行，並不理會中央王朝，甚至自行廢立，唐王朝的中央權力面臨挑戰，處於弱勢，又不敢對地方節度使動用武力，中央政府面對囂張跋扈的藩鎮，長期的積弱不振，於是當裴度掛帥成功地平定淮西後，具有重振中央威望的重大作用和宣示意義存在。〈王師如時雨賦〉的命題援引了《孟子·滕文公》中的典故而成[154]，不過它顯然不只是引經據典地紙上文章

152　〈王師如時雨賦〉有陳去疾和章孝標兩篇，俱見《文苑英華》，卷65，頁6a-7b，總頁295；又見《全唐賦》，第陸冊，卷43，頁3899-3900，及第伍冊，卷35，頁3199-3200。

153　《資治通鑑》，卷240，〈唐紀〉56載：憲宗元和十二年（817），任命裴度平淮西。（頁7737）《資治通鑑》，卷240，〈唐紀〉56又載：憲宗元和十三年（818），武寧節度使李愬與平盧兵十一戰，皆捷。（頁7757）《新唐書》，卷7，〈憲宗本紀〉載：元和十四年（819）二月戊午，（李）師道伏誅。（頁218）

154　《孟子·滕文公下》：「湯始征，自葛載，十一征而無敵於天下。東面而征西夷怨；南面而征北狄怨，曰：『奚為後我？』民之望之，若大旱之望雨也。歸市者弗止，芸者不變，

而已，因爲無論是命題者、寫作者和讀者，他們都身處於元和十四年的背景中，對於長時間來的國家局勢有一定的認識和了解，因此這個題目就不再僅僅只是出自於古代經書的典故而已，而是具有眞切實際感受的時事，具有面對當前現實局勢的意義。因此，看似引經據典的經藝書寫賦作如果能細密地去進行一些寫作背景考察的話，是可以看出其中以古諷今、以古喻今的深層意涵的。

五　望思臺相關賦作

有些賦篇其賦題雖然並非直接取材自經書，但是其寫作的內容和寫作的用意上都具有經藝的精神，也是值得注意的。例如《文苑英華》卷五十一中有三篇以望思臺爲題之作，望思臺爲漢武帝因懷念無辜而死的戾太子劉據所建，其典故見於《漢書·武五子傳》中戾太子劉據一節，其事大意如下：先是漢武帝派江充治巫蠱，江充至太子宮掘蠱，得桐木人，於是戾太子劉據起兵殺江充，結果與丞相交戰，太子兵敗，逃亡，藏匿，自殺。後來漢武帝憐太子無辜，乃作思子宮，爲歸來望思之臺於湖。天下聞而悲之。[155]

如果只從表面上看，三篇〈望思臺賦〉就可能只是被解讀成憑弔古蹟，覽古、懷古或詠史之作。[156]但是若由其中之一的作

誅其君，弔其民，如時雨降。民大悅。《書》曰：『徯我后，后來其無罰！』」（《孟子注疏》〔趙岐注、孫奭疏，南昌府學本，臺北：藝文印書館，1993年〕，卷6上，頁10a。）

[155] 參見《漢書》，卷63，〈武五子傳〉「戾太子」一節，頁2741-47。

[156] 此三篇〈望思臺賦〉作者分別爲陸贄、陳山甫及蔣凝，俱見《文苑英華》，卷51，頁6a-8b，總頁231-232；又見《全唐賦》，第參冊，卷22，頁1991-1992，及第柒冊，卷52，頁4727-4728，及第柒冊，卷48，頁4295-4296。

者陸贄（西元754—805年）身處的時代背景看來，其以〈望思臺賦〉爲題本身就具有諷諫的意涵。《資治通鑑》卷二百三十三德宗貞元三年（西元787年）記載德宗與李泌（西元722—789年）有關太子事的一番對話[157]，其中便說明了德宗原本也對太子有疑，欲廢太子而改立，李泌因而提及昔日肅宗之子建寧王倓冤死之事，事後肅宗亦悔恨，其情頗與漢武帝相似，李泌昔日即輔佐肅宗，現又輔佐德宗，故特別以勿疑太子一事提醒德宗。蓋因太子所處之位，欲譖之者多矣，一旦皇帝疑心，類似戾太子據的悲劇就會一再重演。陸贄是德宗十分倚重的大臣，故而他的這篇〈傷望思臺賦〉和其他兩篇〈望思臺賦〉之作應該都是在類似這樣的背景下作的。

　　三篇寫望思臺賦之作，其中蔣凝的〈望思臺賦〉寫得最好。陸贄〈傷望思臺賦〉主要都環繞著漢武帝戾太子巫蠱之禍的本事而發，陳山甫〈望思臺賦〉有用到晉獻公太子申生因驪姬之亂自殺的典故[158]，而蔣凝的〈望思臺賦〉在「齊誅子糾以無道，晉殺申生而可哀。」一句中便用了兩個典故，包括齊桓公殺公子糾事[159]、晉獻公的太子申生自殺事。賦中對望思臺及其典故的描寫很詳細，又富有情景：

　　　　路入湖邑，臺名望思。幾里而雲瞻累土，千春而草沒餘基。仙掌一峰，遠指江充之事；黃河九曲，旁吞武帝之悲。昔者漢祚方隆，皇綱失理，因巫蠱之事作，有纔邪之禍起。宮中既得其桐人，臣下皆疑於太子。龍樓獲謗，方

---

[157] 參見《資治通鑑》，卷233，〈唐紀〉「德宗貞元三年」，頁7497。

[158] 詳參《春秋左傳注疏》，卷12，「僖公四年」，頁14a-16a。

[159] 齊桓公遣書魯人殺公子糾事，見《史記》，卷32，〈齊太公世家〉，頁1486。

儲副以難明；鳳閣無恩，遂出奔而至死。[160]

陳山甫〈望思臺賦〉亦極力描寫「登臺有悼往之心」的情景，末言：「是臺也，可以申鑒於後王，豈徒處高[明]而縱目？」[161]而陸贄也在賦文一開始對望思臺做了描寫：

桃野之右，蒼茫古源。草木春慘，風煙畫昏。攬予彎以躊躇，見立表而斯存。廼漢武戾嗣勦命地也，然後築臺以慰遺魂！[162]

陸贄等作者在寫作〈望思臺賦〉時應該是可以看得到望思臺的。賦作雖不免於弔古，但也很具有現實的諷諫意義，而像蔣凝、陳山甫兩位作者更旁引春秋時晉獻公因寵幸驪姬，使太子申生自殺之事入賦，亦可見作者博古通今，引經義入賦表達對時政關心的通變之法。若就其現實意義來看，亦不無經世致用之意。

　　以上透過實際唐賦作品的例子分析探討賦的經藝書寫，其實命題上有時是有其時代背景和意義的，若能深入了解，將更可以了解其微言大義，了解命題者和寫作者的用心。由前述所舉之例也可以發現：唐代的科舉試賦命題有時是與時事有著密切的關聯性，同時背後也有著嚴肅的政教意含。由於唐代科舉考試制度的確立，更使得經學與科舉考試相結合，成為國家考試中最主要的內容。從唐賦中大量運用經書典故看來，經學仍是唐代士人教

---

[160] 《文苑英華》，卷51，頁7b-8a，總頁231-232；又見《全唐賦》，第柒冊，卷48，頁4295。

[161] 《文苑英華》，卷51，頁7b，總頁231；又見《全唐賦》，第柒冊，卷52，頁4728。案：《文苑英華》闕「明」字，據《全唐賦》校補。

[162] 《文苑英華》，卷51，頁6a-6b，總頁231；又見《全唐賦》，第參冊，卷22，頁1991。

育過程中的必讀經典，因而即使是文士也不得不投入經學的研讀和學習中。唐賦中有許多賦篇可能都是為科舉考試而作，一般而言，科舉考試中的試賦題目大多都會取材自經書之中，如此一來，可以測驗出考生對於經書是否熟稔？此外，唐賦中更瀰漫著許多讖緯祥瑞的內容和符號。從唐賦的賦題取材來看，我們發現：其實唐代士人受到緯書很大的影響，他們對於緯書同經書一樣熟稔。而唐賦的內容又以祥瑞為其主要的取材對象。這些都可以看出唐代士人對這些讖緯學說的熟稔。

　　唐代建立了一套科舉考試制度，在這套考試制度中儒家經典仍是最重要的典籍。科舉考試中有試雜文，而賦是雜文考試中最常出現的考試文體，因此我們今日所看到的唐賦有許多應當都是科舉試賦，或者是為準備科舉考試所撰寫的習作。

　　唐賦的內容裡，洋溢著對帝王的歌頌。作者盛讚皇帝仁德，所以招致祥瑞出現。同時把皇帝比喻為天、為日，更經常引用堯舜禹湯等聖王的形象和相關的傳說作為典故來作一比擬。各式各樣的祥瑞、寶物和禮器，也都成為唐賦中重要的題目。例如祥瑞的動物有龍鳳龜，還有雲物、紫氣、嘉禾、連理樹及白色祥瑞的動物禽鳥等。至於敧器、鼎等也是具有特殊意義的禮器。在這些祥瑞或是特殊禮器的背後，其實都有一整套的政教思維存在，是可以進一步去挖掘和探索的。因為無論是科舉考試或是獻賦，撰寫者都很清楚地把他作品的閱讀對象設定為皇帝，因而在撰作過程中，寫作者的思維也都是環繞在皇帝的目光所及之處，關心他所關心的。而這些賦作更具有某些節慶時歡慶和祝賀的意味，尤其獻賦更可以因此獲得官祿，也成為士人的一種晉身階。因此，從初步的考察中發現：唐賦中大量運用經書的典故為題，並且具有濃厚的經學思想在作品中。賦這種文體具有帝國書寫的特性，

因而它所採用的經書典故也多半都是從《尚書》、《禮記》中與帝王德行、國家制度、治國之方等大道有關者，而《詩經》的部分則以雅、頌爲主，國風的部分則比較少。賦大抵還是從經國大業，潤色鴻業的角度出發進行書寫的一種文體，因而賦與國家、與經學之間的關係顯得更爲緊密。

唐賦與經學的關係十分密切，這一點如果純粹只從文學的角度去看並不容易發現。許多看似枯燥乏味，缺乏性靈的賦作，其實都與科舉考試以經學命題有著密不可分的關聯。而研究者不宜片面地在沒有經學作爲背景知識的情況下逕行地去詮釋，本文的研究亦在於強調和說明：唐賦的寫作與帝國的制度和考試脫離不了關係，更與經學脫不了關係。相對地，從這些與經學有關的唐賦中也可以看到唐代經學的另一個面向，從賦當中也可以看出士人的經學根柢。

第五節　結論

許多論及唐代科舉考試的資料多會徵引《舊唐書・鄭覃傳》中鄭覃以經術之士，反對浮華文詞，反對進士之說，其云：

> （鄭）覃雖精經義，不能為文，嫉進士浮華，開成初，奏禮部貢院宜罷進士科。初，紫宸對，上語及選士，覃曰：「南北朝多用文華，所以不治。士以才堪即用，何必文辭？」[163]

---

[163] 《舊唐書》，卷173，〈鄭覃傳〉，頁4491。

　　在大多數述及唐代科舉考試的論述中，都強調進士科考試著重的是文學、是文辭，並引述當朝之士批評科舉制度取士浮華的資料，從而予人一種唐代文辭之士與經術之士二者是壁壘分明，互相對立的印象。如胡美琦（1929—2012）《中國教育史》便說唐代考試只注重考文學。[164]又如科舉考試中的進士科考試必須經過三場，每一場定去留，其中第一場考試是帖經，但是依傅璇琮《唐代科舉與文學》書中第七章所述，帖經的地位在中唐後越來越滑落，變得一點也不重要，甚至可以用詩來替代。[165]閱讀這些材料不禁予人強烈的印象：唐代參與科舉考試的考生真是只重視文學而可以完全不理會經書。只要詩賦寫得好，就可以考上，即使不會背誦經書，也可以「以詩贖帖」，用作詩來取代。如此更使人覺得唐代都是文學之士。再加上皮錫瑞（1850—1908）《經學歷史》又言：「經學自唐以至宋初，已陵夷衰微矣。」[166]可見其對唐代經學之評價不高，他又說：唐代帖經而已，注重背誦，而不重經義。由這些材料中描繪出來的唐代士人景象都是只重文學，不重經學的。

　　可是當實際去從事唐賦的研讀和考察時，卻對其中充滿如此大量的經藝書寫現象，不禁對前人如此的評論產生懷疑。先是有經術與文學二者的對立現象，繼而又引用鄭覃感慨經術衰微的話語來呈現出唐代的這種此消彼長的現象。然則從本文處理唐賦的經藝書寫現象來看時，其實並不存在經術與文學二分對立的現

164　胡美琦：《中國教育史》（臺北：三民書局，1978年），頁272。

165　參見傅璇琮：《唐代科舉與文學》（西安：陝西人民出版社，2003年），第七章，頁171-173。

166　皮錫瑞：《經學歷史》（周予同注釋，臺北：漢京文化公司，1983年），〈經學變古時代〉，頁220。

象，反而賦之中有大量的經藝化的現象。不僅賦的選題和命題有一大堆和經學有關者，其所引用的經典繁多，儒釋道皆有，但其中仍是以儒家為主。當然其中也包含有許多與典禮有關的賦作，還有許多與樂教和射禮有關之賦題，凡此都可以說展現了主事者對於考試人才選拔自有其一套思想的要求。

從實際的唐賦經藝書寫的作品來看，無論是主考官在命題上或是考生在作答上，彼此都引用了聖人之言，將此一考試的賦作納入國家政治經略思想的大背景脈絡中，以聖人之言互相對話，如果不明瞭題意出處、題旨的考生，無法達成理想的作答，一知半解的考生也不容易完美作答。是以惟有對於經義語句和內涵熟悉的考生，方能在這限制性的遣詞造句和作文規範中勝出。而這些經藝書寫的命題有的有時事性，有的來源出處不只一端，考生還必須具有融會貫通的本領，對應著當前的社會而言。這大概就是真正的經世致用之意，也是命題者所欲從考試中去篩選人才的一個理想的目標吧！

唐賦的經藝書寫是特定文類的專用手法，也是具有特定目的和特定的期待讀者及期待視野的寫作方式。它因應著唐代國家掄才的科舉考試，而成為一種考試的文體，從而有了特定的讀者訴求和意識形態的籠罩，這大概都是賦在唐代所產生的前所未有的變化！

附　表

附表一

《文苑英華》所收儒學類賦作篇目一覽表

編號	作者	賦題	文苑英華	全唐賦
1	王履貞	辟雍賦	卷 61，頁 1a-2a，總頁 275	冊 4，卷 26，頁 2337-2338
2	闕名	太學觀春宮齒冑賦	卷 61，頁 2a-2b，總頁 275	冊 8，卷 59，頁 5301-5302
3	闕名	太學壁經賦	卷 61，頁 2b-3b，總頁 275-276	冊 8，卷 59，頁 5323-5324
4	闕名	太學刱置石經賦	卷 61，頁 3b-4b，總頁 276	冊 8，卷 59，頁 5325-5326
5	徐寅	玄宗御註孝經賦		冊 7，卷 50，頁 4543
6	張昔	御註孝經臺賦	卷 61，頁 4a-5a，總頁 276-277	冊 3，卷 20，頁 1865-1866
7	許堯佐	五經閣賦	卷 61，頁 5a-6a，總頁 277	冊 5，卷 32，頁 2925
8	周存	觀太學射堂賦	卷 61，頁 6a-7a，總頁 277	冊 4，卷 23，頁 2123-2124
9	敬括	八卦賦	卷 61，頁 7a-7b，總頁 278	冊 2，卷 9，頁 897-898
10	封希顏	六藝賦	卷 61，頁 7b-9a，總頁 278-279	冊 1，卷 6，頁 577-579
11	韋模當	金鏡賦	卷 62，頁 1a-2a，總頁 279	冊 7，卷 52，頁 4673-4674
12	李程	漢章帝白虎殿觀諸儒講五經賦	卷 62，頁 1a-2a，總頁 279	冊 5，卷 32，頁 2865-2866
13	黎逢	貢士謁文宣王賦	卷 62，頁 1a-2a，總頁 280	冊 4，卷 23，頁 2065-2066

14	闕名	貢舉人見於含元殿賦	卷 62，頁 2b-3b，總頁 280	冊 8，卷 59，頁 5303-5304
15	闕名	人不學不知道賦	卷 62，頁 3b-4a，總頁 280-281	冊 8，卷 59，頁 5321-5322
16	王起	重寸陰於尺璧賦	卷 62，頁 4a-5b，總頁 281	冊 5，卷 33，頁 2999-3000
17	蔣防	惜分陰賦	卷 62，頁 5b-6a，總頁 281-282	冊 6，卷 38，頁 3471-3472
18	張泰	學植賦	卷 62，頁 6a-7a，總頁 282	冊 1，卷 4，頁 355-356
19	雍陶	學然後知不足賦	卷 62，頁 7a-8a，總頁 282-283	冊 6，卷 42，頁 3809-3811
20	林滋	文戰賦	卷 62，頁 8a-8b，總頁 283	冊 6，卷 44，頁 3985-3986
21	浩盧舟	解議圍賦	卷 62，頁 8b-9b，總頁 283	冊 5，卷 31，頁 2811-2812
22	王起	書同文賦	卷 63，頁 1a-2a，總頁 284	冊 5，卷 33，頁 2981-2982
23	蔣凝	壞宅得書賦	卷 63，頁 2a-2b，總頁 284	冊 7，卷 48，頁 4293-4294
24	獨孤鉉	鑿壁偷光賦	卷 63，頁 2b-3b，總頁 285	冊 6，卷 39，頁 3523-3524
25	楊宏貞	螢光照字賦	卷 63，頁 3b-4a，總頁 285	冊 6，卷 39，頁 3551-3552
26	趙蕃	螢光照字賦	卷 63，頁 4a-5b，總頁 285	冊 6，卷 39，頁 3531
27	蔣防	螢光照字賦	卷 63，頁 4b-5a，總頁 285-286	冊 6，卷 38，頁 3473-3474
28	白居易	賦賦	卷 63，頁 5b-6a，總頁 286	冊 5，卷 35，頁 3183-3185

29	李益	詩有六義賦	卷 63， 頁 6a-7a，總頁 286-287	冊 4，卷 23，頁 2059-2060
30	王起	擲地金聲賦	卷 63， 頁 7a-8a，總頁 287	冊 5，卷 33，頁 2997-2998
31	王棨	端午日獻尚書為壽賦	卷 63， 頁 8a-8b，總頁 287	冊 6，卷 45，頁 4025-4027

附表二

唐賦賦題關涉經藝資料一覽表

唐賦與經藝1：《周易》

編號	作者	賦題	限韻	全唐賦	出處
1	敬括	八卦賦		冊2，卷9，頁897-898	周易·繫辭下
2	錢眾仲	舞中成八卦賦	以中和所致盛德斯陳爲韻	冊5，卷37，頁3411-3412	周易·繫辭下
3	張存則	舞中成八卦賦	以中和所致盛德斯陳爲韻	冊5，卷37，頁3415-3416	周易·繫辭下
4	白行簡	舞中成八卦賦	以中和所製盛德斯陳爲韻	冊5，卷36，頁3247-3248	周易·繫辭下
5	闕名	天行健賦	以天德以陽故能行健爲韻	冊8，卷58，頁5167-5169	周易·乾卦
6	陸肱	乾坤爲天地賦	以取類著言純乎元理爲韻	冊6，卷44，頁3973-3974	周易·說卦
7	張隨	雲從龍賦	以聖王得賢臣爲韻	冊2，卷11，頁1075-1076	周易·乾卦
8	王起	履霜堅冰至賦	以君子之道闇然而日章爲韻	冊5，卷33，頁2991-2992	周易·坤卦
9	獨孤授	師貞丈人賦	以武有七德師貞丈人爲韻	冊3，卷21，頁1883-1884	周易·師卦
10	裴度	三驅賦	以蒐畋以時網去三面爲韻	冊4，卷25，頁2297-2298	周易·比卦
11	武少儀	射隼高墉賦	以君子藏器待時爲韻	冊4，卷29，頁2621-2622	周易·解卦
12	敬騫	射隼高墉賦	以君子藏器待時爲韻	冊2，卷12，頁1111-1112	周易·解卦

13	闕名	井渫不食賦		冊 8，卷 58，頁 5260-5261	周易 ·井卦
14	陸贄	鴻漸賦	以鴻漸路適之為韻	冊 3，卷 22，頁 2000-2001	周易 ·漸卦
15	闕名	垂衣治天下賦	以聖理無為道光前古為韻	冊 8，卷 59，頁 5272-5273	周易 ·繫辭

唐賦與經藝2：《尚書》

編號	作者	賦題	限韻	全唐賦	出處
1	袁同直	寅賓出日賦第一	以大明在天恒以時授爲韻	冊4，卷26，頁2329-2330	尚書・堯典
2	周渭	寅賓出日賦第二	以大明在天恆以授時爲韻	冊3，卷20，頁1827-1828	尚書・堯典
3	王儲	寅賓出日賦第三	以大明在天恆以時授爲韻	冊3，卷21，頁1875-1876	尚書・堯典
4	獨孤授	寅賓出日賦第四	以大明在天恆以時授爲韻	冊3，卷21，頁1912-1913	尚書・堯典
5	崔損	五色土賦第一	以皇子畢封依色建社爲韻	冊3，卷22，頁2013-2014	尚書・夏書・禹貢
6	盧士開	五色土賦第二	以皇子畢封依色建社爲韻	冊3，卷21，頁1931-1932	尚書・夏書・禹貢
7	吳連叔	謙受益賦第一	以君子立身謙德之柄爲韻	冊7，卷52，頁4679-4680	尚書・大禹謨
8	孟翺	謙受益賦第二	以君子立身謙德之柄爲韻	冊8，卷56，頁5063-5064	尚書・大禹謨
9	闕名	兩階舞干羽賦	以皇風廣被夷夏謐清爲韻	冊8，卷60，頁5377-5378	尚書・大禹謨
10	趙蕃	甸人獻嘉禾賦		冊6，卷39，頁3532-3533	尚書・嘉禾
11	劉積中	樂德教冑子賦第一	以育材訓人之本爲韻	冊5，卷31，頁2741-2742	尚書・舜典
12	羅讓	樂德教冑子賦第二	以育材訓人之本爲韻依次用	冊4，卷24，頁2179-2180	尚書・舜典
13	徐至	樂德教冑子賦第三	以育材訓人之本爲韻依次用	冊5，卷31，頁2745-2746	尚書・舜典
14	鄭方	樂德教冑子賦第四	以育材訓人之本爲韻依次用	冊5，卷31，頁2753-2754	尚書・舜典

15	杜周士	樂德教冑子賦第五	以育材訓人之本爲韻	冊 5，卷 36，頁 3287-3288	尚書‧舜典
16	王起	木從繩賦第一	以聖君順諫如木從繩爲韻	冊 5，卷 33，頁 2985-2986	尚書‧說命上
17	張勝之	木從繩賦第二	以木以繩直君由諫明爲韻	冊 6，卷 41，頁 3735-3736	尚書‧說命上

唐賦與經藝3：《詩經》

編號	作者	賦題	限韻	全唐賦	出處
1	李益	詩有六義賦	以風雅比興自家成國爲韻	冊4，卷23，頁2059-2060	詩經・大序
2	李程	衣錦褧衣賦	以君子之道闇然日章爲韻	冊5，卷32，頁2909-2910	詩經・衛風・碩人 詩經・鄭風・丰
3	張仲素	河橋竹索賦	以誰謂河廣一葦航之爲韻	冊5，卷34，頁3109-3110	詩經・衛風・河廣
4	李子卿	授衣賦	以霜降此時女工云就爲韻	冊3，卷20，頁1853-1854	詩經・豳風・七月
5	張何	授衣賦	以霜降此時女工云就爲韻	冊3，卷21，頁1941-1943	詩經・豳風・七月
6	王棨	鳥求友聲賦	以人自得求友聲之道爲韻	冊6，卷45，頁4054-4056	詩經・小雅・伐木
7	楊諫	南有嘉魚賦第一	以樂得賢者次用韻	冊2，卷12，頁1127	詩經・小雅・南有嘉魚
8	李蒙	南有嘉魚賦第二	以樂得賢者次用韻	冊2，卷11，頁1053	詩經・小雅・南有嘉魚
9	王起	庭燎賦第一	以早設王庭輝映群辟爲韻	冊5，卷33，頁3007-3008	詩經・小雅・庭燎
10	楊濤	庭燎賦第二	以天覆之廣文德以來爲韻	冊8，卷54，頁4819-4820	詩經・小雅・庭燎
11	趙昂	攻玉賦	以他山之石爲韻	冊5，卷31，頁2791-2792	詩經・小雅・鶴鳴
12	錢起	晴皋鶴唳賦	以警露清野高飛唳天爲韻	冊2，卷13，頁1225-1226	詩經・小雅・鶴鳴

13	李夷亮	魚在藻賦	以潛泳水府形諸雅什爲韻	冊 4，卷 28，頁 2473-2474	詩經‧小雅‧魚藻
14	賈餗	教猱升木賦	以仁義在躬教之則進爲韻	冊 6，卷 40，頁 3645-3646	詩經‧小雅‧角弓
15	崔損	鳳鳴朝陽賦	以鳳鳴山陽振翼飛舞爲韻	冊 3，卷 22，頁 2007-2008	詩經‧大雅‧卷阿
16	張叔良	五星同色賦	以昊天有成命爲韻	冊 3，卷 17，頁 1615-1616	詩經‧周頌‧昊天有成命
17	崔淙	五星同色賦	以昊天有成命爲韻	冊 3，卷 22，頁 1979-1980	詩經‧周頌‧昊天有成命
18	韋承慶	靈臺賦		冊 1，卷 3，頁 289-293	詩經‧大雅‧**靈臺**
19	喬琳	鶺鴒賦	有序	冊 2，卷 10，頁 961-962	詩經‧小雅‧常棣
20	李德裕	振鷺賦		冊 5，卷 37，頁 3330-3331	詩經‧有駜 詩經‧周頌‧振鷺
21	白居易	賦賦	以賦者古詩之流爲韻	冊 5，卷 35，頁 3183-3185	

唐賦與經藝4：《禮》

編號	作者	賦題	限韻	全唐賦	出處
1	李德裕	知止賦		冊5，卷37，頁3354-3357	禮記・大學
2	李紳	善歌如貫珠賦	以聲氣圓直有如貫珠爲韻	冊5，卷36，頁3293-3294	禮記・樂記
3	趙蕃	善歌如貫珠賦	以聲氣圓直有如貫珠爲韻	冊6，卷39，頁3538-3539	禮記・樂記
4	元稹	善歌如貫珠賦	以聲氣圓直有如貫珠爲韻依次用	冊5，卷34，頁3120-3122	禮記・樂記
5	雍陶	學然後知不足賦	以君子強志然後成立爲韻	冊6，卷42，頁3809-3811	禮記・學記
6	黎逢	人不學不知道賦	以學然後知不足爲韻	冊8，卷59，頁5321-5322	禮記・學記
7	羅立言	振木鐸賦	以發號施令王猷所先爲韻	冊5，卷36，頁3277-3278	禮記・明堂位
8	白行簡	振木鐸賦	以振文教而納規諫爲韻	冊5，卷36，頁3239-3240	禮記・明堂位
9	王起	振木鐸賦	以孟春之月遒人徇路爲韻	冊5，卷33，頁2953-2954	禮記・明堂位
10	封希顏	六藝賦	以移風易俗安上理人爲韻	冊1，卷6，頁577-579	禮樂射御書數
11	王起	開冰賦		冊5，卷33，頁2961-2962	禮記・月令
12	歐陽詹	明水賦	以元化無宰至精感通爲韻	冊4，卷28，頁2543-2546	禮記・郊特牲
13	崔損	明水賦	以泠然感化潔我烝嘗爲韻	冊3，卷22，頁2005-2006	禮記・郊特牲
14	賈稜	明水賦	以元化無宰至精感通爲韻	冊4，卷28，頁2483-2484	禮記・郊特牲

15	陳羽	明水賦	以元化無宰至精感通爲韻	冊 4，卷 26，頁 2363-2364	禮記・郊特牲
16	韓愈	明水賦	以元化無宰至精感通爲韻	冊 4，卷 27，頁 2389-2391	禮記・郊特牲
17	闕名	明水賦	以元化無宰至精感通爲韻	冊 8，卷 59，頁 5294-5295	禮記・郊特牲
18	任華	明堂賦		冊 2，卷 12，頁 1187-1188	禮記・明堂位
19	王諲	明堂賦		冊 2，卷 8，頁 787-788	禮記・明堂位
20	劉允濟	明堂賦		冊 1，卷 2，頁 167-169	禮記・明堂位
21	于沼	明堂賦		冊 7，卷 52，頁 4693-4694	禮記・明堂位
22	李白	明堂賦		冊 2，卷 9，頁 839-850	禮記・明堂位
23	韋充	郊特牲賦	以繭粟之微貴乎誠慤爲韻	冊 6，卷 41，頁 3682-3683	禮記・郊特牲
24	闕名	藉田賦		冊 8，卷 59，頁 5296-5298	禮記・月令
25	石貫	藉田賦	以復收墜典以期農祥爲韻	冊 6，卷 43，頁 3911-3912	禮記・月令
26	闕名	土牛賦	以四聲爲韻	冊 8，卷 58，頁 5223-5224	禮記・月令
27	闕名	土牛賦	以以示農耕之早晚爲韻	冊 8，卷 58，頁 5221-5222	禮記・月令

唐賦與經藝5：《春秋》

編號	作者	賦題	限韻	全唐賦	出處
1	常袞	春蒐賦	以畋狩得時獻禽合禮爲韻	冊3，卷16，頁1519-1520	穀梁傳，昭公二十二年春
2	胡璡	大閱賦	以國崇武備明習順時爲韻	冊3，卷15，頁1371-1372	穀梁傳・桓公六年秋
3	闕名	大閱賦	以國崇武備明習順時爲韻	冊8，卷59，頁5331-5332	穀梁傳・桓公六年秋
4	浩虛舟	射雉解顏賦	以藝極神驚愁顏變喜爲韻	冊5，卷31，頁2824-2825	左傳・昭公二十八年
5	歐陽詹	藏冰賦	以西陸朝覿方出之爲韻	冊4，卷28，頁2550-2551	左傳・昭公四年

唐賦與經藝6：《論語》、《孟子》

編號	作者	賦題	限韻	全唐賦	出處
1	白居易	君子不器賦	以用之則行無施不可爲韻	冊5，卷35，頁3180-3185	論語・爲政
2	鄭俞	性習相近遠賦	以君子之所慎焉爲韻	冊4，卷28，頁2517-2518	論語・陽貨
3	浩盧舟	行不由徑賦	以處心行道有如此焉爲韻	冊5，卷31，頁2815-2816	論語・雍也
4	羅立言	風偃草賦	以上之化人乃如是焉爲韻	冊5，卷36，頁3279-3280	論語・顏淵
5	蔣防	草上之風賦	以君子之德風偃乎草爲韻	冊6，卷38，頁3489-3490	論語・顏淵
6	陳仲師	駟不及舌賦	以是故先聖予欲無言爲韻	冊6，卷38，頁3441-3442	論語・顏淵
7	陳仲卿	駟不及舌賦	以樞機一發榮辱之本爲韻	冊7，卷52，頁4715	論語・顏淵
8	章孝標	王師如時雨賦	以慰悅人心如雨枯旱爲韻	冊5，卷35，頁3199-3200	孟子・梁惠王章句下第十一章
9	陳去疾	王師如時雨賦	以慰悅人心如雨枯旱爲韻	冊6，卷43，頁3899-3900	孟子・梁惠王章句下第十一章

唐賦與經藝7：緯書

編號	作者	賦題	限韻	全唐賦	出處
1	裴度	神龜負圖出河賦	以作瑞前王始啓文教爲韻	冊 4，卷 25，頁 2293-2294	尚書・中候
2	高郢	西王母獻白玉琯賦	以聖道昭格神物呈祥爲韻	冊 3，卷 20，頁 1781-1782	尚書・帝驗期
3	王起	白玉琯賦	以神人來獻以和八音爲韻	冊 5，卷 33，頁 3014-3015	尚書・帝驗期
4	程諫	蓂莢賦		冊 2，卷 12，頁 1163-1164	尚書・中候
5	呂諲	蓂莢賦	以呈瑞聖朝爲韻	冊 2，卷 12，頁 1137-1138	尚書・中候
6	闕名	二黃人守日賦	以君德同明遠人來附爲韻	冊 8，卷 58，頁 5188-5189	孝經・援神契
7	滕邁	二黃人守日賦	以君德同明遠人來附爲韻	冊 6，卷 40，頁 3597-3598	孝經・援神契
8	潘炎	黃龍見賦		冊 3，卷 18，頁 1645	易緯
9	潘炎	黃龍再見賦		冊 3，卷 18，頁 1648-1649	易緯
10	李爲	日賦		冊 7，卷 47，頁 4207-4209	易緯
11	王奉珪	日賦		冊 8，卷 55，頁 4909-4910	易緯
12	李邕	日賦		冊 1，卷 5，頁 504-506	易緯

唐賦與經藝8：其他與經學及經書有關者

編號	作者	賦題	限韻	全唐賦	出處
1	闕名	太學壁經賦	以六經典法刊正文字爲韻	冊8，卷59，頁5323-5324	
2	許堯佐	五經閣賦	以禮傳詩書易成教爲韻	冊5，卷32，頁2925	
3	張昔	御註孝經臺賦	以百行之本明王所尊爲韻	冊3，卷20，頁1865-1866	

附表三

唐代科舉試賦題目一覽表

西元	帝王	年號	錄取人數	試賦題目	用韻	備註	知貢舉者	職銜
685	武則天	垂拱元年	27	高松賦		省試	劉奇	考功員外郎
713	玄宗	先天二年	77	藉田賦			房光庭	
714	玄宗	開元二年	17	旗賦	風日雲野，軍國清肅		王邱	吏部侍郎
714	玄宗	開元二年		竹簾賦		哲人奇士，隱淪屠釣科		
716	玄宗	開元四年	16	丹甑賦	周有豐年			
717	玄宗	開元五年	25	止水賦	清審洞澈涵容		裴耀卿	
719	玄宗	開元七年	25	北斗城賦	池塘生春草		李納	
725	玄宗	開元十三年	27	花萼樓賦	以題為韻		趙冬曦	禮部侍郎
727	玄宗	開元十五年		灞橋賦	水雲暉映，車騎繁雜			
730	玄宗	開元十八年	26	冰壺賦	清如玉壺冰，何慚宿昔意		崔明允	
734	玄宗	開元二十二年	29	梓材賦	理材為器，如政之術		孫逖	考功員外郎

734	玄宗	開元二十二年		公孫宏開東閣賦	風勢聲理，暢休實久	博學宏詞科		
747	玄宗	天寶六年	23	罔兩賦	道德希夷仁美		李巖	禮部侍郎
737	玄宗	開元	20	豹鳥賦	兩遍用四聲為韻		李麟	兵部侍郎
763	代宗	廣德元年	27	日中有王字賦	以題為韻次用		蕭昕	禮部侍郎
767	代宗	大曆二年	20	射隼高墉賦	君子藏器待時		薛邕（上都）	禮部侍郎
769	代宗	大曆四年		五星同色賦	以昊天有成命	博學宏詞科	薛邕	留守
773	代宗	大曆八年	34	東郊朝日賦	國家行仲春之令		張渭	禮部侍郎
774	代宗	大曆九年		蠟日祈天宗賦		東都試	張謂	禮部侍郎
775	代宗	大曆十年	27	五色土賦	皇子畢封，依色建社	上都試	常袞（上都）	兵部侍郎
775	代宗	大曆十年		日觀賦	千載之統，平上去入	東都試	蔣渙（東都）	戶部侍郎
777	代宗	大曆十二年	12	通天臺賦	洪臺獨存，浮景在下		常袞	禮部侍郎
779	代宗	大曆十四年	20	寅賓出日賦	大明在天，恆以時授		潘炎	禮部侍郎
779	代宗	大曆十四年		放馴象賦	珍異禽獸，無育家國	博學宏詞科		

781	德宗	建中二年	17	白雲起封中賦			于邵	禮部侍郎
791	德宗	貞元七年	30	珠還合浦賦	不貪爲寶，神物自還		杜黃裳	禮部侍郎
792	德宗	貞元八年	23	明水賦	玄化無宰，至精感通		陸贄	兵部侍郎
792	德宗	貞元八年		鈞天樂賦	上天無聲，昭錫有道	博學宏詞科試		
793	德宗	貞元九年	32	平權衡賦	晝夜平分，銖鈞取則		顧少連	戶部侍郎
793	德宗	貞元九年		太清宮觀紫極舞賦		博學宏詞科		
794	德宗	貞元十年		風過簫賦	無爲斯化，有感潛應		顧少連	戶部侍郎
794	德宗	貞元十年		朱絲繩賦		博學宏詞科		
796	德宗	貞元十二年	30	日五色賦			呂渭	禮部侍郎
796	德宗	貞元十二年		披沙揀金賦	求寶之道，同乎選才	博學宏詞科		
797	德宗	貞元十三年		西掖瑞柳賦	應時呈祥，聖德昭感		呂渭	禮部侍郎
798	德宗	貞元十四年	20	鑒止水賦	以「澄虛納照，遇象分形」爲韻，限三百五十字已上成		顧少連	尚書左丞
799	德宗	貞元十五年		樂理心賦	易直子諒，油然而生	博學宏詞科	高郢	中書舍人

800	德宗	貞元十六年	17	性習相近遠賦	君子之所慎焉		高郢	中書舍人
801	德宗	貞元十七年	18	樂德教冑子賦	育材訓人之本		高郢	中書舍人
802	德宗	貞元十八年		瑤臺月賦	仙家帝室，皎潔清光	博學宏詞科	權德輿	中書舍人
803	德宗	貞元十九年	20	中和節百辟獻農書賦	嘉節初吉，修是農政		權德輿	禮部侍郎
803	德宗	貞元十九		漢高祖斬白蛇賦		博學宏詞科		
807	憲宗	元和二年	28	舞中成八卦賦	中和所製，盛德斯陳		崔邠	禮部侍郎
810	憲宗	元和五年	32	洪鐘待撞賦			崔樞	禮部侍郎
819	憲宗	元和十四年	31	王師如時雨賦	慰悅人心，如雨枯旱		庾承宣	中書舍人
822	穆宗	長慶二年	29	木雞賦	致此無敵，故能先鳴		王起	禮部侍郎
823	穆宗	長慶三年	28	麗龜賦			王起	禮部侍郎
832	穆宗	大和六年	25	君子之聽音賦	審音合志鏗鏘		賈餗	禮部侍郎
837	穆宗	開成二年	40	琴瑟合奏賦			高鍇	禮部侍郎
838	穆宗	開成三年	40	霓裳羽衣曲賦	任用韻		高鍇	禮部侍郎

849	宣宗	大中三年	30	堯仁如天賦			李褒	禮部侍郎
862	宣宗	咸通三年	30	倒載干戈賦	聖功克彰，兵器斯戢		鄭從讜	中書舍人
863	宣宗	咸通四年	35	謙光賦			蕭倣	左散騎常侍
866	懿宗	咸通七年		被袞以象天賦			趙騭	禮部侍郎
868	懿宗	咸通九年		天下為家賦			劉允章	禮部侍郎
876	懿宗	乾符三年	30	王者之道如龍首賦	龍之視聽，有符君德		崔沆	禮部侍郎
878	懿宗	乾符五年		至仁伐至不仁賦			崔澹	中書舍人
892	昭宗	景福元年	30	止戈為武賦			蔣泳	
895	昭宗	乾寧二年	25	人文化天下賦	觀彼人文，以化天下		崔凝	刑部尚書
897	昭宗	乾寧四年	20	未明求衣賦			薛昭緯	禮部侍郎
901	昭宗	光化四年	26	天得一以清賦			杜德祥	禮部侍郎

第五章
唐代典禮賦創作的文化情境[*]

第一節　前言

　　唐賦中有許多與典禮相關的賦題，若仔細去觀察並配合著唐代的國家典禮制度來看時，將會發現：這些典禮賦的寫作其實都與唐代施行國家典禮的背景有著緊密的關聯性。唐代描寫典禮的相關賦作很多，《文苑英華》卷五十四至五十七，禋祀類四卷收錄三十三篇賦作[1]；《歷代賦彙》卷四十七至五十二，典禮類六卷收錄唐代典禮賦五十二篇。[2]根據統計，《歷代賦彙》收錄之三十類賦作中，典禮類作品數量排名爲第十一名，禋祀類賦作的數量在《文苑英華》賦體的類別中排名爲第十三。相較於其他各類，典禮賦所占的分量可說是不容小覷。而且由於分類立目及歸類不同等原因，這還不是全部的唐代典禮賦，因有一些典禮賦在二

[*]　本文初稿曾於二○○八年四月十七日發表於國立東華大學中文系舉辦之「第三屆文學傳播與接受國際學術研討會」，蒙特約討論人新加坡國立大學中文系蘇瑞隆教授賜予不少寶貴意見。後經修訂刊載於《政大中文學報》第12期（2009年12月），期間復蒙兩位匿名審查人給予許多中肯有益的意見，本文在後續的修訂時皆曾予以參酌採納，謹在此向蘇教授及兩位匿名審查人致上誠摯的謝忱。又本文亦為本人執行行政院國家科學委員會九十七年度之專題研究計畫「唐賦的經藝書寫研究(Ⅱ)：典禮賦」（97-2410-H-259-032）之執行成果。

[1]　賦作目錄參見本章末附表四：《文苑英華》第一冊禋祀類收錄賦作一覽表。宋・李昉等編：《文苑英華》，臺北：新文豐出版公司，1979年。

[2]　賦作目錄參見本章末附表五：《歷代賦彙》典禮類收錄唐代賦作一覽表。清・陳元龍輯：《御定歷代賦彙》，京都：中文出版社，1974年。

書的分類上並不被納入禋祀或典禮類中，此先暫且不論。本文所
欲探討之唐代典禮賦即與唐代禮制有關之賦篇作品，實則涵蓋範
圍較廣，例如〈明堂賦〉、〈辟雍賦〉等實爲重要的典禮進行場
所，亦包含在「典禮賦」的範圍內。

這些與唐代禮制有著密切關聯的賦作，在缺乏對唐代國家禮
制了解的情況下，將難以理解其內容。而由以往以抒情言志爲主
流的情志文學批評脈絡來看時，令人好奇何以這些作家要去寫作
這一類作品？過去的文學研究者對這一類賦作由於評價很低，將
其視爲堆砌辭藻、空洞無物之作，故向來也不受重視，少有人提
及，相關之研究也很罕見。惟近年來文化研究之風盛行，南京大
學的賦學研究者許結曾撰寫過兩篇與典禮賦有關之論文：〈漢賦
與禮學〉、〈漢賦祀典與帝國宗教〉，二文收入其所著之《賦體
文學的文化闡釋》一書中。閱讀此二文必須與書中〈漢大賦與帝
京文化〉一同參看。[3]許結主要以漢賦作爲研究對象，將其置於
歷史的縱深中進行觀察。他認爲：從先秦到漢代歷經政治上大一
統的體制變化，從而漢代賦家也有著崇王道、尊帝京等的表現，
因而賦家們企圖通過「或以抒下情而通諷諭，或以宣上德而盡忠
孝」的方式[4]，顯現其「體國經野」與「勤政恤民」的雙重作用。[5]
而因爲崇王道，所以也推崇儒學的禮德思想，更有維護社會穩定
的禮制秩序和倫理精神蘊涵在其作品中。他更指出：漢代賦家描

---

[3] 許結此三篇論文均見於氏著《賦體文學的文化闡釋》（北京：中華書局，2005
年）一書。

[4] 語見班固：〈兩都賦序〉，見蕭統編：《文選》（李善注，胡克家刻本，臺北：華正書局影
印，1995年），卷1，頁2b，總頁21。

[5] 許結：《賦體文學的文化闡釋》，頁9。

繪的漢禮多爲天子之禮，以顯示帝京風采與王道精神。[6]而且漢代
大賦作手皆親歷盛典，既寫實，又誇張，充分顯示了那種國勢雄
強、文德武功、禮樂彬蔚、四方賓服的帝京文化風采。[7]其於〈漢
賦與禮學〉一文中則具體舉出一些實例來說明漢賦中的典禮描
寫，包括：揚雄（西元前53—18年）〈河東賦〉記敘成帝帥群臣
往祭后土之狀；班固（西元32—92年）〈東都賦〉有關於天子春
日行「元會禮」的描寫；張衡（西元78—139年）〈東京賦〉記
有漢明帝「臨辟雍，初行大射禮」事的描寫。這些賦作的典禮描
寫一方面體現以天子朝廷爲中心，以安撫四裔爲目的的禮制觀，
一方面則可以讓人看到漢代禮制的變化。[8]

第二節　漢唐典禮賦之概況

　　考察唐以前典禮賦的寫作概況，可自漢代開始。漢代典禮賦
主要描寫的是郊祀之禮。董仲舒（西元前179—104年）《春秋繁
露・郊事對》云：「古者天子之禮，莫重于郊。」[9]《漢書・郊祀
志》亦云：「成帝初即位，丞相（匡）衡、御史大夫（張）譚奏
言：『帝王之事莫大乎承天之序，承天之序莫重於郊祀，故聖王
盡心極慮以建其制。』」[10]考察漢代的典禮賦作，多爲郊祀賦，如東

---

[6]　許結：《賦體文學的文化闡釋》，頁20。

[7]　許結：《賦體文學的文化闡釋》，頁21。

[8]　許結：《賦體文學的文化闡釋》，〈漢賦與禮學〉一文。

[9]　董仲舒撰、蘇輿義證：《春秋繁露義證》（點校本，北京：中華書局，1992年），卷15，〈郊事對〉，頁414。

[10]　班固撰、顏師古注：《漢書集注》（點校本，臺北：鼎文書局，1991年），卷25，〈郊祀志第五下〉，頁1253-1254。

漢時的鄧耽有〈郊祀賦〉，其云：

> 咨改元正，誕章厥新。豐恩羨溢，含唐孕殷。承皇極，稽
> 天文，舒優遊，展弘仁，揚明光，宥罪人。群公卿尹，侯
> 伯武臣，文林華省，奉贄厥珍。夷髦盧巴，來貢來賓。玉
> 璧既卒，於斯萬年。穆穆皇王，克明厥德。應符蹈運，旋
> 章厥福。昭假烈祖，以孝以仁，自天降康，保定我民。[11]

此段賦文係錄自《初學記》卷十三之殘篇，故此賦並不完整。賦
題為郊祀，現存段落大意為：行郊祀禮就是要向天下人昭示，
新帝要繼皇統，合天意，使國家太平，運交長久，引導人民信
守仁義，讓皇恩普照，大赦罪人。[12]賦中述及行郊祀禮時，滿朝
文武百官，上至卿相，下至文臣武將，親貴之官，紛紛敬獻珍
寶。各地尤其是少數民族地方首領，也於郊祀大禮時紛紛納貢
稱臣。篇幅雖短，但仍可看出其作為郊祀賦所展現之帝國書寫
特質。

郊祀之賦，揚雄之〈甘泉賦〉即已首開先聲。漢成帝時，揚
雄跟隨聖駕前往甘泉宮，行郊祀之禮，作〈甘泉賦〉。後又跟隨
皇帝祭后土，又作〈河東賦〉。[13]賦中運用了神話一般的想像和
靡麗的文辭以寫其誇張侈麗。由於是郊祀的祭典，故而賦中又充
滿了某種宗教性意味。因賦文用字奇瑋，舖張華麗的文辭，反使
得讀者在閱讀和文意理解上容易產生障礙。這類以郊祀為主題的

11　見費振剛等校注之《全漢賦校注》（廣州：廣東教育出版社，2005年），頁825。
12　費振剛等校注：《全漢賦校注》，頁826。
13　〈甘泉賦〉，見費振剛等校注：《全漢賦校注》，頁230-247。〈河東賦〉，見費振剛等等
　　校注：《全漢賦校注》，頁247-253。

賦作，在後來唐代賦作中仍有。就典禮賦的寫作傳統來看，漢賦中典禮賦的數量不像唐賦中那麼多、那麼明顯，但已可略見漢人對郊祀典禮的重視，並以賦體頌揚表現的做法。東漢時李尤（約西元55—135年）的〈辟雍賦〉，也是唐代典禮建築賦中有的題目，李尤〈辟雍賦〉云：

> 卓矣煌煌，永元之隆，含弘該要，周建大中。蓄純和之優渥兮，化盛溢而茲豐。太學既崇，三宮既章。靈臺司天，群耀彌光。太室宗祀，布政國陽。辟雍嵩嵩，規圓矩方。階序牖闥，雙觀四張。流水湯湯，造舟為梁。神聖班德，由斯以匡。喜喜濟濟，春射秋饗。王公群后，卿士具集。攢羅鱗次，差池雜遝。延忠信之純一兮，列左右之貂璫。三后八蕃，師尹群卿，加休慶德，稱壽上觴。戴甫垂畢，其儀蹌蹌。是以乾坤所周，八極所要。夷戎蠻羌，儋耳哀牢。重譯響應，抱珍來朝。南金大路，玉象犀龜。[14]

由此段賦文看來，這類賦作與頌體較為接近。永元是漢和帝劉肇的年號，為公元八九至一○四年，賦當作於此時。漢光武帝中元二年（西元56年），起明堂、辟雍、靈臺。[15]賦中「三宮」所指即為此。而「神聖班德」中之「神聖」指的正是君王。「三后八蕃」則泛指諸侯國君。此賦稱讚漢和帝永元之時，修建辟雍，辟雍即太學，賦中歌頌國家崇尚教育，明堂、辟雍、靈臺三宮也都發揮其應有之功能。李尤作此賦有著出自於對國家（或皇帝）崇

14　費振剛等校注：《全漢賦校注》，頁574。
15　司馬光撰：《資治通鑑》（點校本，北京：中華書局，1994年），卷44，頁1427。

尚禮樂的歌頌。但李尤的這篇〈辟雍賦〉是從類書中輯佚出來的，顯然看起來也是不完整的。不過僅就現存的段落看來，其中已具備了多項元素，包括描寫諸侯王及公卿大臣的朝賀，還有四夷的來貢及賓服，而這也正是帝國書寫式的話語。

再就六朝時期的賦作中尋找與典禮相關的賦作，有〈藉田賦〉[16]、〈南郊賦〉[17]、〈元日朝會賦〉、〈辟雍鄉飲酒賦〉[18]、〈講武賦〉。[19]較特別者如傅玄（西元217─278年）〈元日朝會賦〉首段寫出元日朝會的熱鬧景象，天還未明，宮殿前已是火光煌煌，大家都等在門口，待宮門開啓，從容俟次而入，依次就位而立。包括海外來的使臣也是一樣。這一天因爲是元日朝會，因此是充滿節慶歡樂氣氛的日子，使節和大臣們紛紛獻上各地的貢品、禮物。在固定的元日朝會的朝儀鐘鼓音樂聲中進行著這一場典禮。整個典禮儀式還包括饗宴，饗宴完畢，「六樂畢奏，磬管鏘鍠」，在樂聲中完成這一場充滿儀式性，但又帶著歡慶意味的元日朝會。又如傅玄的〈辟雍鄉飲酒賦〉描寫皇帝親自駕幸辟雍，行鄉飲酒禮，外賓亦在旁觀看。整個鄉飲酒禮的描述重點在於其間所展示的「揖讓而升，有主有賓」、「俎豆有數，威儀翼

---

16 〈藉田賦〉有五位作者，包括曹植（見嚴可均編：《全上古三代秦漢三國六朝文》〔北京：中華書局，1958年〕，《全三國文》，卷13，頁9a，總頁1126）、繆襲（嚴可均編：《全上古三代秦漢三國六朝文》，《全三國文》，卷38，頁1b，總頁1265。）、徐爰（嚴可均編：《全上古三代秦漢三國六朝文》，《全宋文》，卷40，頁1a-1b，總頁2657。）、任豫（嚴可均編：《全上古三代秦漢三國六朝文》，《全宋文》，卷40，頁10a-10b，總頁碼2661。）和潘岳（《潘岳集校注》〔潘岳著、董志廣校注，修訂版，天津：天津古籍出版社，2005年〕，頁53-64）。

17 郭璞〈南郊賦〉見嚴可均編：《全晉文》，卷120，頁5a-5b，總頁碼2149。

18 傅玄的〈元日朝會賦〉、〈辟雍鄉飲酒賦〉見嚴可均編：《全晉文》，卷45，頁3a-3b，總頁碼1715。

19 虞世基〈講武賦〉見嚴可均編：《全隋文》，卷14，頁1a-1b，總頁碼4095。

翼，」這樣一種「禮雖舊制，其教惟新。」和「知禮教之弘普」的思想。傅玄強調的是本國之禮儀教化，顯然是有面對外國使節時所刻意強調中國爲禮儀之邦的意思。這些內容都爲唐代的典禮賦繼承並加以發揚光大。這些國家典禮原本就出自於經典（如《三禮》）中的文字記載，但是在一些帝王和儒學之士的相互作用下促成其實踐，到了唐代更可以說是禮制的集大成了。

綜合來看，雖然漢魏六朝時期也有典禮賦，然而可惜的是，今日我們所能見到的漢魏六朝的典禮賦作並不完整，篇幅也較少、較爲有限。眞正大量化、且全面性地撰寫與典禮相關的各種題目，以及徹底地在賦作中將國家典禮予以普遍性書寫者，這種成熟的發展，可說是在唐代。唐以前的典禮賦雖也有例如春射秋饗、鄉射、鄉飲之類題材的撰寫，但這在唐以前只是偶爾、零星地寫作，在內容上也不同於唐人那種完整篇幅、限韻文字，主題扣緊式的寫法。這當然多少與唐代科舉考試以詩賦取士有關。因此，觀察典禮賦由唐賦入手，反而更能看出賦與國家典禮間那種緊密的關聯。

唐代典禮賦是在唐代典禮制度的文化背景下寫作的，如欲了解典禮賦，必先了解當時的禮制。有關唐代的典禮，目前已有的研究，如陳戍國有《中國禮制史：隋唐五代卷》[20]、任爽有《唐代禮制研究》[21]，而雷聞在《唐研究》第七卷中則有一書評評論此二書。[22]另張文昌撰有《唐代禮典的編纂與傳承——以大唐開元禮爲

---

[20]　陳戍國：《中國禮制史：隋唐五代卷》，長沙：湖南教育出版社，1998年。

[21]　任爽：《唐代禮制研究》，長春：東北師範大學出版社，1999年。

[22]　雷聞：〈書評：陳戍國《中國禮制史‧隋唐五代卷》、任爽《唐代禮制研究》〉，《唐研究》第7卷，頁532-541。

中心》[23]，其中第三章第三節表四爲「《大唐開元禮》卷目與禮目對照表」，亦爲本章末附表六：唐代典禮賦之禮目架構一覽表之參考。

唐代禮的內容名目繁多，一般而言，有吉禮、賓禮、軍禮、嘉禮、凶禮五種，但唐代典禮賦並未涵蓋所有禮目，其中完全未涉及者爲凶禮，故本文完全不觸及凶禮。本文依據任爽《唐代禮制研究》上篇目錄中所提供之唐代禮制架構，配合《大唐開元禮》的禮目，將唐代典禮賦篇目與該禮目相關者納入表格中，製作成附表六：唐代典禮賦之禮目架構一覽表（參本章末頁182）。

參看《大唐開元禮》之禮目時發現：任爽所提供之禮制架構優點在於眉目清爽，但在《大唐開元禮》中的禮目很多、很細，有前述架構未能盡其詳之優點。將《大唐開元禮》中所列禮目略去與唐代典禮賦完全無關之祀典禮目（如祀司中、司命、司人、司祿，先蠶等）後，其與典禮賦相關之禮目仍多達廿七種。[24]《大唐開元禮》所列禮目過於詳細、繁多，依張文昌所列之「大唐開元禮卷目與禮目對照表」所列，其各式禮目總計有一五三種。本文爲求行文簡潔，附表六中所列部分稍經省併。

若依《大唐開元禮》中所記載之唐代禮制來看，唐代典禮賦之中有許多相關作品，具體之篇目可參考本章末附表六。由附表六的典禮賦例子中可以看出唐代典禮賦寫作數量很多，同時參與寫作的文人也多，觸及的禮制面向很廣，內容可說十分豐富。相較於之前的典禮賦，唐代典禮賦有一個很大的飛躍和進展。之前

---

[23] 張文昌：《唐代禮典的編纂與傳承——以大唐開元禮為中心》，臺北：國立臺灣大學歷史學研究所碩士論文，1997年6月。

[24] 唐・蕭嵩編撰：《大唐開元禮》（與《大唐郊祀錄》合刊），北京：民族出版社，2000年。

的典禮賦多只集中於郊祀、辟雍、朝會等少數典禮的描寫，無論就篇幅、數量和對典禮描寫的廣泛度而言，唐代都大大超越了前代。

　　雖然從典禮賦的內容看來，多爲歌功頌德之辭，但就其特色而言，唐代典禮賦顯示出：唐代文士對典禮的重視，並且文士以賦體對典禮進行描寫與歌頌的風氣很盛。從唐代典禮賦中也可以看出：唐人對於南郊祭天之禮的重視，因此與南郊禮相關的賦作很多，還有對五方帝的祭祀，以及皇帝視學、閱兵等公開活動及行程，以皇帝爲主去施行國家典禮的描寫都可以在唐代典禮賦中找到相關的記錄，因此我們可以說：唐代典禮賦的創作是非常活躍和蓬勃發展的。

第三節　唐代典禮賦的關鍵符碼：月令與五行

　　由於唐代典禮賦並不突顯作者個人的生命情志，故一般而言，少有人去肯定其文學價值。但是欲讀懂典禮賦必須了解當時相關的社會文化背景，而且必須掌握一些解讀的關鍵和文化符碼，才能做出正確的理解。由於典禮賦所蘊含之背景知識很豐富，必須了解唐代國家典禮和文士所處的社會文化及其心態，如此才能逐一拼湊出唐代文士生活的圖像和還原賦篇原本寫作的場景。倘若不了解這些典禮賦的內容，將無法理解唐人何以要如此大量地撰寫這一類作品，更無法進入唐代文士實際生活的社會情境中。

　　典禮賦之解讀因涉及相關禮制，故必須具備相關的背景知識，但禮制的內容過於龐大和複雜，閱讀唐代典禮賦，初步發現：其中很重要的關鍵符碼乃是月令與五行的相關辭彙，掌握

此一關鍵,將有助於典禮賦的解讀。月令與五行的觀念主要見
於《禮記·月令》、《淮南子·時則訓》和《呂氏春秋·十二
紀》。唐代典禮賦在這方面表現最為明顯的是與祀五方帝有關之
賦作,如〈服蒼玉賦〉。[25]《禮記·月令》載春天之時,包括孟春
之月、仲春之月、季春之月,天子皆「服倉玉」。[26]而〈服蒼玉
賦〉云:「天配五色,惟春也蒼然。地孕萬物,惟玉也堅焉。玉
可久持,故君子比德於玉;蒼實正色,蓋聖人形象於天。」賦中
點明時令是在「東方木德之令,蒼本靈威之紀。」又云:「四氣
莫先乎春陽」、「五位莫首乎東方」、「我乃應春氣之德」[27]。由
此可知:此賦必與〈月令〉所云春日迎東郊之禮有關。

又如《禮記·月令》云:「立春之日,天子親帥三公、九
卿、諸侯、大夫以迎春於東郊,還反,賞公、卿、諸侯、大夫於
朝。」[28]故唐人有〈東郊迎春賦〉[29],賦中充滿了月令的相關文化
符碼,如賦云:「出左个而迎春」、「服蒼玉,載青旗」、「東
郊之中」、「知太昊之整轡」[30],這些正是〈月令〉中所云:

---

[25] 〈服蒼玉賦〉作者為獨孤申叔,見《文苑英華》(宋·李昉等編,臺北:新文豐出版公司影印明隆慶刊本,1979年),卷111,頁6b-7b,總頁507;又見簡宗梧、李時銘主編:《全唐賦》(臺北:里仁書局,2011年),第肆冊,卷30,頁2702-2703。

[26] 《禮記注疏》(鄭玄注、孔穎達疏,南昌府學本,臺北:藝文印書館,1993年),卷15,〈月令〉,頁3a。

[27] 以上〈服蒼玉賦〉見《文苑英華》,卷111,頁6b-7b,總頁507;又見《全唐賦》,第肆冊,卷30,頁2702-2703。

[28] 《禮記注疏》,卷14,〈月令〉,頁17a。

[29] 〈東郊迎春賦〉共有王起與謝觀所作二篇,俱見於《文苑英華》,卷55,頁3b-5a,總頁249-250;又見《全唐賦》,第伍冊,卷33,頁2949-2950,及第陸冊,卷43,頁3853-3854。

[30] 王起〈東郊迎春賦〉文,見《文苑英華》,卷55,頁3b-4a,總頁249-250;又見《全唐賦》,第伍冊,卷33,頁2949-2950。

孟春之月，……其帝大皞，其神句芒，其蟲鱗。其音角，
律中大蔟。其數八。……天子居青陽左个，乘鸞路，駕倉
龍，載青旂，衣青衣，服倉玉，食麥與羊，其器疏以達。[31]

　　若直接看賦作，其內容也必須關聯著《禮記・月令》來作解
讀，例如〈北郊迎冬賦〉，其云：「律變於冬，必順時而冬命；
水盛於北，亦隨方而北迎。所以修舊典，闡鴻名。受太史之先
謁，率群辟而躬營。況肅殺以北陸，將昭宣乎上京。於時時和歲
豐，勞農息力，結冰於坎，改火於國……以居乎左个。而司晨者
黑帝，必祭於北郊……」[32]
　　《禮記・月令》云：「立冬之日，天子親帥三公、九卿、大
夫以迎冬於北郊。」又云：「是月也，命大史釁龜筴，占兆審卦
吉凶，是察阿黨，則罪無有掩蔽。是月也，天子始裘。」[33]
　　唐人對於月令與五行的重視，尚可從唐代「讀時令」的禮制
中看出。唐代禮制中有「讀時令」之禮，此外，由史書記載中也
可見到唐人對禮制依時令行事之重視。
　　《舊唐書・太宗本紀》載：太宗貞觀十四年春正月庚子，初
命有司讀時令。[34]又，《舊唐書・玄宗本紀》載：玄宗開元二十五
年冬十月，制自今年每年立春日迎春於東郊，其夏及秋冬如常，
以十二月朔日於正殿受朝，讀時令。[35]而讀時令之實行方式，在
《舊唐書・玄宗本紀》載：開元二十六年夏四月己亥朔，始令太

31　《禮記注疏》，卷14，〈月令〉，頁4b-15b。
32　王起：〈北郊迎冬賦〉，見《文苑英華》，卷55，頁6b-7a，總頁249-250；又見《全唐賦》，
　　第伍冊，卷33，頁2965。
33　以上俱見《禮記注疏》，卷17，〈月令〉，頁10b-11b。
34　劉昫撰：《舊唐書》（點校本，北京：中華書局，1975年），卷3，〈太宗本紀〉，頁51。
35　《舊唐書》，卷9，〈玄宗本紀〉，頁208、209。

常卿韋縚讀時令于宣政殿，百僚於殿上列坐而聽之。[36]

　　唐代史籍所載唐人對時令的重視在此可舉三例，第一例為武則天欲於孟春講武，而王方慶以不合時令為勸，建議改至孟冬。武則天接受了他的建議。[37]第二例如唐中宗本欲於盛夏下令殺某人，亦被徐堅以不合時令而勸阻了。[38]第三例見於《新唐書‧李程傳》，記載德宗季秋外出畋獵，覺得天氣嚴寒，但〈月令〉中卻說：「九月猶衫，二月而袍」，德宗想要修改月令，李程說：「玄宗著〈月令〉，十月始裘，不可改。」帝釁然止。[39]

　　而唐賦中也有幾篇是與讀時令有關之作，如韋縝〈讀春令賦〉其中有云：「穆穆秘殿，明明我皇，體乾道以從事，閱〈春令〉而頒方。可謂君奉時而罔失，臣出言而有章。」[40]可見唐人重視禮制，強調依時行事，遵守大自然四時的規律，並用此來規範君王。類似之作尚有〈時賦〉[41]、〈聖人以四時為柄賦〉[42]、陳昌言〈先王正時令賦〉。[43]其中〈先王正時令賦〉云：「我唐百王居盛，九葉伊聖，昧爽無忘乎順序，動息必緜乎時令。」此「九葉」點明為德宗之時，又依賦文看來，是作於仲秋之時，蓋因歲差之故，故置閏月以糾正歲差，使時令歸之於正。另有〈仲

[36] 《舊唐書》，卷9，〈玄宗本紀〉，頁209。

[37] 《舊唐書》，卷89，〈王方慶傳〉，頁2900。

[38] 《舊唐書》，卷102，〈徐堅傳〉，頁3175。

[39] 歐陽修撰：《新唐書》（北京：中華書局，1975年），卷131，〈李程傳〉，頁4511。

[40] 《文苑英華》，卷22，頁1b-2a，總頁101-102；又見《全唐賦》，第參冊，卷15，頁1362。

[41] 〈時賦〉見《文苑英華》，卷24，頁2a-2b，總頁109；又見《全唐賦》，第捌冊，卷58，頁5231-5232。

[42] 〈聖人以四時為柄賦〉見《文苑英華》，卷24，頁2b-3a，總頁109-110；又見《全唐賦》，第捌冊，卷58，頁5233-5234。

[43] 〈先王正時令賦〉見《文苑英華》，卷24，頁3a-4a，總頁110；又見《全唐賦》，第肆冊，卷23，頁2047-2048。

冬時令賦〉三篇[44]，其中如「其神玄冥，厥德在水」都指明了是北方。[45]楊寬（1914—2005）〈月令考〉一文曾指出：《禮記‧月令》與《淮南子‧時則訓》、《呂氏春秋‧十二紀》三者大體相同，僅文字稍有出入。[46]他同時在該文中將〈月令〉與五行等相關之配合列了一張表，該表有助於掌握本文在此所說之符碼（code），為便於觀覽謹將該表製作成附表七：〈月令考〉所列《呂紀》《月令》五行說一覽表（參見本章末頁184）。附表七主要是四時加中央與五方、五行、五獸、五帝、五星等的搭配。但另外依〈月令〉之說，還需要更細緻的十二月分加中央的部分，主要在於律呂和天子明堂居處，因此又製附表八：月令、律呂、明堂居處配置表（參見頁186）附於本章末以便觀覽。

　　依據附表七和附表八，將有助於掌握唐代典禮賦解讀的關鍵字，這些關鍵字皆因這一套文化符碼方得以解讀。例如張餘慶有一篇〈祀后土賦〉[47]，其內容便與《禮記‧月令》季夏所云有關，其云：「中央土，其日戊己，其帝黃帝，其神后土，其蟲倮，其音宮，律中黃鍾之宮，其數五，其味甘，其臭香，其祀中霤，祭先心。」[48]〈祀后土賦〉言：「祠后土而幸河東」，又云：「黃琮展前以備陳」、「肅黃祇之神位」[49]，皆因為中央土，色

---

[44] 此三篇分別為叔孫玄觀、蕭昕（西元702-791年）及張欽敬所作，見《文苑英華》，卷23，頁3b-5b，總頁106-107；又見《全唐賦》，第參冊，卷17，頁1611-1612，及第貳冊，卷10，頁927-928，及第參冊，卷15，頁1391-1392。

[45] 叔孫玄觀〈仲冬時令賦〉，《文苑英華》，卷23，頁3b，總頁106；又見《全唐賦》，第參冊，卷17，頁1611。

[46] 參見楊寬：〈月令考〉，收入氏著：《楊寬古史論文選集》（上海：上海人民出版社，2003年），頁463。

[47] 張餘慶〈祀后土賦〉見《文苑英華》，卷56，頁4b-5b，總頁254；又見《全唐賦》，第陸冊，卷38，頁3423-3424。

[48] 《禮記注疏》，卷16，〈月令〉，頁321-322。

[49] 以上俱見《文苑英華》，卷56，頁5a，總頁254；又見《全唐賦》，第陸冊，卷38，頁3423-

伺黃之故。而《新唐書‧玄宗本紀》載唐玄宗開元十一年二月壬子，如汾陰，祠后土；開元二十年十一月也有；王昌齡（約西元690─756年）有題爲〈駕幸河東〉之詩。[50]〈祀后土賦〉當是在玄宗祀后土之背景下所作。又如王起〈律呂相生賦〉：「黃鍾建子以爲本，林鍾建未以爲君」[51]及闕名〈葭灰應律賦〉：「仲夏將臨，則蕤賓啓候；孟秋既屆，乃夷則應期。大呂具實，而多窮於丑；大簇已散，而春蠢於寅，」[52]二賦都是律呂與十二月的配置，若是缺少了附表八的知識，將無法解讀上述兩段文字。

此外，土德更是唐代以之而興的聖符，故有〈日五色賦〉限「以日麗九華聖符土德」爲韻，李程〈日五色賦〉文中便說明了土德「表王氣於皇家」[53]，而呂太一〈土賦〉更說明：「坎爲水兮離爲火，東方木兮西方金。惟土德之爲大，處中位而君臨。」[54]韋岫〈土賦〉更以第一人稱方式云：「吾（土）爲五方之主，爲萬聖之雄，造邦本，立大中，布而爲金木水火，分而爲南北西東。」[55]又如〈二氣合景星賦〉一開始云：「符我皇乘土而王」。[56]

又如蕭昕有一篇〈總章右个賦〉[57]，總章右个乃是明堂中之

3424。

[50] 見王昌齡撰、李國勝校注：《王昌齡詩校注》，（臺北：文史哲出版社，1973年），頁1170。。

[51] 《文苑英華》，卷19，頁2a，總頁89；又見《全唐賦》，第伍冊，卷33，頁2967。

[52] 《文苑英華》，卷19，頁4a，總頁90；又見《全唐賦》，第捌冊，卷58，頁5239。

[53] 《文苑英華》，卷5，頁2b，總頁28；又見《全唐賦》，第伍冊，卷32，頁2903。

[54] 《文苑英華》，卷25，頁2a，總頁113；又見《全唐賦》，第壹冊，卷6，頁617。

[55] 《文苑英華》，卷25，頁3b，總頁114；又見《全唐賦》，第柒冊，卷46，頁4154。

[56] 〈二氣合景星賦〉《文苑英華》收有二篇，作者一爲裴度，一爲闕名，俱見於《文苑英華》，卷9，頁4a-5b，總頁47。引文爲闕名所作，見頁5b；又見《全唐賦》，第捌冊，卷58，頁5201。

[57] 〈總章右个賦〉見《文苑英華》，卷47，頁5a-5b，總頁212；又見《全唐賦》，第貳冊，卷

一室，明堂乃是天子布政之宮。[58]依〈月令〉所言，天子隨著每個月的不同，變換其所居之處，參見附表八：月令、律呂、明堂居處配置表。若依附表八查詢可知：總章右个是季秋時所居之處，而〈總章右个賦〉也的確寫出了明堂建築的一些特色，例如明堂建築是天圓地方，賦云：「分五行以配德，合四時而導氣，審圓象以規天，揆方儀而法地，因節候之開闔，得陰陽之奧秘。」其在時間上則點出是在「金風夕扇，收帝藉於西成」及「休茲百百，草黃月季，虛正昏中」之時，「金」、「西」皆指的是秋季，「昏虛中」指的也是季秋黃昏時，虛星在南方天空正中。[59]

　　明堂在唐代武則天手中建造完成，雖經焚毀，後又新造，唐代的禮制便主要是在歷經太宗、高宗、武則天和玄宗等帝王的不斷修訂上逐步完備，而且是將這些禮制完全付諸實踐的。由前述種種可以得知：唐人對於月令與五行的重視可以說這已經成為他們生活中、文化中不可或缺的一環了。故而唐代典禮賦可說是對唐代社會文化生活此一面向的真實反映，而並非只是單純的紙上作文。

第四節　唐代典禮賦創作的文化情境：
　　　　文士親臨典禮的事實

　　唐代典禮賦的作者究竟是在何種情境下創作典禮賦的？從典禮賦中可以找到若干蛛絲馬跡。如李為的〈日賦〉，賦一開

　　10，頁923-924。

[58]　參見《三輔黃圖》（與《兩京城坊考》合刊，臺北：世界書局，1963年），卷5，頁39。

[59]　參見《禮記‧月令》季秋。

始云：「仲春上日，率公卿大夫朝日於東郊。祇祀畢，太史進日……」[60]又或者如蕭昕〈仲冬時令賦〉云：「於是我皇乃親帥百辟，觀隙三農。整六軍以耀武，肆大閱於仲冬。然後乃即太廟，建玄旗，事神率禮，撫俗觀詩。……」[61]上述賦作均點明了其寫作的背景，一是仲春朝日於東郊，一是仲冬皇帝行大閱禮、即太廟行祭祀之禮。這些是賦中清楚點明寫作背景的。

其次，如彭朝曦賦題為〈勤政樓視朔觀雲物賦〉，從題目中便可得知其所說的「勤政樓」實乃唐代真實的建築物。查《兩京城坊考》一書，得知勤政樓位於長安皇城內，在興慶宮的西南隅，原名「勤政務本樓」，簡稱「勤政樓」[62]，今參考日本學者平岡武夫（1909─1995）所繪製之復原圖將之標示出來[63]，請參看本章末附圖一：興慶宮位置圖及附圖二：勤政樓位置圖。賦題中「視朔」指的則是古代天子、諸侯於每月朔日祭告祖廟後，在太廟上聽政。而「視雲物」則是古代太史掌管天文星象，要觀測天空中雲物的形態和變化，就民生而言與氣象有關，就政治上而言，則和祥瑞或災異有關。因此，彭朝曦此賦的賦題可以說清楚地點出他是在勤政樓，某一個朔日（即初一），皇帝舉行視朔儀式的情形下，觀見天上雲物。一般而言，賦的內容都是歌頌祥瑞，故此時定是有祥瑞雲彩出現，在此一特定背景下寫下這篇賦作。此例顯從賦題本身可以看出，典禮賦有時會具體地把典禮舉

60　《文苑英華》，卷2，頁2b，總頁15；又見《全唐賦》，第柒冊，卷47，頁4207。

61　《文苑英華》，卷23，頁4a，總頁107；又見《全唐賦》，第貳冊，卷10，頁927。

62　參見徐松：《兩京城坊考》（與《三輔黃圖》合刊，臺北：世界書局，1963年），卷1，頁21。

63　見平岡武夫編：《唐代の長安と洛陽：地図編》（京都：同朋舍，1956年），第四圖與第三十七圖。興慶宮位置參見本章末附圖一：「興慶宮位置圖」，勤政務本樓位置參見附圖二：「勤政樓位置圖」。

行的時、地背景等清楚地交代出來。

　　另外，又如元稹（西元779—831年）的〈郊天日五色祥雲賦〉，其云：

> 臣奉某日詔書曰：「惟元祀月正之三日，將有事於南郊，直端門而未出，天錫予以雲瑞。是何祥而何吉？」臣拜稽首，敢言其實。陛下乘五位而出震，迎五帝以郊天。五方騰其粹氣，故雲五色以相宣。[64]

此賦是元稹在有事於南郊之日，看見天上五色祥雲，故而歌頌祥瑞之作。《唐會要》卷二十九記載：「長慶元年正月二日，有事于南郊，出東省門，日抱珥，五色。宰臣供奉官，竝于駕前稱賀。」[65]估計元稹應當就是在這一背景下寫作此賦的。

　　由本章第二節及附表六：唐代典禮賦之禮目架構一覽表，配合《兩唐書・禮儀志》及《唐會要》來看，可以發現：典禮在唐代是經常舉行，且名目非常繁多的。初時會以爲這些典禮類賦作，是援引經書典故紙上作文，不過在閱讀《新舊唐書・禮儀志》後，再進一步去了解唐代禮制，乃發現這些典禮賦其實很具有唐代典禮文化的代表性。了解唐代對於典禮的重視後，再來看典禮賦，可以說絕大多數的典禮賦其寫作都是作者具有參與典禮的親臨現場的眞實感受下所撰作之產物。文士實際參與國家典禮，因爲有著眾人集體參與的眞實感和臨場感，故而這些典禮賦

---

[64]　《文苑英華》，卷11，頁3a-3b，總頁55；又見《全唐賦》，第伍冊，卷34，頁3130。案：此賦亦有收入《元稹集》（冀勤點校，北京：中華書局，2000年重印），惟標點略有不同。（見上冊，卷27，頁326。）

[65]　王溥撰：《唐會要》（臺北：世界書局，1974年），卷29，〈祥瑞下〉，頁538。

具有高度社會性和宗教性的文化意涵，值得予以重視，它們需要被重新解讀和看待。

唐代施行禮制的客觀事實，可以從史籍閱讀中得知。讀《新、舊唐書・禮儀志》使我們了解唐代士人對國家典禮的重視。唐初，房玄齡（西元579—648年）、魏徵（西元580—643年）等人就編有《貞觀禮》；而後高宗時，長孫無忌（約西元597—659年）、杜正倫、李義府（西元614—666年）、李友益、劉祥道（西元595—666年）、許圉師（西元？—679年）、許敬宗（西元592—672年）、韋琨等人又增之爲一百三十卷，是爲《顯慶禮》；但《顯慶禮》的評價不太好，於是《貞觀禮》也還是並用之。玄宗開元十四年，張說（西元667—730年）建議針對前述二禮儀注不同處，加以修訂，以爲唐禮。於是詔徐堅（西元659—729年）、李銳、施敬本撰述，李銳去世後，由蕭嵩（西元668—749年）繼續，加上王仲丘，撰定一百五十卷的《大唐開元禮》。史稱：「由是，唐之五禮之文始備，而後世用之，雖時小有損益，不能過也。」[66]

貞元中，太常禮院修撰王涇爲《郊祀錄》十卷。今有《大唐開元禮》和王涇的《大唐郊祀錄》[67]，加上《唐會要》和史書中的記載，可以確知唐代之時禮儀的繁備。而五禮之中唯有凶禮與唐賦內容無關，其餘皆多少有所涉及，而就中最主要者乃在吉禮。

唐代所祀之神頗爲廣泛，包括大祀、中祀、小祀各種神祇，大祀包括天、地、宗廟、五帝及追尊之帝、后。中祀包括社、稷、日、月、星、辰、嶽、鎮、海、瀆、帝社、先蠶、七祀、文

---

[66] 《新唐書》，卷11，〈禮儀志〉，頁309。

[67] 王涇：《大唐郊祀錄》，北京：民族出版社，2000年。（與《大唐開元禮》合刊）

宣、武成王及古帝王、贈太子。小祀包括司中、司命、司人、司祿、風伯、雨師、靈星、山林、川澤、司寒、馬祖、先牧、馬社、馬步，州縣之社稷、釋奠。《新唐書・禮儀志》說這各式待祀神祇有四十六種之多，而其中必須天子親祠者有二十四種之多。而每年固定的常祀也有二十二種之多，包括：冬至、正月上辛，祈穀；孟夏，雩祀昊天上帝於圜丘；季秋，大享於明堂；臘，蜡百神於南郊；春分，朝日於東郊；秋分，夕月於西郊；夏至，祭地祇於方丘；孟冬，祭神州、地祇於北郊；仲春、仲秋上戊；祭於太社；立春、立夏、季夏之土王、立秋、立冬，祀五帝於四郊；孟春、孟夏、孟秋、孟冬、臘，享於太廟；孟春吉亥，享先農，遂以耕藉。[68]

唐賦中有祀昊天上帝、祀后土、及祀五帝於四郊者，還有祀靈星者。從這些賦作中可以明顯地看出其中呈現了當時的禮文化。為了更好地理解文士創作這些典禮賦的心態和背景，以下即透過唐代文士對封禪禮的重視和禮文化的重視等兩方面，列舉若干具體的實例來說明唐代文士的崇禮心態，而此一心態背後是有著強烈的文化信仰和使命感存在的。

第五節　唐代典禮賦的創作──以封禪禮為例

唐代文士表現在封禪禮上的心態是令人感到好奇的。他們熱烈地上書要求皇帝行泰山封禪大禮，而且在唐玄宗完成封禪泰山之禮後他們還覺得不夠，又要求玄宗封禪西嶽華山。封禪原本是

68　《新唐書》，卷11，〈禮儀志〉，頁310。

古代帝王至泰山舉行祭祀天地神祇的一種宗教式活動[69]，秦始皇、漢武帝、漢光武帝都曾行過封禪之禮，司馬遷在《史記・封禪書》中亦云：「自古受命帝王，曷嘗不封禪？」[70]在《管子・封禪篇》中曾說：「古者封泰山，禪梁父者七十二者，而夷吾所記者十有二焉。」其中列舉了無懷氏、虙羲、神農、炎帝、黃帝、顓頊、帝嚳、堯、舜、禹、湯、周成王，「皆受命然後得封禪。」[71]封禪之禮在經過秦始皇、漢武帝到漢光武帝之時，光武帝將封禪典禮定型為儒家化的國家最高祭天大典。[72]因而在東漢之時，封禪儀式就以象徵儒學之社會秩序和思想信仰的宗教化姿態出現了。[73]《白虎通・封禪》云：

> 王者易姓而起，必升封泰山何？報告之義也。始受命之日，改制應天，天下太平功成，封禪以告太平也。所以必於泰山何？萬物之始，交代之處也。[74]

袁宏（西元328─376年）《後漢紀・光武皇帝紀》亦云：

---

[69] 參見湯貴仁：《泰山封禪與祭祀》（濟南：齊魯書社，2003年），頁2。

[70] 《新校本史記三家注》（司馬遷撰、裴駰集解、司馬貞索引、張守節正義，點校本，臺北：鼎文書局，1993年），卷28，〈封禪書〉，頁1355。

[71] 王冬珍等校注：《新編管子》（臺北：國立編譯館，2002年），下冊，卷16，〈封禪〉，頁1083。

[72] 參見何平立：《巡狩與封禪──封建政治的文化軌跡》，頁229。有關封禪禮制的起源、歷代封禪禮的發展與演變，以及封禪禮隨著不同帝王施行時所蘊含之文化意義轉化等深入的論述，此書皆有詳細的探討。

[73] 何平立：《巡狩與封禪──封建政治的文化軌跡》，頁232。

[74] 班固撰、陳立疏證：《白虎通疏證》（吳則虞點校，北京：中華書局，1994年），卷6，〈封禪〉，頁278。

> 夫揖讓受終，必有至德於天下；征伐革命，則有大功於萬
> 物。是故王者初基，則有封禪之事，蓋以其成功告於神明
> 者也。夫東方者，萬物之所始；山嶽者，靈氣之所宅。故
> 求之物本，必於其始；取其所通，必於所宅。崇其壇場，
> 則謂之封；明其代興，則謂之禪。然則封禪者，王者開務
> 之大禮也。[75]

帝王登泰山，以其成功告於神明，是行封禪禮的主要意義。但是
帝王想要行封禪禮也並不是那麼容易之事。因為「雖受命而功不
至」、「德不洽」，沒有政績，國家不太平，沒有祥瑞，都不能
行封禪之事。[76]唐太宗時百官上表請求封禪，據《唐會要・卷七》
所載，陸陸續續地一直有百僚及雍父老詣朝堂上表請封禪[77]，但皆
欲行又止，功虧一簣，終唐太宗之世都未能東封，而只能望泰山
興嘆。[78]之後由唐高宗完成了封禪泰山的願望。唐高宗麟德二年十
月丁卯，高宗自東都洛陽出發，前往東嶽泰山，據載：

> 從駕文武兵士，及儀仗法物，相繼數百里，列營置幕，彌
> 亙郊原。突厥、于闐、波斯、天竺國、罽賓、烏萇、崑
> 崙、倭國及新羅、百濟、高麗等諸蕃酋長，各率其屬扈
> 從，穹廬氈帳，及牛羊駝馬，填候道路。是時頻歲豐稔，
> 斗米至五錢，豆麥不列于市，議者以為古來帝王封禪，未

---

[75] 袁宏：《後漢紀》（點校本，北京：中華書局，2002年），卷8，〈光武皇帝紀〉，頁153-
154。

[76] 參見何平立：《巡狩與封禪──封建政治的文化軌迹》，頁331，及湯貴仁：《泰山封禪
與祭祀》，頁3-4。

[77] 《唐會要》，卷7，〈封禪〉，頁79-95。

[78] 可參何平立：《巡狩與封禪──封建政治的文化軌迹》，頁322-327。

有若斯之盛者也。[79]

在這次的封禪禮中，武則天扮演了重要的角色。她積極地推動和參與這次封禪之事，之後她更命嵩山爲神嶽，前往嵩山行使大典。何平立《巡狩與封禪——封建政治的文化軌迹》對此剖析道：

> 從唐高宗的泰山封禪到武則天的嵩山封禪，是武則天謀國篡權、革唐之命，再造政治新格局的重要布局。[80]

在宗教信仰的神聖作用下，禮儀形式往往被賦予了特定的象徵意義，而儀式種種也反映了主體內在的觀念意識和心理狀態，成爲神人之間以及向社會傳遞信息的重要媒介。[81]行封禪禮不只是帝王欲展現其權力與正統性的場域，也是唐代文士們的一種文化嚮往。這一點可從文士們如此熱切地，一再上書要求皇帝行封禪禮這一點看出來，究竟他們背後的個人心態爲何？值得進一步去探究。

儘管行封禪禮是皇帝心中所願，但從相關史料中可以看出：他仍需要文武百官和地方人士不斷地上表敦請和催促，並且客觀條件成熟下才能行此封禪之事。

唐玄宗也是類似這樣的情況，他於開元十三年進行了泰山封禪之典。但這樣還不夠，「開元十八年，百寮及華州父老，累表請上尊號，並封西嶽，不允。」華州父老及百官請求玄宗封西

---

[79] 《唐會要》，卷7，〈封禪〉，頁96-97。

[80] 何平立：《巡狩與封禪——封建政治的文化軌迹》，頁334。

[81] 何平立：《巡狩與封禪——封建政治的文化軌迹》，頁340。

嶽，玄宗並沒有在一開始時就答應，一般而言，皇帝會多次拒絕，但最後由於要求封禪的輿論過於強大而不得不答應。「開元二十三年九月丁卯，文武百官尙書左丞相蕭嵩等，累表請封嵩、華二嶽。」[82]「天寶九載正月丁巳，詔以十一月封華嶽。」[83]然而非常可惜地，三月辛亥，因爲華山廟發生火災，加上關內大旱，於是停止封華嶽之舉。[84]

　　舉此「封華嶽」之例，目的乃在於進一步去理解文人對於此類國家禮典的心態和想法，包括去了解他們何以如此積極地去推動和鼓勵皇帝封禪？其心態爲何？

　　爲解答上述問題，先以杜甫（西元712—770年）爲例，探索文士之心態。杜甫有〈進封西岳賦表〉，文中杜甫自言自己乃年過四十，是長安一匹夫。而「頃歲，國家有事於郊廟，幸得奏賦，待罪於集賢，委學官試文章，再降恩澤，仍猥以臣名實相副，送隸有司，參列選序。」杜甫自言其並不敢奢望能得到官職，他更說他能以短篇隻字，一動人主，對他而言，已經是不負自幼多病貧窮好學了。他受到賞識已感到十分光榮，甚至更言「雖死萬足，至於仕進，非敢望也。」日夜憂迫，爲的是想報答聖慈，明臣子之效。更何況杜甫說他有肺氣之疾，恐怕自己不久於人世，擔心自己孤負皇恩。[85]於是他更作〈封西岳賦〉以勸，覬明主覽而留意。

　　因西嶽華山地處首都長安城的西方，屬金。而唐玄宗的本

82　《唐會要》，卷8，〈郊議〉，頁137。

83　《唐會要》，卷8，〈郊議〉，頁138。

84　《唐會要》，卷8，〈郊議〉，頁138。

85　以上俱見杜甫〈進封西岳賦表〉，杜甫撰、仇兆鰲注：《杜詩詳註》（臺北：里仁書局，1980年），第3冊，卷24，頁2158。

命屬金，故言是「陛下本命」，蓋因玄宗誕生於乙酉年，《淮南
子‧天文訓》云：「庚辛申酉，金也。」[86]酉屬金，金又當西方，
《舊唐書‧禮儀志三》云：

> 玄宗乙酉歲生，以華岳當本命。先天二年七月正位，八月
> 癸丑，封華岳神為金天王。開元十年，因幸東都，又於華
> 岳祠前立碑，高五十餘尺。又於嶽上置道士觀，修功德。
> 至天寶九載，又將封禪於華岳，命御史大夫王鉷開鑿險路
> 以設壇場，會祠堂災而止。[87]

《冊府元龜》卷三十六載崔翹亦云：「金方正位，合陛下本命之
符。」[88]故天寶九載禮部尚書崔翹等，均以此理由（當陛下本命）
請求玄宗封禪於西嶽。

其實本命信仰在唐代頗為盛行[89]，玄宗本人對此亦深信不
疑，早在先天二年，他就封華嶽神為金天王。開元十年，又於華
嶽祠前立碑，於嶽上置道士觀，修功德。天寶九載，將封禪於華
嶽。玄宗早因自己的本命之故而屢有崇重華嶽之舉。唐玄宗有一
篇〈西嶽太華山碑〉，當是開元十二年孟冬所作。[90]文中即顯示出
玄宗當時就已有想要封禪華山的想法了。

---

[86] 劉安等編撰、劉文典集解：《淮南鴻烈集解》（點校本，北京：中華書局，1989年），上
冊，卷3，頁124。

[87] 《舊唐書》，卷23，〈禮儀志三〉，頁904。

[88] 見《唐會要》，卷8，〈郊議〉，頁139。

[89] 參見賈二強：〈「本命」略說〉，《中國典籍與文化》，1998年第2期，頁46-49；及劉長東：
〈本命信仰考〉，《四川大學學報》（哲學社會科學版），2004年第1期，頁54-64。

[90] 參見清‧李榕纂輯：《華嶽志》（收入石光明等編：《中華山水志叢刊‧山志卷七》，北
京：線裝書局，影印道光刻本，2004年），卷6，頁159。

　　其次，從賈二強〈論唐代的華山信仰〉和王永平〈論唐代的山神崇拜〉二文看來[91]，其實民間崇祀華山早已行之久遠，玄宗之尊崇華山，實際上只是將民間既有的華山信仰納入官方祠祀的正統中，使之正統化和官方化。這在華山信仰的演變史上，完全呈現了由民間小傳統發展從而被納入大傳統的過程。

　　而杜甫作〈封西岳嶽賦〉實際上是一場預演的想像，他「預述上將展禮焚柴者，實覬聖意，因有感動焉。」[92]故而杜甫此賦是一篇想像之作，他預先模擬想像唐玄宗進行封禪西嶽華山大典的儀式內容，舖寫而成這一篇〈封西岳賦〉。依杜甫所言，他在此之前先獻過三大禮賦了。〈封西岳賦〉云：「上既封泰山之後，三十年間。」[93]唐玄宗於開元十三年東封泰山，所以〈封西嶽賦表〉應當獻於天寶十三年，[94]而且是孟冬之時。如此，則是已知華山廟火災之事。但杜甫仍是將封禪西嶽視為一件重要的大事，並預想撰文，目的都在勸玄宗行封西嶽之禮。

　　此外，要求封西嶽的還有很多人，例如閻隨侯有〈西嶽望幸賦〉，賦中點明是在「開元十八年」所作，賦中陸續舖敘「聖人之文教」、「聖人之武功」、「聖人之巡狩」、「聖人之報地」、「聖人之禮天」、「聖人之東封」、「聖人之致孝」，其中強調一點：「王者受命，必升中以因名山，告成功而紀厥美。」接著全以勸封西嶽為主題，如其云：「國家頻成大禮，天

---

[91]　賈二強：〈論唐代的華山信仰〉，《中國史研究》，2000年第2期，頁90-99；王永平：〈論唐代的山神崇拜〉，《首都師範大學學報》（社會科學版），2004年第6期，頁19-24。

[92]　杜甫撰、仇兆鰲注：《杜詩詳註》，第3冊，卷24，頁2159。

[93]　杜甫撰、仇兆鰲注：《杜詩詳註》，第3冊，卷24，頁2159。

[94]　開元十三年東封泰山，開元有廿九年，故開元時之十七年加天寶之十三年才差不多三十年，因此估計〈封西嶽賦〉當作於天寶十三年。

下大和，豐穰歲積，符瑞日多，聖人雖欲行謙光遜讓之禮，其如天意人欲何？其如鬼神符命何？誠可備西封之盛儀，採東巡之舊制。」蓋開元十三年玄宗東封泰山，故此乃欲勸玄宗西封華嶽，「如是則鴻猷振於萬古，盛烈光於千帝」。[95]這是另一則勸封西嶽之賦。

為何這些士人如此渴望皇帝進行封禪？王棨〈闕里諸生望東封賦〉中有一段說法可資參看，王棨此賦表達了闕里諸生渴望皇帝封禪泰山，但皇帝卻「執勞謙之德」，使他們渴望之心頗感遺憾，賦云：

> 所以山呈瑞應，水出榮光。國泰財阜，時豐俗康。固合陳俎豆，捧珪璋。高踐天壇之上，遙昇日觀之傍。而乃闕其儀，寢其議。蓋九重之鳳詔缺敷，四海之鴻恩未被。空令漢史，願陪檢玉之行；更切孔徒，渴見泥金之事。莫不引領延佇，凝情盡思。未遂相如之請，空吟叔寶之詩。夫子壇邊，恐雲龍之會晚；顏生巷裡，憂日月以來遲。況可後示百王，前觀萬姓。三千徒兮，今日斯懇。……當河清海晏之時，宜遵古典。……宜允儒者之心，登泰山而昭告。[96]

此賦可謂寫出了儒生渴望皇帝封禪的心情。而除了泰山的封禪外，前述西嶽華山的封禪，也是玄宗開元、天寶年間士人們不約

---

[95] 以上俱見《文苑英華》，卷27，頁3b-5a、6a、8a，總頁122-125；又見《全唐賦》，第參冊，卷15，頁1349-1353、1357。

[96] 王棨〈闕里諸生望東封賦〉不見載於《文苑英華》，見《全唐文新編》（周紹良主編，長春：吉林文史出版社，2000年），卷769，頁9175；又見於《歷代賦彙》，卷57，頁8-9；又見《全唐賦》，第陸冊，卷45，頁4067-4068。

而同的一致願望。

　　起初我們會以爲這些人之所以請求皇帝進行封禪是出自於自身的利益，或是爲了拍馬屁、歌功頌德。而在段成式（西元803—863年）的《西陽雜俎》中也的確記載了張說因爲勸進封禪，事成之後，得到玄宗的封賞，其他的勸進者也一樣，得到好的報酬。[97]然而如果從唐代文士崇禮文化的背景下來看時，當會有不一樣的看法與解讀。以下將再進一步從史籍材料中說明唐代文士的崇禮心態。

第六節　典禮賦與唐代文士之崇禮心態

　　《唐會要》中記載玄宗泰山封禪之事甚多，在此列出與張說有關之記載三則：

　　　　開元十三年十一月十日，式遵故實，有事泰山。[98]

　　　　開元十二年，四方治定，歲屢豐稔。群臣多言封禪，中書令張說又固請，乃下制以十三年有事泰山。於是說與右散騎常侍徐堅、太常少卿韋縚、秘書少監康子元、國士博士侯行果，刊定儀注。[99]

　　　　唐張說〈封禪壇頌〉：皇唐六葉，開元神武皇帝，再受命，

---

[97] 段成式：《西陽雜俎》（杜聰校點，濟南：齊魯書社，2007年），卷12載：「明皇封禪泰山，張說爲封禪使。說女婿鄭鎰，本九品官，舊例封禪後，自三公以下皆遷轉一級，惟鄭鎰因說驟遷五品，兼賜緋服。因大脯次，玄宗見鎰官位騰躍，怪而問之。鎰無詞以對。黃幡綽曰：『此泰山之力也。』」（頁81）一語雙關。相關記載又參《唐會要》，卷8，〈郊議〉，頁123。

[98] 《唐會要》，卷8，〈郊議〉，頁108。

[99] 《唐會要》，卷8，〈郊議〉，頁108。

致太平，乃封岱宗。[100]

從玄宗開元十三年這次的封禪之禮來看，張說可說扮演著一個主導者的角色，主導著這一場泰山封禪之禮。張說為什麼如此積極地要求唐玄宗行封禪禮？

雖然何平立《巡狩與封禪──封建政治的文化軌迹》書中對於唐玄宗開元封禪禮的意義，有很多精闢的見解和分析，最主要是說玄宗之封禪具有撥亂反正，革正斯禮的意義，掃除武后、韋后等曾在神聖儀式上的影響，重新確立皇朝思想信仰與社會秩序的合法性與合理性。[101]但是何平立之論說仍是從統治者謀求自身利益的角度或政治作用的角度來論述的。本文在此所欲著重強調者乃是唐代文士的崇禮文化及心態。張說可能也有一些個人或是基於國家大業上的政治考量，如前述何平立所分析的那樣，但一方面也有著對於禮文化的推崇和導正的使命感和責任感在。《新唐書‧張說傳》記載：「時禮俗衰薄，士以奪服為榮，而說獨以禮終，天下高之。」[102]由此看到張說對於禮的尊崇與實踐，而這種「獨以禮終，天下高之」的說法，也顯示了唐代文士社會對於禮文化的尊崇。

唐代典禮賦的許多作者都如同張說一般，是唐代的文士，他們也有重視禮文化的一面，以下舉例說明。例如劉允濟（約西元685─704年），著有〈天賦〉、〈地賦〉、〈明堂賦〉和〈萬象明堂賦〉。《新唐書‧文藝中》記載：劉允濟少孤，事母尤孝。工文辭，與王勃齊名。武后明堂成，奏賦述功德，手詔褒容，除

100　《唐會要》，卷8，〈郊議〉，頁119。

101　參見何平立：《巡狩與封禪──封建政治的文化軌迹》，頁365-372。

102　《新唐書》，卷125，〈張說傳〉，頁4406。

著作郎。後來被來俊臣構陷，幾死，會赦免，貶大庾尉。復爲著作佐郎，脩國史。常曰：「史官善惡必書，使驕主賊臣懼，此權顧輕哉？而班生受金，陳壽受米，僕乃視如浮雲耳。」[103]可見劉允濟於武后明堂建成後，撰寫〈明堂賦〉並不是爲了貪圖利益而作。

又如韓休（西元673—739年），著有〈奉和聖製喜雨賦〉、〈駕幸華清宮賦〉。〈奉和聖製喜雨賦〉撰作的背景乃因久未降雨，玄宗齋戒祈雨，後果見降雨，故玄宗作〈喜雨賦〉，韓休與張說、徐安貞、賈登、李宙等人奉和之，諸作並見於《文苑英華》卷十四。[104]雖然韓休〈奉和聖製喜雨賦〉作品中充滿歌功頌德之辭，如：「一人有慶，萬國歡心。群臣獻華封之壽，天子御薰絃之琴。」[105]但《新唐書》中言韓休峭鯁，時政所得失，言之未嘗不盡。其爲人正直，史載其敷陳治道，多訏直。[106]由此可見，在看待唐賦中歌功頌德之辭時，不宜斷然以此論斷作者的人格，或流於刻板的印象。

又如常袞（西元729—785年），撰有〈浮萍賦〉、〈春蒐賦〉，史稱其「狷潔」。[107]又如蕭昕，著有〈鄉飲賦〉、〈總章右个賦〉、〈仲冬時令賦〉、〈上林白鹿賦〉四篇賦，觀其所著四篇賦作，除〈上林白鹿賦〉外，其餘三篇都與禮有關。又如徐彦伯，著有〈南郊賦〉，卒於開元三年，史稱：彦伯屬辭，時稱「河東三絕」。會郊祭，上〈南郊賦〉一篇，辭致典縟。其品

---

[103] 《新唐書》，卷202，〈文藝中・劉允濟傳〉，頁5749。

[104] 《文苑英華》，卷14，頁1a-6a，總頁67-69。

[105] 《文苑英華》，卷14，頁3b，總頁68；又見《全唐賦》，第壹冊，卷6，頁614。

[106] 《新唐書》，卷126，〈韓休傳〉，頁4433。

[107] 《新唐書》，卷150，〈常袞傳〉，頁4809。

德，史傳載：彥伯事寡嫂謹，撫諸姪同己姓。[108]雖未明言其於禮之致力，但亦見其自身修養之嚴謹。

在行郊禮的這一制度的落實上，王仲丘、張九齡（西元678─740年）都曾經上書強烈要求落實郊禮之制。王仲丘上言主張：徧祭五方帝。認爲：祀五帝，各文而異禮，不容併而爲一。[109]認爲五帝要分別依時、依方祭祀，不能簡省爲一。而張九齡亦有勸唐玄宗行郊禮之疏，張九齡〈請行郊祀之禮疏〉強調：「伏以天者，百神之君，而王者之所由受命也。自古繼統之主，必有郊配之義，蓋以敬天命以報所受。」[110]而這郊祀之禮是不能因爲任何理由而有所闕的，疏中一再引述古人之言，強調郊祀之禮的重要性。王涇的《大唐郊祀錄‧序》亦云：「臣聞在昔聖王之御宇也，仰則觀天以知變，俯則考地以取象，因順變之道，作爲禮樂，化成人文，以光天下者，莫大乎郊祀。」

無論是強調郊祀重要性的王涇、張九齡，或是寫作典禮賦的蕭昕、劉允濟、徐彥伯，或是鼓吹皇帝進行封禪的張說、杜甫、閻隨侯，這些不同的人之間，從他們的作品和言論中，都可以看出他們具有某種特定的、共同的信仰和信念。具有儒家士人直諫典型的韓休，或是被正史稱爲「狷潔」的常袞，或是不能爲金錢所惑的劉允濟，他們都寫了具有歌頌功德之辭的賦作，但是這在他們而言，其在賦作中表現的思想，和他們平時素行之立身處世之道是一致而不相衝突的。於是我們有必要去深入理解他們背後的那個信仰和信念。

---

[108] 《新唐書》，卷114，〈徐彥伯傳〉，頁4201-4202。
[109] 《新唐書》，卷200，〈王仲丘傳〉，頁5700。
[110] 張九齡撰、熊飛校注：《張九齡集校注》（點校本，北京：中華書局，2008年），下冊，卷20，頁1091。

　　正如同杜甫、閻隨侯作賦堅請玄宗封禪華山一樣，作者這麼做的理由恐怕不能僅被單一化地解讀為是出自於個人一己私利的渴望，或視其為貪求一己之功名利祿。可能更需要從他們背後具有共同的禮文化信仰來看，正如第五節末所引之王棨〈闕里諸生請東封賦〉中所述一般，崇尚禮樂制度本就是儒生們共同的文化信仰和信念。他們期望帝王能夠恢復古禮。這一點亦可從《史記‧太史公自序》中載司馬談因不得參與漢武帝封禪之禮，「發憤且卒」這一點去體會。[111]

　　張說、蕭昕，以及許多士人，堅持皇帝應行郊祀之禮，因為他們相信聖人所傳經書中所說的話語。他們相信要依《禮記‧月令》的時令行事，從而恢復古禮，或是去擬訂新的一套他們心目中理想的上古禮制。

　　例如修建明堂便是一件國家大事。唐代的明堂已不是那個三代之時原始而簡陋的建築了，在武則天的期待下，建造出一個富麗堂皇，非常具有時代意義，很符合時代潮流的聖殿，依照聖賢所言，經過反覆推敲、考證才蓋出來的「明堂」。

　　從研究的結果，我們發現：其實唐代國家的禮制該怎麼實行，並不是完全以皇帝的想法為主，有時反而是儒生如張說、徐堅、王仲丘、張九齡等在主導著皇帝該怎麼做。什麼時候該做什麼事，一切都得依照時令，即使是皇帝也不能違反。而春夏秋冬，隨著不同的季節來臨，各有不同的國家典禮要進行，而這是固定的、規律的行程，皇帝必須依照時令和禮制行禮。換言之，禮制乃是在建立起一套國家制度，而此一制度的建立，將使國家運行有準則和規律，並非單單依靠皇帝一人喜怒與好惡，並非隨

---

[111]　參見《史記》，卷130，〈太史公自序〉，頁3295。

興而行。而這充滿了宗教信仰的敬神之禮，也使得皇帝及百官在
面對天地自然萬物之時懂得謙卑，懂得禮敬，收斂起其專制無上
的權力。這禮神敬天的背後自是中國社會自古以來即已有之的泛
神信仰、民間宗教，但卻在士人崇禮的信仰中又被納入到國家儀
典之中，成為官方例行的祭典。

第七節　結論

綜合以上所述，本文以唐代典禮賦作為主要的研究對象，參
酌唐代國家典禮之相關史料記載，對唐代典禮賦的價值、重要性
及其解讀提出了若干看法，解答一些先前閱讀的困惑，得到以下
五點結論：一、由唐代典禮賦的數量之多，可以看出唐代文士對
典禮賦的重視。二、由典禮賦及賦家傳記、相關資料中可以看出
賦家的崇禮心態。三、典禮賦中可以呈現出唐代的國家禮制，值
得吾人加以重視。四、唐代典禮賦較前代同類賦作數量更多、更
完整，同時又輔以國家對典禮的重視及科舉考試的需要，使得這
類賦作蘊含了豐富的社會文化意義在其中，其具有一定的研究價
值。五、研讀唐代典禮賦，有必要理解作者的寫作心態，是以必
須掌握唐代的時代氛圍和文士心態，以作出適切的理解。由前述
的探討中可知：唐代的典禮賦並非只是紙上文章，也不是文人空
想或虛擬之作，而是具有實際經驗的。例如賦題中寫到有事於南
郊或郊天之日者，皆指的是南郊祭天之禮，這是最重要的國家祭
禮，地點在城南的圜丘，參與的有大小文武百官，有祥雲出現，
太史會報，於是大家跟著一起歡欣鼓舞，充滿著濃厚的節慶意
味。例如元稹〈郊天日五色祥雲賦〉歌詠五色祥雲，唐賦中這類
大量的歌詠祥瑞之作，均可一視同仁看待，元稹視自己與皇帝、

群臣、百姓皆為國家的生命共同體，故而祥瑞的出現也跟著由衷地感到高興。

　　尤其值得注意的是，在祭祀典禮中由於這是一個比較特殊的場合，行禮的場所和整體營造的氛圍都特別具有濃厚的宗教性，於是皇帝和文武百官們置身於一個神聖空間之中，在這充滿宗教符號的場所中，搭配著嚴肅的儀式進行和宗教儀典的音樂，有條不紊地掌握著每一個細節，唯恐有任何錯誤及閃失。在這樣的場所中洋溢著濃厚的宗教氣息，在群體意識的引導下，眾人有著共同一致的信仰，他們在這充滿莊嚴與神聖的儀式中合而為一，有著共同一致的目標，祈求國家的國泰民安與國運昌隆。典禮賦中許多頌德之辭相信即是在這樣的背景下寫作完成的，因此透過宗教人類學或宗教社會學的方式亦將有助於我們去理解這些典禮賦。

　　士人以聖人所傳之經書作為實現具體典禮的最高指導原則。雖然彼此之間有不同的見解、有爭辯，如明堂是五室還是九室？封禪儀注中的先燔後祭或是先祭後燔？[112]但這些都只是過程，最終的目標仍是要實際地去行禮，去完成這一典禮、儀式。因而，在經書之中，禮樂可說是最能付諸實踐，實際拿出來執行的。而在唐賦中，典禮賦可說是反映了唐代士人在特定社會文化背景下集體的文化心靈。

---

[112] 如《新唐書》，卷200，〈康子元傳〉中便記載相關的爭論。（頁5701）

附 表

附表四

《文苑英華》第一冊禋祀類收錄賦作一覽表

編號	扁名	作者	卷／頁
1	南郊賦	徐彥伯	v54/p242
2	朝獻太清宮賦	杜甫	v54/p244
3	朝享太廟賦	杜甫	v54/p245
4	有事于南郊賦	杜甫	v54/p246
5	至日圓丘祀昊天上帝賦	蕭穎士	v55/p248
6	至日圓丘祀昊天上帝賦	賈餗	v55/p248
7	東郊迎氣賦		v55/p248
8	東郊迎春賦	王起	v55/p249
9	東郊迎春賦	謝觀	v55/p249
10	西郊迎秋賦	張秀明	v55/p250
11	西郊迎秋賦	馬逢	v55/p250
12	北郊迎冬賦	王起	v55/p250
13	東郊朝日賦	陸贄	v55/p251
14	南郊享壽星賦	周鈐	v55/p251
15	迎長日賦	柳宗元	v56/p252
16	迎長日賦	李程	v56/p253
17	禋六宗賦	王起	v56/p253
18	祠靈星賦		v56/p253
19	祀后土賦	張餘慶	v56/p254
20	大蜡賦	楊諫	v56/p254

21	焚柴賦	何廻	v56/p255
22	雍畤舉燧火賦	王起	v56/p255
23	郊特牲賦	韋充	v56/p256
24	明水賦	崔損	v57/p257
25	明水賦	賈稜	v57/p257
26	明水賦	歐陽詹	v57/p257
27	明水賦	韓愈	v57/p258
28	明水賦	陳羽	v57/p258
29	明水賦		v57/p259
30	大羹賦	施肩吾	v57/p259
31	象樽賦		v57/p260
32	黃目樽賦	李程	v57/p260
33	黃目樽賦	裴度	v57/p260

附表五

《歷代賦彙》典禮類收錄唐代賦作一覽表

編號	篇名	作者	卷／頁
1	南蠻北狄同日朝見賦	穆寂	v47/p2
2	南蠻北狄同日朝見賦	王起	v47/p3
3	朝呼韓邪賦	闕名	v47/p3
4	周公朝諸侯於明堂賦	謝觀	v47/p4
5	叔孫通定朝儀賦	白居易	v47/p5
6	南郊賦	徐彥伯	v47/p18
7	有事于南郊賦	杜甫	v47/p20
8	至日圓丘祀昊天上帝賦	蕭穎士	v47/p23
9	至日圓丘祀昊天上帝賦	賈餗	v47/p24
10	迎長日賦	柳宗元	v48/p27
11	迎長日賦	李程	v48/p28
12	焚柴賦	何迴	v48/p29
13	郊特牲賦	韋充	v48/p29
14	雍畤舉燧火賦	王起	v48/p30
15	祀后土賦	張餘慶	v49/p2
16	禋六宗賦	王起	v49/p3
17	祀靈星賦	闕名	v49/p4
18	南郊享壽星賦	周鈐	v49/p5
19	東郊朝日賦	陸贄	v49/p5
20	東郊迎氣賦	賈餗	v49/p6

21	東郊迎春賦	王起	v49/p7
22	東郊迎春賦	謝觀	v49/p8
23	西郊迎秋賦	張秀明	v49/p10
24	西郊迎秋賦	馬逢	v49/p10
25	北郊迎冬賦	王起	v49/p11
26	大蜡賦	楊諫	v49/p12
27	朝獻太清宮賦	杜甫	v49/p13
28	朝享太廟賦	杜甫	v49/p15
29	封西嶽賦	杜甫	v49/p17
30	黃目樽賦	李程	v50/p4
31	黃目樽賦	裴度	v50/p5
32	象樽賦	闕名	v50/p6
33	太羹賦	施肩吾	v50/p7
34	明水賦	崔損	v50/p8
35	明水賦	夏稜	v50/p8
36	明水賦	歐陽詹	v50/p9
37	明水賦	韓愈	v50/p10
38	明水賦	陳羽	v50/p11
39	明水賦	闕名	v50/p12
40	庭燎賦	王起	v50/p17
41	庭燎賦	楊濤	v50/p18
42	藉田賦	闕名	v51/p3
43	藉田賦	李蒙	v51/p4
44	藉田賦	石貫	v51/p5

45	藉弄田賦	王粲	v51/p14
46	千畝望幸賦	闕名	v51/p15
47	貢士謁文宣王賦	黎逢	v52/p1
48	太學觀春宮齒胄賦	闕名	v52/p1
49	貢舉人見於含元殿賦	闕名	v52/p3
50	鄉飲賦	闕名	v52/p22
51	正月一日含元殿觀百獸率舞賦	鄭錫	v52/p31
52	千秋節勤政樓下觀舞馬賦	錢起	v52/p32

附表六

唐代典禮賦之禮目架構一覽表

任爽《唐代禮制研究》唐代禮制架構		《大唐開元禮》禮目	唐代典禮賦篇目
吉禮	A. 昊天上帝與五方帝	1. 冬至祀圜丘	1. 蕭穎士〈至日圜丘祀昊天上帝賦〉
			2. 賈餗〈至日圜丘祀昊天上帝賦〉
			3. 元稹〈郊天日五色祥雲賦〉
			3. 崔立之〈南至郊壇有司書雲物賦〉
			4. 郭遵〈南至郊祭司天奏雲物賦〉
			5. 徐彥伯〈南郊賦〉
			6. 杜甫〈有事於南郊賦〉
			7.〈迎長日賦〉
		2. 正月上辛祈穀於圜丘	
		3. 季秋大享於明堂	
		4. 季夏土王日祀黃帝於南郊	
		5. 立秋祀白帝於西郊	馬逢〈西郊迎秋賦〉
			張秀明〈西郊迎秋賦〉
		6. 立冬祀黑帝於北郊	王起〈北郊迎冬賦〉
	B. 日月星辰	7. 春分朝日於東郊	王起〈東郊迎春賦〉
			謝觀〈東郊迎春賦〉
			陸贄〈東郊朝日賦〉
			李翱〈日賦〉
			王奉珪〈日賦〉
			李邕〈日賦〉
		8. 祀靈星	〈祀靈星賦〉
			郗昂〈老人星賦〉
			楊炯〈老人星賦〉
			周鈞〈南郊享壽星賦〉
	C. 地祇與后土	9. 夏至祭於方丘（皇地祇）	〈祀后土賦〉
	D. 百神與五龍	10. 皇帝臘日蜡百神於南郊	〈大蜡賦〉
			〈蜡日祈天宗賦〉
	E. 祖宗與玄元皇帝	11. 時享於太廟	杜甫〈朝享太廟賦〉
			杜甫〈朝獻太清宮賦〉
	F. 社稷與先農先蠶	12. 孟春吉亥享先農－耕藉	〈藉田賦〉
			〈藉田賦〉
			〈藉田賦〉
			〈千畝望幸賦〉
			〈觀農賦〉
			〈耕弄田賦〉

	G. 風雨雷與司寒	13. 孟冬祭司寒（納冰、開冰附）	〈藏冰賦〉
			〈藏冰賦〉
			〈開冰賦〉
	H. 嶽鎮海瀆與封禪	14. 封祀於太山	〈闕里諸生望東封賦〉
			〈焚柴賦〉
		15. 禪於社首山	
		16. 祭五嶽四鎮	王起〈雍時舉燧火賦〉
			杜甫〈封西嶽賦〉
			閻隨侯〈西嶽望幸賦〉
		17. 時旱祈於 (1) 太廟 (2) 太社 (3) 祈嶽鎮於北郊	唐玄宗、張說、韓休、徐安貞、賈登、李宙等人之〈喜雨賦〉
		18. 皇帝皇太子視學	朱休〈駕幸太學賦〉
			〈太學觀春宮齒冑賦〉
		19. 國子釋奠於孔宣父	黎逢〈貢士謁文宣王賦〉
			〈太學釋奠觀古樂賦〉
		20. 其他	〈禋六宗賦〉
			〈勤政樓視朔觀雲物賦〉
			〈土牛賦〉
賓禮	A. 蕃夷	21. 蕃國王來朝	王起〈南蠻北狄同日朝見賦〉
			穆寂〈南蠻北狄同日朝見賦〉
軍禮	A. 親征與巡狩	巡狩 (1) 告於圜丘 (2) 告於太社 (3) 告於太廟	李子卿〈飲至賦〉
	B. 飲至		崔損〈飲至賦〉
			趙子卿〈出師賦〉
	C. 講武與田狩	22. 講武	趙自勵〈出師賦〉
			梁獻〈出師賦〉
			〈開三面網賦〉
			裴度〈三驅賦〉
			〈大閱賦〉
			胡璹〈大閱賦〉
			〈春蒐賦〉
	D. 大射與觀射	23. 皇帝觀射於射宮	〈射宮試貢士賦〉
	E. 儺	24. 大儺	〈大儺賦〉
嘉禮	A 朝參與朝賀	25. 千秋節受群臣朝賀	趙自勵〈八月五日花萼樓賜百官明鏡賦〉
	B. 讀時令	26. 皇帝於明堂讀春令、讀夏令、讀秋令、讀冬令；太極殿讀五時令	〈讀春令賦〉
	C. 鄉飲酒	27. 鄉飲酒	蕭昕〈鄉飲酒賦〉

附表七

〈月令考〉所列《呂紀》《月令》五行說一覽表

五行＼四時	春	夏	中央	秋	冬
五行	木	火	土	金	水
四方	東	南	中	西	北
十日	甲乙	丙丁	戊己	庚辛	壬癸
五帝 [113]	太皞 （太昊）	炎帝	黃帝	少皞 （少昊）	顓頊
五神	句芒	祝融 （**朱明**）	后土	蓐收	玄冥
五星 [114]	**歲星**	**熒惑**	**鎮星**	**太白**	**辰星**
五獸	**蒼龍**	**朱鳥**	**黃龍**	**白虎**	**玄武**
五帝色 [115]	青帝 （蒼帝）	赤帝	黃帝	白帝	黑帝
五帝名	靈威仰	赤熛怒	含樞紐	白招拒	叶光紀
五蟲	鱗	羽		毛	介
五音	角	徵	宮	商	羽

---

[113] 有關五帝、五神在先秦兩漢文獻中之異說，可參見黃銘崇博士論文，Hwan Ming-Chong，Ming-tang：cosmology, political order and monuments in early China.（Diss. Harvard University, 1996）頁791有列一張表。

[114] 表中黑體字部分係筆者依《淮南子‧天文訓》所加。

[115] 標楷體字為筆者所加，此係鄭玄之說，又見於賈公彥《周禮‧天官‧大宰》「祀五帝」疏（參《周禮注疏》〔鄭玄注、賈公彥疏，南昌府學本，臺北：藝文印書館，1993年〕，卷2，頁20a。）；《春秋緯‧文耀鈎》中亦可見。（參安居香山、中村璋八輯：《緯書集成》〔石家庄市：河北人民出版社，1994年〕，中冊，頁662。）

〈月令考〉所列《呂紀》《月令》五行說一覽表

十二律	太蔟 夾鍾 姑洗	仲呂 蕤賓 林鍾		夷則 南呂 無射	應鍾 黃鍾 大呂
五數	八	九	五	七	六
五味	酸	苦	甘	辛	鹹
五臭	羶	焦	香	腥	朽
五祀	戶	灶	中霤	門	行
五祀祭先品	脾	肺	心	肝	腎
明堂	青陽	明堂	太廟	總章	玄堂
五色	青	赤	黃	白	黑
五穀	麥	菽	稷	麻	黍
五牲	羊	雞	牛	犬	彘

附表八

月令、律呂、明堂居處配置表

月	律呂	天子明堂居處	地支
孟春	大蔟	青陽左个	寅
仲春	夾鍾	青陽大廟	卯
季春	姑洗	青陽右个	辰
孟夏	中呂	明堂左个	巳
仲夏	蕤賓	明堂大廟	午
季夏	林鍾	明堂右个	未
中央土	黃鍾	大廟大室	
孟秋	夷則	總章左个	申
仲秋	南呂	總章大廟	酉
季秋	無射	總章右个	戌
孟冬	應鍾	玄堂左个	亥
仲冬	黃鍾	玄堂太廟	子
季冬	大呂	玄堂右个	丑

附圖一

興慶宮位置圖

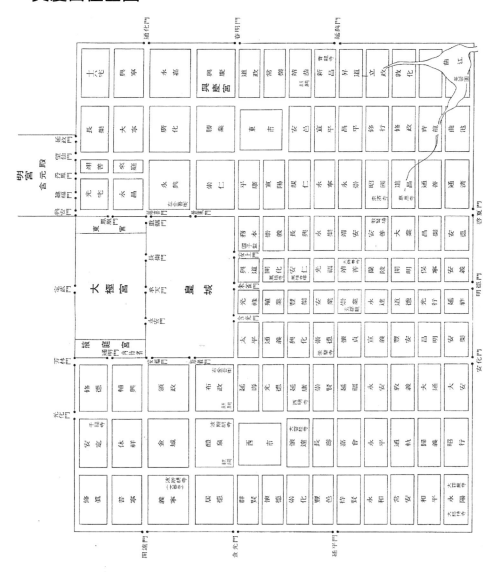

第四圖 長 安 城 圖（四）

附圖二

勤政樓位置圖

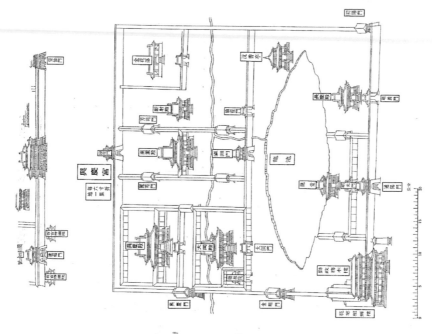

第二七圖 興 慶 宮 圖（二）

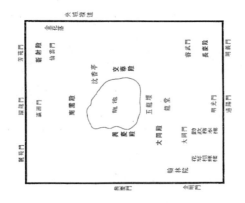

第二六圖 興 慶 宮 圖（一）

附圖三

〈月令〉天子所居明堂位置圖[116]

北

玄堂右个 13	玄堂太廟 12	玄堂左个 11	
總章右个 10			青陽左个 1
總章太廟 9	太室 7		青陽太廟 2
總章左个 8			青陽右个 3
	明堂右个 6	明堂太廟 5	明堂左个 4

西　　　　　　　　　　　　　　　　　　　　東

南

---

[116] 此圖係大抵依據黃銘崇博士論文頁701所繪，略加修改而成。改動的部分在於原黃圖數字只有十二，此則為十三。"Ming-tang:*Cosmology, Political order and Mounuments in Early China, Hwan, Ming-chorng* (PhD diss., Harvard University, 1996).

第六章
結論

第一節　本研究的回顧與總結

前人敘述各朝代辭賦發展時，多以形式體製的演變為主，敘述各朝代賦發展上的特色與差異，也因此漢賦與唐賦在賦史敘述的脈絡中往往是涇渭分明的，甚至是對立的。

但是本書第二章中指出賦的「體國經野，義尚光大」的精神其實是在看待賦這個文體時更需要去注意的。相較於外在的形式體製，其實內在的精神實質更值得我們去注意。

儘管唐賦在形式體製上篇幅變得短小，多長隔句對、又有限韻和律化的律賦形式，[117]但是觀察唐賦創作者創作時的心態和文化情境實與漢賦，特別是大賦的作者遙相呼應，在心情和寫作態度上是一致的，其為帝國書寫的心態是昭然若揭的。而且觀察歷朝歷代的賦作，帝國書寫形態的賦作往往占據重要的分量與位置。

第三章則是透過自然物象賦作的表現，分析出這類賦作以天地、歲時、天子為中心出發的人文思維，這一點從類書和詩賦總集的題材分類次第中也可以看出。以天地山川等全景式物象為主的自然賦作，其賦家筆下的山川萬物其實都是帝國天子的資產，

---

[117] 參見廖健行：〈唐代律賦與律〉，《科舉考試文體論稿：律賦與八股文》（臺北：臺灣書店，1999年），頁2。

因此納入歌頌的目的正是爲帝國的擁有而感到欣喜的歡慶歌頌。
而聚焦式自然物象賦作則有歌功頌德型與體物言志型兩類。歌功
頌德型所佔比例甚高，這多顯示出作者在宮廷或應試等社會場合
寫作，有特定的寫作對象和寫作情境、讀者，一切皆與宮廷或官
宦社交生活有關。而體物言志賦所佔比例較少，但是由於這是
脫離特定目的和場合的私下寫作，因此多能表現作者一己的思想
情感，也是較容易爲現代人欣賞和理解之作。不過，正如柯律格
（Craig Clunas）《明代的圖像與視覺性》中所強調的：如果只
關注文人畫不能了解中國畫的全部。[118]同樣地，如果只關注抒情
言志的個人書寫也不能了解全部的唐代文學與文化。

　　以抒情言志傳統爲評價標準的批評觀點主導了文學史和文學
評價，這往往使得我們會去忽略掉歷史上曾經發生過而且對當時
文人而言是很重要的片段與場景，他們生活在大唐帝國之中，他
們仕宦於朝或是期待進入官宦體系，他們的生活重心以朝廷中的
活動爲主，因而這類帝國紀錄中的種種事件才是他們生活和工作
中的重心。

　　如果再從唐賦寫作者所受的教育和所讀的書籍去看的話，相
信經學仍是這些賦家最主要的閱讀對象。由唐賦作品中出現大量
的經藝書寫現象看來，更可以證明這些作者在經學教育上具有一
定程度的深入了解和基礎，並不是像我們之前所想像的文學作家
與經學家截然二分的狀態，這並不符合唐代實際的社會情況。透
過第四章對唐賦經藝書寫現象的探討，可以使我們了解：經學即
使在唐代以詩賦作爲科舉考試的科目內容時，也並沒有忽略經學

---

[118] 參見〔英〕柯律格著、黃曉鵑譯：《明代的圖像與視覺性》（Pictures and Visuality in
　　 Early Modern China）（北京：北京大學出版社，2011年）一書，特別是第一章和第七
　　 章。

的重要性。即使是試賦的命題作文考試，主考官仍是會出一些與經學相關的題目，藉以測試考生的程度。而賦作也不是只是純粹的文辭華美、音律諧和之作。在經藝書寫的命題測試中，連帶地也測試了考生的知識面向，對聖人之書內容的理解和掌握，能否融會貫通的表達。事實上，賦作也傳達了作者一定的思想。這都是過去並沒有被強調和提出的說法，或者過去太集中焦點於科舉考試的缺點和弊病，由於對考試掄材的負面觀感，多少也連帶地影響了研究者的許多興趣與判斷。

經藝書寫也不僅僅只是為科舉考試而存在，它更成為仕宦後擁有官職的文人書寫時重要的寫作思想中心。因為如果要在賦作中進行勸諫，經學思想往往仍是這些作者的思想核心。而唐賦中大量的治道與儒學相關之作，都顯示出賦家參與國家公眾事務的使命感與責任感。

而第五章典禮賦的探討，更集中地展現了士人以禮樂為中心的儒家思想。正是這種以禮樂為本的思想使得唐代士人崇尚禮樂文化，在唐賦中也有相應的表現。而且禮樂文化並不是紙上談兵，而是要實際施行、實踐的行為，這使得實際參與大大小小國家典禮儀式的文人不禁在集體的禮樂文化活動中有感而發進行典禮賦的創作。

第二節　本研究的價值與展望

雖然前人都認為漢賦與唐賦二者間有著許多不同，而唐賦中又存在著大量生平不詳的作者。不過由唐代可以看到賦的某些特點，雖然這些特點漢賦也有，但從唐賦大量現存的作品中更容易清楚地看出這些特點。

　　唐賦的作者在創作時多是為帝國或帝王而寫，其出發點是公眾性的，是以社會我的角度出發而寫作的；至於一般情志書寫的詩文，都是以作者的私人性、一己性出發的。二者並不相同。然則看似沒有私我之情的唐賦寫作，正是作者以其參與公眾事務之姿所進行的發言。

　　這類以社會我的角度出發寫作的賦，其中最重要的是以儒家為主的經學思想，以禮治、教化治國，崇尚「禮治」是許多作者們寫作時抱持的理念，落實在具體的政治環境中，京都賦又是最能表現其理念者，藉由都城的體制、文化，可以在賦作中表現自己的理念。本書附論第一章即以張衡〈二京賦〉為例，說明張衡在京都賦寫作中的諷喻意涵。

　　雖然「帝國書寫」一詞看似普通，過去偶爾也被拿來使用，但是究竟這個詞的定義和內涵為何？卻從來沒有人去討論過。本研究認為：「帝國書寫」已經不是一個普通的一般性詞彙，它在經過相關的研究論述後將成為一個學術上專有的術語。「帝國書寫」指稱的是一種特有的文學現象，而這個文學現象在歷史上存在已久，是帝制時代重要的一種文學現象。其表現為文學創作者為帝王或帝國出發而進行的創作，及由帝王或帝國的視角進行觀看的寫作。民國以來的文學史，基於革命觀點和左翼思潮，都對帝制時代的這種文學現象全盤否定，痛予批判。雖然今日時代已經改變，思潮也早已幾經變化，但是人們對於賦的認知和其文化現象的解釋仍然很難脫去長期以來所積累的印象，也始終難以拋去諸多既有的成見。本書附論第二章中即以胡學常《文學話語與權力話語──漢賦與兩漢政治》及馮良方《漢賦與經學》二書為

例，[119]對其中進行漢賦與經學關係探討的說法進行評介。從中可見對帝制時代的否定，尤其表現在經學上更爲明顯，故而詮釋漢賦與經學關係時，詮釋者本身的立場也往往影響著詮釋的結果。

本書從「賦寫帝國」（painting the empire）的角度來重新解讀和看待唐賦能使我們從中看到眞正屬於大唐盛世的景象，可以看到四夷對大唐的賓服，大唐舉行典禮或節慶時的盛況，與國際交流繁榮的景象。這些都是在文人抒情言志賦中看不到的面向。

而由本書的研究也可以讓我們重新思考一些文學研究重要的問題，例如當我們關注某一文體時，往往注意它的形式體製或題材內容，但是如果忽略形式體製或題材內容既定的框架，是否可以從大量的作品中找到其中共同的寫作視角和特點？正如本研究由大量唐代賦作中發現的帝國書寫特質一樣，由此而掌握了大賦寫作的實質精神，進而也發現了「帝國書寫特質」是賦體獨有，並超越時代藩籬的一項重要賦體特質。

其次，文學創作不能脫離其社會文化的創作語境，同樣地，文學的研究也不能脫離對作品時代社會背景的理解和掌握。從作品創作的社會文化背景入手是本研究主要的研究進路，而這樣的研究方式使本研究在第四章和第五章能有比較細膩地與史料結合的分析和詮釋成果，無論是賦的經藝書寫或是典禮賦都可以說在這方面樹立了專題式研究的議題和成果，可以開啓後續的研究。

其三，本研究指出賦的帝國書寫特質有助於我們對賦此一文體的正確解讀與重新評價。同時也讓我們重新反省文學中個體文學與集體文學的差別，私文學與公眾文學或國家文學的不同，而

---

[119] 胡學常：《文學話語與權力話語──漢賦與兩漢政治》（杭州：浙江人民出版社，2000年）。馮良方：《漢賦與經學》，（北京：中國社會科學出版社，2004年）。

進一步思考是否可能將公眾文學或國家文學納入文學的範疇中予以重新的評價？

在賦的帝國書寫特質這一面向上，還可以有很多後續的研究與發展，本研究僅是一個開端而已，未來可以繼續進行的方向包括：

（一）經藝書寫的後續研究。例如賦與緯書的關係、賦中的聖人或聖王形象，以及經藝書寫與科舉考試的關係可以做更進一步的探討，也可以擴大範圍，將詩文納入一併進行探討。經藝書寫的外在時事聯結也是可以繼續再發展的課題。正如本書第四章中所提及的科舉試賦命題的研究，與當時時事間的關聯，如能就此進一步進行考察，也能深入和考察出作品與外在時間和命題間的關聯。

（二）典禮賦中禮目很多，每項禮典和其相關賦作都可以獨立進行歷時性的主題研究，例如封禪與其相關賦作的研究，或是進行其中山嶽書寫的研究。[120]經藝書寫和典禮賦的研究，是從整體上、集合式地進行綜合的論述，未來也可以擇其中之一項專題進行研究探討。例如巡狩或蒐狩、大閱之禮、郊祀之禮等。

唐賦研究其實有很多可以開發的面向，以往都集中於律賦的研究或是與漢賦比較，但唐賦與唐代的社會文化有著許多的互滲與結合，在科舉考試的制度下，有著複雜和緊密的關係可以探討。如果能循此一方向思考，相信未來將可以開創出更多元、豐富的辭賦研究成果。

---

[120] 例如許東海有山嶽書寫的相關研究論文如下：許東海：〈山嶽‧經典‧世變——唐華山賦之山嶽書寫變創及其帝國文化觀照〉，《漢學研究》，第28卷第2期，2010年6月，頁267-295。許東海：〈本體‧文體‧身體——明代賦家喬宇、王祖嫡之華山巡禮及其創意之旅〉，《中正大學中文學術年刊》，2007年第2期（總第10期），2007年12月，頁41-60。

附 論

第一章
張衡〈二京賦〉的帝京書寫與諷喻意涵

第一節　漢代的京都賦與帝京書寫

　　漢代京都賦的寫作可說是漢代完成大賦體式最爲重要，也最爲典型的代表。班固（西元32—92年）在〈兩都賦序〉中提出了對於賦體非常重要而且關鍵性的看法，如其強調賦有「抒下情而通諷諭」和「宣上德而盡忠孝」的功能。[1]而其〈兩都賦〉的寫作不但開創了賦體文學中的帝京書寫傳統，且亦成爲歷代京都賦寫作摹仿的對象。無論是〈兩都賦序〉或是〈兩都賦〉都彰顯了賦體帝國書寫的特質，或許可以這麼說：像這類具有典型帝國書寫特質的賦作大多具有「潤色鴻業」的功能。包括京都賦在內的漢代大賦如同帝國重要活動的記錄一般，記載了很多昔日帝國的榮光。今日的讀者透過漢賦正適足以去懷想那個曾經風光一時的大漢帝國！

　　班固〈兩都賦〉厥爲《文選》首篇，由此可知傳統上一直將京都賦視爲是大賦的典型代表。[2]然而京都賦除以其帝國中心之姿

---

[1]　班固：〈兩都賦序〉，見蕭統編：《文選》（李善注，胡克家刻本，臺北：華正書局影印，1995年），卷1，頁2b，總頁21。

[2]　誠如許結在〈漢賦與帝京文化〉一文中所云：「漢大賦則首先以尊崇帝京而與《詩》《騷》劃出疆界。」（收入氏撰：《賦體文學的文化闡釋》〔北京：中華書局，2005年〕，

構成其他文體所無法取代的文體特徵之外，更具備了多方面的成就和豐富的帝京文化意涵，晚近學界對此關注漸多，如南京大學的許結教授在其《賦體文學的文化闡釋》書中對此就有不少精彩的論述，如其闡述大賦與帝京文化的關係，云：「漢大賦是中國古代真正的完型的帝京文化的形象表述。」[3]又其云：自漢武帝後政治上形成一種大一統的格局，賦也與之相應而具有這種大一統的文化精神在其中。在大一統的帝國統治下，作為「宸居」所在的帝都便成為大一統帝國的政治、經濟和文化中心，因而京都賦便是以一個「帝國中心」之姿占據了最重要的版面、最主要的位置。京都大賦的創作宗旨是班固所謂的「博我以皇道，弘我以漢京。」（〈西都賦〉）[4]

　　許結不但關注到了京都賦作所具有的帝國書寫特色，並且也將視角延伸到這類作為漢代最具有一代文學代表性的大賦與帝京文化、帝國文化間的密切關係。又如王欣慧的博士論文《歷代京都賦的文化審視》從歷時的角度對歷代的京都賦進行細緻地解讀和分析，重新審視京都賦與帝京文化間的相互定義與描繪，彰顯出京都賦重要的文化意涵。[5]其也綜合多位大陸學者之說，云：

> 漢大賦中的歌頌，是象徵帝國的強盛與天子的聲威，是大一統國家的禮儀所需，至於鋪張揚厲的書寫形式，則是巨麗之美的表現，是一種自覺的藝術創造。[6]

引文見頁3。）

[3]　許結：《賦體文學的文化闡釋》，頁1。

[4]　班固語見〈兩都賦〉，《文選》，卷1，頁4a，總頁22。又此段敘述乃摘要自許結：《賦體文學的文化闡釋》，頁1-8。

[5]　參見王欣慧：《歷代京都賦的文化審視》，臺北：國立政治大學中國文學系博士論文，2009年12月。

[6]　王欣慧：《歷代京都賦的文化審視》，頁1。

京都賦之特殊性和代表性均由此可見一斑！此外，俞紀東《漢唐賦淺說》則從創作動機背後所隱含的政治爭論問題切入來分析，其云：

> 描寫京都的賦作，是因為東漢遷都洛陽而引出的。最初，杜篤作〈論都賦〉以反對遷都，由此引起了東漢初年關於應否遷都洛陽的一場大爭論。班固作〈兩都賦〉，崔駰作〈反都賦〉，傅毅作〈洛都賦〉與〈反都賦〉，都是為遷都洛陽作辯護的。其中班固的〈兩都賦〉尤引人注目，全賦長達四千餘字，雖有模仿司馬相如和揚雄賦的痕跡，但是鋪陳時多從徵實而少虛誇，多用對偶句，篇末用五首詩（其中三首四言體，兩首楚辭體）作收束，風格典雅明麗，所以劉勰評論說：「（班）孟堅〈兩都〉，明絢以雅瞻。」（《文心雕龍·詮賦》）……（張衡）〈二京賦〉的規模更為恢宏，……已不再像此前的大賦那樣以頌漢為中心，而更加注重諷諫功能。[7]

東漢京都賦的興起，雖然是源自於遷都的爭論，但終究樹立起大賦寫作的一種典型。誠如曹勝高在《漢賦與漢代制度》第一章中所言：

> 遷都之爭中形成並興盛起來的京都賦，以其「體國經野」的寬闊視野和「義尚光大」的藝術容量，進一步拓展了漢賦的體制，使京都賦成為漢賦創作的極致，在中國文學史

---

[7]　俞紀東：《漢唐賦淺說》（上海：東方出版中心，1999年），頁29。

上具有重要的地位。[8]

之後歷朝歷代也不乏京都賦之寫作，這樣的寫作傳統之所以能被建立，箇中原由或許正如王欣慧所論斷的：

> 京都賦除了以其「體國經野，義尚光大」的功用為一統政權服務而獲得重視外，更因其具備了豐富的歷史知識、地理知識、文字知識、草木鳥獸知識而廣受青睞。[9]

京都賦因為可以展現一己之才學，表現恢宏廣博的視野和百科全書式的知識，成為文士競才表現的一種挑戰！

然而賦體本身如班固所言具有雙重的作用，包括頌美與諷喻，頌美即所謂「宣上德而盡忠孝」，諷喻即「抒下情而通諷喻」，這樣的寫作動機與目的也是有其淵源的，馮良方在《漢賦與經學》一書中即指出漢賦的諷諫精神與頌美意識之思想源頭與經學有高度的密切關係。[10]京都賦的內容，恰恰並不只是要描寫京都的物象，而更是要表現作為帝京的禮制文化的內涵！正如許結所觀察的：

> 所言「皇道」「漢京」並非限於物態的描繪，而是具有宏整的政治制度與深層的文化內涵。[11]

8　曹勝高：《漢賦與漢代制度：以都城、校獵、禮儀為例》（北京：北京大學出版社，2003年），頁38。

9　王欣慧：《歷代京都賦的文化審視》，頁3。

10　參見馮良方：《漢賦與經學》（北京：中國社會科學出版社，2004年）第五章和第六章。

11　許結：《賦體文學的文化闡釋》，頁8。

又言：

> 帝京文化還內涵維護社會穩定的禮制秩序和倫理精神，漢大賦中有關各類禮儀典制的描繪，正是此倫理文化的文學化顯現。[12]

由此即可了解班固〈兩都賦〉和張衡（西元78—139年）〈二京賦〉皆在敘述東京賦部分時花了大量的筆墨在敘寫典禮，其目的應即在於此，而歷朝歷代的京都賦也多必然會有典章制度和典禮的描述，這正是屬於帝京中人文精神思想文化的這一層面，是帝京文化中至為重要的層面。

東漢的京都賦創作，不只是單純的文人辭章創作的行為，更有著複雜的政治與文化的意涵，如前面所提及的，涉及到當代敏感且糾結的「遷都議題與文化權之爭」。[13]而這一場遷都論戰的核心焦點不但在於曾經做為西漢都城的長安與東漢當時都城洛陽的對比性上，更由此延伸而至西漢與東漢的整體文治武功政策方向的對比性上，如曹勝高〈漢賦與漢代都城制度〉所言：

> 西漢重視武功霸業，東漢重視文治教化；西漢政風豪奢，宮室建築務求壯麗，東漢相對儉約，重視禮制規範等。這些比較，構成了東漢京都賦的主要內容，〈兩都賦〉、〈二京賦〉以此展開，通過兩漢制度上的變化，來讚美光武「遷都改制」的意義。[14]

---

[12]　許結：《賦體文學的文化闡釋》，頁13。
[13]　王欣慧：《歷代京都賦的文化審視》，頁91。
[14]　曹勝高：〈漢賦與漢代都城制度〉，頁66。見氏撰：《漢賦與漢代制度》第一章。

　　就漢代最富盛名的兩篇京都大賦，即班固的〈兩都賦〉和張衡的〈二京賦〉而言，二者不但在寫作上具有相似的結構，而且亦皆在賦中展現出崇儒隆禮的創作心態。班固與張衡這些漢代賦家在賦中倡言崇王道、行禮樂之教，而這些創作的指導思想又同時成為賦體寫作傳統中重要的典禮賦寫作的典範，影響後世甚鉅。更有甚者，以儒為本、以經義為尚的學術思潮在漢人京都賦中也有所展現。班固、張衡等漢代賦家在京都賦中描繪禮典正是其儒家倫理精神和崇尚禮樂的文化實踐。若由此觀點來看，則賦體與經義、典禮之關係實密不可分。由此不難窺知自隋唐以降科舉考試中試賦以經義命題此一做法，確有其歷史淵源，可說同樣都體現出以儒為本、以經義為尚的治國之道的理念。

　　然則與班固〈兩都賦〉不同的是，張衡〈二京賦〉的寫作並沒有遷都議題的時代背景，但是〈二京賦〉卻被認為更具有諷喻意涵[15]，而這諷喻意涵又恰恰正是「詩人之賦麗以則，辭人之賦麗以淫」這樣的文學評價標準中重要的準則。[16]雖然一般論者多認為張衡〈二京賦〉是對班固〈兩都賦〉的模擬之作[17]，但實際深入閱讀張衡〈二京賦〉後，探索賦家有所諷喻之心，當可以窺見其作品文字中隱藏於頌美外衣下的諷喻曲筆。而這也適足以讓吾人對於大賦的閱讀做進一步深層的思考和反省；同時也可以再度省思：大賦、頌美的形式及其文學評價間的關係。

---

[15] 如王欣慧：《歷代京都賦的文化審視》第二章言：「〈二京賦〉是將京都題材從遷都議題導向勸諫侈淫的諷諭之作」（頁88），又如俞紀東：《漢唐賦淺說》前述引文（頁205，註7）亦持同樣的看法，認為張衡〈二京賦〉更加注重諷諫功能。

[16] 語見揚雄：《法言》，參見《法言義疏》（汪榮寶義疏、陳仲夫點校，北京市：中華書局，1996年），卷3，〈吾子〉，頁49。

[17] 如馬積高：《賦史》（上海：上海古籍出版社，1987年）言二京賦有此模擬之說（頁118），又如王欣慧：《歷代京都賦的文化審視》第二章第三節亦持此說。

第二節　張衡〈二京賦〉的創作

　　張衡，字平子，南陽西鄂人，生於東漢章帝建初三年（西元78年），十八歲時便到過西京，並曾撰〈溫泉賦並序〉，後來又去了洛陽，入京師，觀太學，由是遂通《五經》，貫六藝。和帝永元十二年（西元100年）鮑德任南陽太守時，張衡隨之為主簿。時張衡二十三歲。在職九年，直到安帝永初二年（西元108年）才辭官。而〈二京賦〉的具體創作年代，據《後漢書‧張衡傳》所載，就是作於和帝永元（西元89—104年）年間，本傳云：

> 永元中，舉孝廉不行，連辟公府不就。時天下承平日久，自王侯以下，莫不踰侈。衡乃擬班固〈兩都〉，作〈二京賦〉，因以諷諫。精思傅會，十年乃成。[18]

　　安帝永初五年（西元111年）雅聞張衡善術學，公車特徵拜郎中，再遷為太史令。順帝初，再轉，復為太史令。陽嘉元年（西元132年）復造候風地動儀。陽嘉中（西元133—135年），升任侍中。順帝永和元年（西元136年），出為河閒相，視事三年，永和四年（西元139年）卒，享年六十二歲。[19]

　　張衡前後歷時十年所撰寫的〈二京賦〉係在和帝永元年間。和帝即位時才十歲，母后臨朝，**竇**氏橫恣。之後短暫地有殤帝在襁褓中即位八個月後夭折，安帝即位，實際上掌權的是鄧太后，

18　范曄：《後漢書》（點校本，臺北市：鼎文書局，1979年），卷59，〈張衡列傳〉，頁1897。

19　以上根據《後漢書》，卷59，〈張衡列傳〉；張震澤：《張衡詩文集校注》（上海：上海古籍出版社，1986年）所附之〈張衡年譜〉；楊清龍：〈張衡著作繫年考〉（《書目季刊》，第9卷，1975年12月，頁75-82）等資料綜合而成。

鄧太后專政十五年,災異疊起,寇賊縱橫,東漢政治局勢每況愈下。終至桓帝、靈帝時不堪聞問。估計張衡〈二京賦〉約作於他十九至二十九歲間,三十歲以前。

張衡撰作〈二京賦〉,前篇為〈西京賦〉,後篇為〈東京賦〉,前寫長安,後寫洛陽;寫長安侈靡,寫洛陽儉素符合禮制。顯然是摹仿班固〈兩都賦〉而來。然而〈西京賦〉寫得令人眩目,寫出了種種繁華都市文化的富庶、奢華,其中尤有特色者還包括寫都市游俠和平樂觀的雜技百戲活動,[20]這種種富麗的描寫都令讀者目不暇給。反觀〈東京賦〉寫合乎禮制的洛陽卻寫得正經八百,依時令順序敘述施行國家禮制的方式,一一依序描寫。以讀者的角度來看,就閱讀的效果而言,〈東京賦〉其實寫得並不是那麼吸引讀者。可是讀者又可清楚確知:〈二京賦〉中作者的主旨和重點是放在東京的合禮和儉素上的。這不禁令人好奇作者在寫作策略上的運用,如果重點在〈東京賦〉,但〈東京賦〉中歷陳典禮,臚列朝會、郊祀、明堂、籍田、養老、大閱、大儺、巡狩等禮。相較於〈西京賦〉,〈西京賦〉之「逞靡麗之思」[21],寫都邑男女之麗美奢侈,都市游俠、商賈之熱鬧繽紛,實則〈西京賦〉更為吸引讀者之目光。那麼如此一來,作者的寫作策略得到這樣的結果,是否恰好是與作者所欲期待達到的目的是相違背的呢?如果真是如此的話,是不是可以說這是作者寫作策略上的失敗呢?

---

[20] 有關張衡〈西京賦〉中的百戲表演,許結曾有過鑑賞分析。參見許結:〈論張衡賦的三個世界〉,收入氏撰:《中國賦學歷史與批評》(南京:江蘇教育出版社,2001年),頁449-451。

[21] 何焯評語,見于光華編:《評注昭明文選》(臺北:學海出版社影印石印本,1981年),〈西京賦〉題下評語。(頁112)

　　其次，在閱讀〈二京賦〉後不禁令人好奇及提問：「〈二京賦〉中所寫的長安和洛陽究竟是不是符合當時真實的情況呢？」在張衡寫作〈二京賦〉的時候，是否長安就是如此繁華奢侈？而洛陽就是如此儉素而合禮，如賦中所言那麼正面而美好、合乎理想呢？因為東漢的首都是洛陽，而非長安，那麼奢靡的都市難道只有長安嗎？李炳海《漢代文學的情理世界》中認為：西京和東京的奢泰與儉約之別是客觀存在的。[22]但是，查《後漢書》中有關二京的材料，關於西京長安的記載，最初王莽（西元前45—23年）敗時，唯未央宮被焚而已，其餘宮館一無所毀。[23]因此，更始帝和由赤眉軍樊崇扶持的傀儡劉盆子還居住在長樂宮。不過隨著戰爭的發展，「赤眉焚西京宮室，發掘園陵，寇掠關中。」[24]長安經過戰亂，遭受到破壞，後來光武帝定都在洛陽。而在張衡撰寫〈二京賦〉的時間範圍內，和帝永元七年九月癸卯，更記載了「京師地震」[25]，除了地震之外，京師還有旱災和蝗災。[26]在這樣的情況下，其實京師的生活狀況並不是那麼地理想。因此，不禁令人懷疑起張衡〈二京賦〉中對西京侈靡、東京儉素的描寫恐怕並不是寫實的，並不是當時二京真實情況的反映，反而很可能是作者有意的虛實相參的筆法，在描寫西京時其實寄寓著諷刺東

22　案：李炳海《漢代文學的情理世界》（長春：東北師範大學出版社，2000年）第四章第二節「懷雍頌洛，軒輊兩京」，文中認為張衡寫作〈二京賦〉是反映真實情況的：西京和東京的奢泰與儉約之別是客觀存在的。對此，本文持保留的意見。後文有更多的說明。

23　見《後漢書》，卷11，〈劉玄列傳〉，頁470。

24　《後漢書》，卷1上，〈光武帝紀〉，頁78。

25　《後漢書》，卷4，〈孝和孝殤帝紀〉，頁181。

26　《後漢書》，卷4，〈孝和孝殤帝紀〉載：章和二年五月，京師旱。（頁168）又和帝永元四年夏，旱，蝗。（頁174）

京之意，而〈東京賦〉中所寫也並非當時京師洛陽的眞實寫照，
而是一個理想化和美化的寄託。作家很可能採用的是一種虛實相
參的筆法進行創作的。本文的問題意識即由此而起，從而試圖由
張衡創作〈二京賦〉的時代背景史料做出其寫作背景的勾勒，使
〈二京賦〉的諷喻意涵得以在此一背景脈絡下得到更好的理解與
詮釋。

　　前人如何焯（義門，1661—1722）、俞犀月皆認爲張衡此賦
有諷諫之意。何義門云：「平子多含諷刺」、「諷刺即在頌揚之
內」，俞犀月亦云〈西京賦〉「極陳汰侈以歸于諷諫」。[27]曹道衡
（1928—2005）則在〈略論《兩都賦》和《二京賦》〉一文中提
及張衡〈西京賦〉對奸商、豪強的批判，其謂：

> 張衡所寫的不法奸商及其奢侈和巧詐，雖寫的是長安，而
> 亦兼指東漢時的洛陽。

又云：

> 東漢當時的社會狀況，一點也不比西漢強，張衡寫到這
> 些，顯然也有對東漢社會和吏治表示不滿之意。[28]

許結《張衡評傳》第八章中提及〈二京賦〉亦云：

---

[27]　參見費振剛等校注：《全漢賦校注》（廣州：廣東教育出版社，2005年），下冊，張衡
　　　〈西京賦〉後所附歷代賦評。（頁675）
[28]　曹道衡：〈略論《兩都賦》和《二京賦》〉，收入氏著《中古文學史論文集續編》（臺
　　　北：文津出版社，1994年），頁18。

> 正因懲於諸家大賦「欲諷反諛」的教訓，張衡變班賦「頌
> 漢」之音，而以諷諫立論，使〈二京〉較〈兩都〉增多了
> 議論的篇幅。[29]

此皆與本文認爲之〈二京賦〉具諷喻意涵這一點相一致。因此，
本文擬在前人說法的基礎上更進一步地對張衡〈二京賦〉的諷喻
意涵做出一些個人的詮解。

　　以下第三節將先說明〈二京賦〉中明顯可見的諷喻文句，而
第四節則是從史料中勾稽出張衡創作之時最可能欲有所諷刺的實
事與現象，以相互對照，說明本人對此一作品的理解與詮釋。

　　賦向來被視爲是漢代最具代表性的文學體類，而且是後世難
以爲繼者。[30]而由班固〈兩都賦〉開啓的京都賦寫作更被視爲是
漢大賦的典型代表，劉勰《文心雕龍‧詮賦》篇所謂：「體國經
野，義尙光大」適足以稱之。誠如何沛雄教授《讀賦零拾》所云：

> 京都賦率多鴻裁鉅製，內容廣博，如班固〈西都賦〉，其
> 描述漢代之長安，綜括地理形勢、都城建設、四郊景象、
> 封畿繁庶、帝殿宮室、樓臺池苑、畋獵壯觀、遊娛盛況等

---

[29]　許結：《張衡評傳》第八章傳響詩騷，肇發新聲（南京：南京大學出版社，1999年），頁
　　301。

[30]　例如王國維（1877-1927）《宋元戲曲史‧序》中便言：「凡一代有一代之文學，楚之騷、
　　漢之賦、六代之駢語、唐之詩、宋之詞、元之曲，皆所謂一代之文學，而後世莫能繼焉
　　者也。」（謝維揚、房鑫亮主編：《王國維全集》〔杭州：浙江教育出版社，2009年〕，
　　第3卷，頁3。）焦循（1763-1820）亦言：「夫一代有一代之所勝，捨其所勝，以就其所不
　　勝，皆寄人籬下者耳。余嘗欲自楚騷以下至明八股，撰爲一集。漢則專取其賦；魏晉六
　　朝至隋則專錄其五言詩；唐則專錄其律詩；宋專錄其詞；元專錄其曲；明專錄其八股。
　　一代還其一代之所勝。」（《易餘籥錄》〔光緒丙戌刻本，臺北：文海出版社，出版年不
　　詳〕，卷15，頁2a。）

等，不一而足，讀之若觀長卷畫軸焉。[31]

漢大賦具有漢代特有的「巨麗閎侈」的美學。[32]班固在「宣漢意識普遍高漲」的東漢前期創作了〈兩都賦〉[33]，但張衡則在東漢和帝之時創作了〈二京賦〉。看似對班固〈兩都賦〉仿作的〈二京賦〉其實有著張衡自己個人的想法和創造在其中。〈二京賦〉讀來與〈兩都賦〉最大的不同即在於其賦文當中若干具有畫龍點睛效果的諷刺之語，不同於班固〈兩都賦〉中的宣漢及頌德意識，張衡的〈二京賦〉在創作上早已不是對班固〈兩都賦〉的亦步亦趨，而是有自己的想法和創造性的作品。

第三節　張衡〈二京賦〉對侈靡的諷刺

在說明張衡〈二京賦〉的諷刺之前，先說明一下張衡的人品，因為這涉及到一般對大賦寫作者心態解讀的問題。張衡〈二京賦〉雖然是潤色鴻業的大賦，但是恐怕不能單純地將它與之前賦家獻賦給皇帝，求取功名利祿這一類的歌功頌德之辭等量齊觀。[34]《後漢書》張衡本傳中記載張衡其人：「常從容淡靜，不好

31　何沛雄：《讀賦零拾》，收入氏編著：《賦話六種》（香港：三聯書店，1986年），頁146。

32　可參考吳旻旻：〈「框架、節奏、神化」：析論漢代散體賦之美感與意義〉，《臺大中文學報》，第25期，2006年12月。

33　此語採用王渙然：《漢代士風與賦風研究》（北京：中國社會科學出版社，2006年），第四章第二節標題，頁115。

34　王渙然《漢代士風與賦風研究》第五章東漢中期第三節「大賦的式微與小賦的崛起」，便從大賦衰微的角度來看待張衡的〈二京賦〉，文中表示：因為沒有了帝王的提倡與欣賞，大賦的存在價值大打折扣，故認為張衡〈二京賦〉擺脫不了無益政教的命運。（頁

交接俗人。」又記載他曾經拒絕舉孝廉及當官，其本傳載：「永元中，舉孝廉不行，連辟公府不就。」又言：「大將軍鄧騭奇其才，累召不應。」可見其人品淡泊名利，並不是一個以利祿追求為目標的凡俗之人。而張衡的交友中，其與崔瑗（西元77—142年）、王符（約西元85—163年）相善。[35]其中王符著有《潛夫論》，《潛夫論・浮侈篇》中的許多論述對於我們理解張衡的〈二京賦〉有很大的幫助。

　　王符《潛夫論・浮侈篇》見於《後漢書・王符傳》中，〈浮侈篇〉中多處說到當時京師（即洛陽）之奢靡，其中所述多與張衡在〈二京賦〉中表達反侈靡的觀點相同。

　　例如第一，說到京師貴戚生活之驕奢淫逸，〈浮侈篇〉云：

> 而今京師貴戚，衣服飲食，車輿廬第，奢過王制，固已甚矣。且其徒御僕妾，皆服文組彩牒，錦繡綺紈，葛子升越，筩中女布，犀象珠玉，虎魄瑇瑁，石山隱飾，金銀錯鏤，窮極麗靡，轉相誇咤。其嫁娶者，車軿數里，緹帷竟道，騎奴侍童，夾轂并引。富者競欲相過，貧者恥其不逮，一饗之所費，破終身之業。[36]

此處明言了當時京師洛陽的貴戚其食衣住行各方面均已「奢過王

153）但這是純粹地把大賦的存在價值依附於帝王的好惡來看，認為賦家只是為了求取功名祿，故撰寫大賦，大賦的目的就是為了獻賦給皇帝。不過本文認為這樣的觀點過於狹隘，大賦有它自身的功能，並不能如此單一而狹隘地看待。

35　《後漢書》，卷49，〈王符傳〉謂符：「與馬融、竇章、張衡、崔瑗等友善。」（頁1630）《後漢書》，卷52，〈崔瑗傳〉載崔瑗：年十八至京師，師從賈逵，與扶風馬融、南陽張衡特相友好。（頁1722）

36　《後漢書》，卷49，〈王符傳〉，頁1635。

制」，可見這種都市奢靡之風是在洛陽眞實發生的。

又如第二，說到京師生活之捨本逐末，及華麗服飾，其云：

> 今舉俗舍本農，趨商賈，牛馬車輿，填塞道路，游手爲
> 巧，充盈都邑，務本者少，浮食者眾。「商邑翼翼，四方
> 是極。」今察洛陽，資末業者什於農夫，虛偽游手什於末
> 業。是則一夫耕，百人食之，一婦桑，百人衣之，以一奉
> 百，孰能供之！天下百郡千縣，市邑萬數，類皆如此。[37]

又云：

> 今人奢衣服，侈飲食，事口舌而習調欺。或以謀姦合任為
> 業，或以游博持掩為事。[38]

捨本逐末，不欲勞動，正同於〈西京賦〉中所云：「何必昬於作
勞？邪贏優而足恃。」[39]說到服飾的奢麗，〈西京賦〉中亦言：
「彼肆人之男女，麗美奢乎許史。」[40]由〈浮侈篇〉看來顯然這
種奢靡現象並非只有西京如此，在洛陽更是如此。作爲東漢的首
都，洛陽和所有的大都會一樣，有著奢靡繁華的都市文化，有著
追逐華美流行服飾的時尚追逐者，而生活在大都會中的男男女女
更是追逐著永無止盡的物質欲望。只是這個事實到了〈兩京賦〉
中被包裝和掩藏在〈西京賦〉中敘述了。這顯然是作者刻意掩飾

---

[37] 《後漢書》，卷49，〈王符傳〉，頁1633。
[38] 《後漢書》，卷49，〈王符傳〉，頁1634。
[39] 〈西京賦〉，《文選》，卷2，頁13b，總頁42。
[40] 同前註。

的創作手法。

　　第三，說到厚葬之風盛行，〈浮侈篇〉云：

> 今者京師貴戚，必欲江南檽梓豫章之木。邊遠下土，亦競
> 相放効。[41]

又云：

> 今京師貴戚，郡縣豪家，生不極養，死乃崇喪。或至金縷
> 玉匣，檽梓楩柟，多埋珍寶偶人車馬，造起大冢，廣種松
> 柏，廬舍祠堂，務崇華侈。[42]

　　〈西京賦〉中也有對厚葬之風的諷刺，可見洛陽貴戚豪家的
厚葬之風被包裝在〈西京賦〉中敘述，也被包裝在帝王的追求神
仙敘述中。如果對照著上段引文來看，〈西京賦〉中所言其實根
本指的就是京師貴戚。

　　由上述三點看來，王符《潛夫論・浮侈篇》中所述，正是東
京洛陽奢靡之寫照，而張衡〈二京賦〉表面上以奢侈寫西京，但
其實是在諷刺當時的京師洛陽。可見這是作者有意的曲筆。

　　從張衡的〈二京賦〉看來，其觀點與王符相當一致，都在於
反對當時由上而下帶起的這股侈靡之風，而〈西京賦〉更是充滿
了對侈靡的諷刺。以下即對〈二京賦〉中明顯可見之諷刺之語做
一說明。

　　首先，大賦通常都以假設人物的方式來進行問答，〈二京

41　《後漢書》，卷49，〈王符傳〉，頁1636。
42　《後漢書》，卷49，〈王符傳〉，頁1637。

賦〉設計了憑虛公子來誇耀西京之豪奢，又設計了一位安處先生來陳述東京才是可長可久的安處之地。在人物名稱的假設上已經可以看出張衡的用意，其云西京乃是憑虛，而東京才是安處之地。

其次，大賦通常都以正面的方式進行表述，透過假設人物的口中來做正面的表述和誇耀。只是後來的一方會以辯論者的姿態將前者之說予以駁斥，因此賦篇的安排上往往最後出現的人物才是作者真正要彰顯的道理。雖然一般而言這類假設人物、主客問答的大賦其寫作方式是這樣的，可是張衡的〈二京賦〉較為特別的是：〈二京賦〉中最先發言的〈西京賦〉，在其賦文內容中就已經有諷刺之語存在了。這與透過後發言者去駁斥前發言者的做法不同。例如〈西京賦〉賦文敘述到太液池和上林苑後，用了漢武帝迷信方術之士的神仙之說，立仙掌、承清露，為了追求長生不老，但是賦文中卻又反問：「想升龍於鼎湖，豈時俗之足慕？」[43]既然想要成仙，那麼不是應該清心寡欲，怎麼又要在世俗的世界追求種種奢靡的享樂呢？之後，又問道：「若歷世而長存，何遽營乎陵墓？」[44]更尖銳地直指出：帝王貴戚一方面追求神仙之術，追求長生不老，但另一方面卻又大肆花費去興建陵墓，這不是很矛盾嗎？像這樣透過反詰、反問的隻字片語，透露了作者內心裡真實的聲音，而不再是那個文本中假設的憑虛公子的聲音，因為憑虛公子在預設中是只為誇耀西京而存在的角色，但他沒有必要在誇耀西京富麗堂皇的宮殿建築時又自摑嘴巴，因此這裡的反詰、反問正是另一種聲音（作者聲音）的複調展現。

---

[43] 〈西京賦〉，《文選》，卷2，頁12b，總頁42。
[44] 同前註。

　　此外，賦文在敘述後宮的富麗堂皇，多麼地金碧輝煌後，一句：「雖厥裁之不廣，侈靡踰乎至尊。」[45]也顯示出作者的諷刺之意。張衡就是這樣，會在大多數都是正面誇耀的表述中，忽然暗藏著一句諷刺之語，有意無意間透露出作者的心聲。

　　張衡〈二京賦〉的諷刺之語多表現在〈西京賦〉中，而且多在諷刺侈靡。雖然大賦多以正面的方式進行表述，但張衡的〈西京賦〉卻是明顯地流露出諷刺的意涵來。

　　因此，我們可以說作者張衡透過反詰的語句和暗藏在誇耀段落中的某一句譏刺的話，往往會表現出另一種「雙聲話語」（double-voiced discourse）的複調聲音[46]，即隱藏在憑虛公子正面表述和誇耀西京盛況的背後，有一個背後作者真實的聲音存在。

　　由〈西京賦〉看來，可以知道：張衡對長安城的規劃是做過一番考察的。但是他寫長安城中的豪門住宅，其云：「北闕甲第，當道直啓。程巧致功，期不阤陊。」[47]更且這些私人宅第還能擁有「武庫禁兵」，於是賦文言：「匪石匪董，孰能宅此？」言如果不是石顯、董賢，怎麼能設宅於此呢？此即有諷刺當時權臣之意在。

　　都邑中侈靡的生活便也招致了一些游手好閒之徒，他們不事生產，但卻為非作歹，形成都市中嚴重的治安問題。〈西京賦〉

---

[45]　〈西京賦〉，《文選》，卷2，頁8a，總頁40。

[46]　所謂「雙聲話語」（double-voiced discourse）據巴赫金（Mikhail Bakhtin.1895～1975）所謂，即具有雙重的指向，亦即既針對言語的內容而發，又針對另一個語言（即他人的話語）而發。（見氏撰：《陀思妥耶夫斯基詩學的問題》〔白春仁、顧亞鈴譯，收入錢中文主編：《巴赫金全集》第5卷，石家莊：河北教育出版社，1998年〕，頁245。其本質就是「兩種意識、兩種觀點、兩種評價在一個意識和語言的每一成分中的交鋒和交錯，亦即不同聲音在每一內在因素中的交鋒。」（頁281-282）

[47]　〈西京賦〉，《文選》，卷2，頁13a，總頁42。

中透過寫都邑游俠、張趙之倫點出這項問題。

　　〈西京賦〉又用神話虛筆寫上林苑中的飛禽走獸，但是重點在強調牠們都被不知節制的打獵者獵殺殆盡的情況。於是賦中諷刺的話語很多，例如：「澤虞是濫，何有春秋？」[48]、「取樂今日，遑恤我後？」[49]、「既定且寧，焉知傾陁？」、「逞志究欲，窮身極娛」[50]「何禮之拘？」[51]、「耽樂是從，何慮何思？」[52]、「流長則難竭，柢深則難朽，故奢泰肆情，馨烈彌茂。」[53]。這些話語都表現了作者張衡對這種濫殺式的打獵方式的不以為然。雖然如此，〈西京賦〉最後仍是維持了大賦的寫作傳統，結尾透過憑虛公子的口中問：「為何要節儉？不追求靡麗呢？」這正是張衡透過此一假設人物的提問，想要給予說明的。憑虛公子代表了大多數的看法，他們認為：都市生活的侈靡是都市經濟發達，自然而然產生的結果，為什麼要提倡儉素的生活？反對奢華豪侈的都會生活呢？

　　於是張衡在〈東京賦〉中透過安處先生的口對這個問題做出了說明。賦中批評了秦朝「思專其侈，以莫己若。」[54]的施政作風，言其「征稅盡，人力殫。」[55]最後終於導致滅亡。〈東京賦〉強調東京乃是「守位以仁，不恃隘害。」[56]，此一地理環境和形

48　〈西京賦〉，《文選》，卷2，頁23b，總頁47。

49　〈西京賦〉，《文選》，卷2，頁24a，總頁48。

50　〈西京賦〉，《文選》，卷2，頁28a，總頁50。

51　同前註。

52　〈西京賦〉，《文選》，卷2，頁28b，總頁50。

53　同前註。

54　〈東京賦〉，《文選》，卷3，頁2b，總頁51。

55　同前註。

56　〈東京賦〉，《文選》，卷3，頁5b，總頁53。

勢的選擇是不同於西京的。西京依恃的是易守難攻的地理形勢，但東京要的卻是居天地之中，守位以仁。而且強調東京承緒周之道統，昔日的周王城也在這裡，這裡有著由周公所奠立的王城基礎。又言漢光武帝、漢明帝的儉約，言明帝「我后好約，乃宣斯息。」[57]又言：「奢未及侈，儉而不陋。」[58]、「規遵王度，動中得趣。」[59]這些在〈東京賦〉裡在在都顯示出張衡〈二京賦〉的目的在呼籲：改奢即儉，則合美乎斯干。為無為，事無事，永有民以孔安。遵節儉，尚素樸，所貴惟賢，所寶惟穀。[60]賦中批評「臣濟奓以陵君，忘經國之長基。」[61]的僭越之風以及批評「華而不實」[62]的奢靡之風。這些批評其實都隱隱然有某種針對性，以下即從史料與〈二京賦〉的互相參讀、對照中試圖找出張衡創作〈二京賦〉的時代背景，以期對〈二京賦〉有更多和更廣泛的詮解。

第四節　從時代背景看張衡〈二京賦〉的諷喻意涵

　　張衡〈二京賦〉中既然有諷刺之語，其主題又在諷諫奢靡之行，那麼張衡〈二京賦〉的創作不會是無的放矢之作，作者必是有感而發。於是我們有必要從張衡寫作〈二京賦〉的背景中去進行一番考索。

57　〈東京賦〉，《文選》，卷3，頁10b，總頁55。
58　〈東京賦〉，《文選》，卷3，頁11a，總頁56。
59　同前註。
60　見〈東京賦〉，《文選》，卷3，頁29a-b，總頁65。
61　〈東京賦〉，《文選》，卷3，頁33b，總頁67。
62　語見〈東京賦〉，《文選》，卷3，頁34b，總頁67。

　　張衡〈二京賦〉的寫作時間為和帝永元年間，從史籍中考索這段時間裡對於奢靡情況的描述，包括有王侯及其時正掌權勢的**竇**憲兄弟。〈二京賦〉之主題主要在於批判營建奢侈宮室建築及墳塋。而在張衡醞釀和撰寫〈二京賦〉期間，有關這類奢侈之記載包括了王侯及貴戚。王侯者如琅邪王劉京，《後漢紀》載：琅邪王劉京好治宮室，窮極伎巧，殿宇墻壁，皆飾以金銀。[63]《後漢書・光武十王列傳》亦載琅琊孝王劉京：好修宮室，窮極伎巧，殿館壁帶皆飾以金銀。[64]

　　又如濟南安王劉康。在國不循法度，交通賓客。一度因其不軌而被削五縣，建初八年肅宗復還所削地。但劉康「多殖財貨，大修宮室，奴婢至千四百人，廐馬千二百匹，私田八百頃，奢侈恣欲，游觀無節。」[65]

　　而且這種大修宮室臺榭之風在漢章帝時就已有之，《後漢紀》卷十〈孝章皇帝紀上〉載：

> 是時承平久，宮室臺榭漸為壯麗，扶風梁鴻作〈五噫歌〉曰：「陟彼北邙兮，噫！覽觀帝京兮，噫！宮室崔嵬兮，噫！民之劬勞兮，噫！寥寥未央兮，噫！」[66]

而與張衡友善的王符，其《潛夫論・浮侈篇》中也同樣說道當今京師貴戚，必欲江南檽梓豫章之木。邊遠下土，亦競相放效。[67]這

63　袁宏：《後漢紀》（張烈點校，北京：中華書局，與《漢紀》合為《兩漢紀》），卷11，〈孝章皇帝紀上〉，頁218。

64　《後漢書》，卷42，〈光武十王列傳〉，頁1451。

65　《後漢書》，卷42，〈光武十王列傳〉，頁1431。

66　《後漢紀》，卷11，〈孝章皇帝紀上〉，頁217。

67　《後漢書》，卷49，〈王符傳〉，頁1636。

些上等的木材必須從遙遠的地方山林中砍伐並運送過來，路途遙遠漫長而且運送十分辛苦。但貴族王侯們卻不了解民間疾苦，只想要逞一己之意，只想著要把自家的宮室臺榭建造得獨一無二、成為一時之絕，美崙美奐。

除了侯王之外，當時的外戚竇氏更是張衡〈二京賦〉所要批判的對象。因為張衡寫作〈二京賦〉時正值「**竇**氏專政，外戚奢侈，賞賜過制，倉帑為虛。」[68]在國庫空虛的情況下，執政者仍然用國家的錢賞賜過制，完全不在乎「倉帑為虛」，不在乎剝削平民百姓，也不在乎外界的觀感。又，《後漢書・竇融列傳》載**竇**憲一家兄弟四人皆大修宅第：

> 是時篤為衛尉，景、瓌皆侍中、奉車、駙馬都尉，四家競修第宅，窮極工匠。[69]

《後漢書・何敞傳》中亦提及：

> 時遂以竇憲為車騎將軍，大發軍擊匈奴，而詔使者為憲弟篤、景並起邸第，興造勞役，百姓愁苦。[70]

由何敞的上疏內容更可看出**竇**篤、**竇**景是「繕修館第，彌街絕里。」可見其宅第佔地之廣，多麼豪奢！何敞上疏諫道：

> 臣雖斗筲之人，誠竊懷怪，以為篤、景親近貴臣，當為百

68　《後漢書》，卷43，〈何敞傳〉，頁1481。

69　《後漢書》，卷23，〈竇融列傳〉，頁818。

70　《後漢書》，卷43，〈何敞傳〉，頁1481

僚表儀。今眾軍在道，朝廷焦脣，百姓愁苦，縣官無用，
而遽起大第、崇飾玩好，非所以垂令德，示無窮也。宜且
罷工匠，專憂北邊，恤人之困。[71]

　　但結局竟是「書奏不省」，這當然更使竇氏對此是置若罔
聞，有恃無恐。

　　除了大修宅第外，還有建造墳塋，這一點在〈西京賦〉中也
有所譏評。而《後漢書・光武十王列傳》中記載，永元二年（西
元90年）中山簡王劉焉去世時，因為竇憲和竇太后的母親即為東
海恭王劉彊的女兒沘陽公主，劉焉與劉彊為同母兄弟，竇氏與他
們友好，因此加重其禮，原本賻錢三千萬被破例提高至一億，而
且更大為修冢塋、開神道，史載其舖強豪奢的程度：

平夷吏人冢墓以千數，作者萬餘人。發常山、鉅鹿、涿郡
柏黃腸雜木，三郡不能備，復調餘州郡工徒及送致者數千
人。凡徵發搖動六州十八郡，制度餘國莫及。[72]

　　張衡構思及寫作〈二京賦〉之時正值竇氏專政，駸駸然將有
篡逆之勢，誠如《後漢書・何敞傳》論曰：「永元之際，天子幼
弱，太后臨朝，竇氏憑盛戚之權，將有呂霍之變。」[73]章帝劉炟
三十三歲即逝，在位十三年。和帝劉肇十歲即位，竇太后即竇憲
的妹妹，兄妹一起扶植年僅十歲的和帝劉肇即位，竇太后佐助聽

71　《後漢書》，卷43，〈何敞傳〉，頁1484。
72　《後漢書》，卷42，〈光武十王列傳〉，頁1450。
73　《後漢書》，卷43，〈何敞傳〉，頁1487。

政，侍中**竇憲**管掌機密，三弟羅列，並據大位。[74]《後漢紀》載：
「上幼小，太后當朝，憲以外戚秉政，欲以經學為名。」[75]**竇憲**以
周公輔佐成王的名義來美化他的做法。也因此政權幾乎可以說是
掌握於**竇**氏一門手中。

不過如果再從更早的歷史看，**竇憲**之貴幸其實早在章帝之時
就已經開始了。《後漢紀》卷十一〈孝章皇帝紀上〉載：

> 皇后弟竇憲侍中，貴幸。憲薦真定張林為尚書，上以問
> （陳）寵。對曰：「林雖有才能，而行貪穢。」憲深以恨
> 寵，而上竟徵用林，卒以贓汙抵罪。[76]

章帝早就偏愛**竇憲**，鄭弘也早就跟章帝直言**竇憲**之姦，可是
章帝都不聽。《後漢紀》卷十二〈孝章皇帝紀下〉載鄭弘早在章
帝之時就直言**竇憲**是姦臣，其云：

> 「竇憲姦臣也，有少正卯之行，未被兩觀之誅，陛下前何
> 用其議？」……數陳竇憲勢太盛，放權海內，言苦切。為
> 憲不容，奏弘漏泄奏事，坐詰讓，收印綬。[77]

鄭弘鬥不過**竇憲**，終究還是失敗了。但鄭弘病中仍舊繼續上
書陳言**竇憲**之姦惡，其措詞十分強烈，其云：

---

[74] 《後漢紀》，卷12，〈孝章皇帝紀下〉，頁241。
[75] 《後漢紀》，卷12，〈孝章皇帝紀下〉，頁241。
[76] 《後漢紀》，卷11，〈孝章皇帝紀上〉，頁217。
[77] 《後漢紀》，卷12，〈孝章皇帝紀下〉，頁236。

> 竇憲之姦惡，貫天達地，毒流八荒，虐聞四極，海內疑
> 惑，賢愚疾惡。憲何術以迷主上，流言噂嗒，深可歎息。[78]

　　然而章帝還是沒能對**竇**憲做出任何的處置，**竇**憲之勢實可說
是章帝養成的！

　　章帝章和二年（西元88年）春二月，三十一歲的章帝崩殂，
十歲的和帝即位。同年十月，**竇**憲為車騎將軍，與執金吾耿秉三
萬騎征匈奴。[79]然而這一次的征匈奴，正如袁安與諸公卿所諫言
者，是完全沒有必要的，袁安等人說：「今國用度不足，匈奴不
犯塞，而勞軍遠攻，經沙漠之難，徼功萬里，非社稷計也。兵，
凶器，聖王之所重。」[80]匈奴既未犯塞，卻只因**竇**憲想要立功而執
意要出兵。魯恭亦上疏諫言，其中也說到：「今邊境幸無事」[81]在
這樣與匈奴相安無事的狀況下，**竇**憲非要出兵，為的只是要樹立
他個人的功績和威望。更且避過因為刺殺齊殤王子郁鄉侯劉暢而
引起的興論抨擊的風暴。[82]《後漢書·何敞傳》記載著：

> 時齊殤王子都鄉侯暢奔弔國憂，上書未報，侍中竇憲遂令
> 人刺殺暢於城門屯衛之中，而主名不立。[83]

而**竇**憲正是因為這件事情鬧得太大了，事發後，他就自請征匈

78　《後漢紀》，卷12，〈孝章皇帝紀下〉，頁236。

79　《後漢紀》，卷12，〈孝章皇帝紀下〉，頁243。

80　參見《後漢紀》，〈孝章皇帝紀下〉，頁243。

81　同前註。

82　參見《後漢書》，卷23，〈竇憲傳〉，頁814。又劉暢《後漢紀·孝章皇帝紀下》作「郁鄉
　　侯」，《後漢書·何敞傳》作「都鄉侯」。

83　《後漢書》，卷43，〈何敞傳〉，頁1483。

奴，以求將功抵罪。可是竇憲出征率領三萬騎的兵馬，背後需要有大量軍餉的支應。於是地方上就有人賦歛許多軍費供給他使用。《後漢書・馬棱傳》記載著：

> 大將軍竇憲西屯武威，棱多奉軍費，侵賦百姓。[84]

當時匈奴已分裂爲南匈奴與北匈奴，而南單于也與中國友好，其時鮮卑擊北匈奴，大破之，斬優留單于。[85]匈奴並未寇邊，也並未造成對中國的威脅。但是無論如何，竇憲這一次出征是要有成果的。經過八個月的時間，永元元年（西元89年）夏六月，竇憲帶著戰功回來，拜大將軍，封侯、食邑二萬戶等，其兄弟們也各居要職，竇篤爲衛尉，竇景爲執金吾，竇瓌爲光祿勳。[86]

　　和帝之時，竇憲任侍中，侍中即是最親近皇帝的位置，君主有事令侍中往外宣，百官有事由侍中往裡傳，是君主與百官之間的溝通管道。出則參乘騎從，入則陪侍左右，與君主簡直形影相依。[87]而其弟竇景任執金吾，是掌管宮外戒備事務，也負責首都的治安。竇瓌、竇篤任光祿勳和衛尉是負責掌管宮內的戒備事務。《後漢書・百官四》注引胡廣（西元91—172年）曰：「衛尉巡行宮中，則金吾徼於外，相爲表裏，以擒姦討猾。」[88]其中衛尉又比光祿勳重要，因爲他等於是在宮中有一支軍隊的首長。[89]可見

---

[84]　《後漢書》，卷24，〈馬棱傳〉，頁863。

[85]　《後漢書》，〈南匈奴列傳〉，頁2951。

[86]　見《後漢紀》，〈孝和皇帝紀上卷第十三〉，頁252。

[87]　參見楊鴻年：《漢魏制度叢考》（武漢：武漢大學出版社，2005年）「侍中」一章，頁51-52。

[88]　《後漢書》，志第27，〈百官四〉注，頁3605。

[89]　參見楊鴻年：《漢魏制度叢考》「宮衛制度」一章，頁21-31。

竇憲兄弟的確是把宮內宮外最重要的警備工作、安全維護工作的要職都佔據了。而執金吾又尤爲風光，《後漢書注》引《漢官》曰：

> 執金吾緹騎二百人，〔持戟〕五百二十人，輿服導從，光滿道路，群僚之中，斯最壯矣。世祖嘆曰：「仕宦當作執金吾。」[90]

擁有二百名緹騎和五百二十人的壯盛隊伍，當執金吾眞是風光氣派極了！竇憲就在皇帝身邊，是可以專權之人。而竇氏兄弟則可說是掌握和負責了皇宮內外重要的安全侍衛的工作。

然而在風光的表面卻醞蓄了當時人們對竇氏一族的不滿與戒心，何敞甚至上封事警告和帝：「竇憲兄弟專朝，虐用百姓，殺戮盈溢，咸曰段叔、州吁將生于漢也。」[91]

在張衡的〈西京賦〉中也藉著寫西京豪強和游俠對於當時權貴的不法及橫行肆虐等的行徑進行了諷刺。對照著竇憲兄弟的不法和橫行來看，可以更加了解張衡創作〈二京賦〉時的背景，也有助於去了解張衡寫作〈二京賦〉的心態。

竇憲不法的惡行，首先是他可以派刺客去刺殺王侯，可見其囂張及目無法紀，專權橫行的程度。前已述及，竇憲派刺客殺齊殤王子都鄉侯劉暢[92]，竟然就在京城之中進行刺殺王侯之事，其膽大妄爲的程度，可見一斑。而且事發後，自行向太后請求出擊北

90　《後漢書》，志第27，〈百官四〉注，頁3606。

91　《後漢紀》，卷13，〈孝和皇帝紀〉，頁252。

92　《後漢書》，卷43，〈何敞傳〉，頁1483。

匈奴以贖罪。[93]出征匈奴回來後不但之前刺殺之事無人再提，更因軍功而威名大盛。由此皆可看出竇憲因為妹妹為太后之故，其所占盡、享用的特權非他人能比。

關於竇氏之驕橫，史書云：

> 是時（永元四年四月），竇氏驕橫，威震海內，其所置樹，皆名都大郡，乘勢賦斂，爭相賂遺，州郡望風，天下騷動，競侵陵小民，掠奪財物，攻亭毆吏，略人婦女，暴虐日甚，百姓苦之。又擅檄緣邊郡突騎善射有材力者，二千石畏威不敢不送。[94]

史籍又載：

> 竇憲既出，而弟衛尉篤、執金吾景各專威權，公於京師使客遮道奪人財物。[95]

原本應該負責京師治安的執金吾竟然自己帶頭在京師公然搶劫。其囂張跋扈，根本目無法紀！《後漢書‧袁安傳》又云：

> 憲、景等日益橫，盡樹其親黨賓客於名都大郡，皆賦斂吏人，更相賂遺，其餘州郡，亦復望風從之。[96]

93　參見《後漢書》，卷45，〈韓棱傳〉，頁1535。

94　《後漢紀》，卷13，〈孝和皇帝紀上〉，頁259。

95　《後漢書》，卷45，〈袁安傳〉，頁1519。

96　《後漢書》，卷45，〈袁安傳〉，頁1519-1520。

竇景不斷地要地方遣送善騎善射的人材來，不斷地擴充他的軍隊、樹立自己的黨羽。而且這些人不是來執行公務的，而是來奪人財物和施行報復的。在這樣的情形下，一些人也必然觀看風向而行賄賂之事了。

〈西京賦〉中有云：「擊鍾鼎食，連騎相過。東京五侯，壯何能加？」又云：「寔蕃有徒，其從如雲。」[97]此用來形容竇景以其執金吾之職，出行時排場之壯盛，及其緹騎、部眾、隨從之多可謂恰如所言。

此外，竇景之惡形惡狀尚可由以下這一事件中看出：

> 竇景家人復擊傷市卒，吏捕得之，景怒，遣緹騎侯海等五百人歐傷市丞。（張）酺部吏楊章等窮究，正海罪，徙朔方。景忿怨，乃移書辟章等六人為執金吾吏，欲因報之。章等惶恐，入白酺，願自引臧罪，以辭景命。酺即上言其狀。竇太后詔報：「自今執金吾辟吏，皆勿遣。」[98]

竇景的家人擊傷市卒，但他們完全無視於國家王法，根本不把市卒、市丞看在眼裡，擊傷市卒後被吏所逮捕，緹騎侯海馬上帶了五百人直接跑去歐傷市丞。後來侯海遭到楊章的治罪，竇景就想報奏辟楊章等六人為執金吾，納入其管轄權內來施行報復。楊章等人害怕得寧願自引偷竊之罪，也不願去當執金吾吏，可見其對落入竇景手中恐懼之甚！由這則事件就可以看出竇景當時權勢之盛及其違法濫權之心態，而且他們睚眦必報。《後漢書・竇

---

[97] 〈西京賦〉，《文選》，卷2，頁14a，總頁43。
[98] 《後漢書》，卷45，〈張酺傳〉，頁1531。

融列傳》便言：「**竇憲**性果急，睚眥之怨莫不報復。」[99]**竇景**之惡，史籍中尚有以下一段的描述：

> 景為執金吾，瓖光祿勳，權貴顯赫，傾動京都。雖俱驕縱，而景為尤甚，奴客緹騎依倚形埶，侵陵小人，強奪財貨，篡取罪人，妻略婦女。商賈閉塞，如避寇讎。有司畏懦，莫敢舉奏。[100]

竇憲當時的權勢大到什麼地步？可由以下這段描寫中看出。在**竇憲**陪同皇帝西幸長安，前去祠祭園陵時，尚書以下的官員看到**竇憲**皆欲拜之，並伏稱萬歲。但此舉馬上遭到韓棱的糾正，韓棱說：「禮無人臣稱萬歲之制」[101]，雖然這個「伏稱萬歲」的舉動當場被韓棱制止了。但也由此可以看出：當時**竇憲**權勢之盛，在長安眾臣的眼中看來他就已經是皇帝了！而長安正是**竇憲**的老家。[102]

說到「樹立黨羽，睚眥必報」這一點，也有實例可舉，**竇氏**曾放言威脅恐嚇周榮，說：「子為袁公腹心之謀，排奏**竇氏**，**竇氏**悍士刺客滿城中，謹備之矣！」[103]這樣的言語恫嚇，滿城皆是**竇氏**所養的刺客，隨時可取人性命！簡直跟黑道沒有兩樣！

當**竇憲**掌握權勢之時，依附他的人很多，包括司隸校尉、河南尹、洛陽令[104]，而這些都是**竇憲**可以以公法排除異己的嚴密羅

99　《後漢書》，卷23，〈竇融列傳〉，頁813。

100　《後漢書》，卷23，〈竇融列傳〉，頁819。

101　《後漢書》，卷45，〈韓棱傳〉，頁1535。

102　史載竇憲其祖為扶風平陵人，見《後漢書》，卷23，《竇融列傳》，頁795。

103　《後漢書》，卷45，〈周榮傳〉，頁1537。

104　《後漢紀》，卷13，《孝和皇帝紀上》載：「司隸校尉司空蔡、河南尹王調、洛陽令李阜，

網。[105]

竇氏之專權跋扈，侈靡及僭越，一直到永元四年六月才得到制裁。和帝永元四年逐漸發覺竇憲之不軌，與清河王劉慶，中官鄭眾密謀，遂收回了竇氏之權，皇帝自己掌握權力了。史載：永元四年六月，竇憲潛圖弑逆，庚申，詔收捕憲黨射聲校尉郭璜、璜子侍人郭舉、衛尉鄧疊、疊弟步兵校尉鄧磊等人，皆下獄死。使謁者僕射收憲大將軍印綬，遣憲及弟篤、景就國，到皆自殺。[106]其餘如宋由、馬光皆因黨竇憲而自殺。

竇憲一族由極盛至滅亡，張衡都看在眼裡，曾經是「椒房之親，執傾王室。」[107]又仿效馬防，因數立邊功而貴，但最後竟落得身敗名裂，兄弟親黨自殺而亡的下場，這樣盛極而亡的外戚家族故事，必然令當時的張衡唏噓不已。而也因為竇氏的敗亡，再重新回頭讀張衡〈二京賦〉時，會覺得張衡有意地在〈二京賦〉中對這一事件有所諷諫，故賦作讀來不免感到作者有殷鑑不遠，奉勸人們當汲取教訓，具有警世之深遠意味。故賦中最後反覆申言可長可久之道，以此來作為人臣的殷鑑和教訓。

不過，隨著宦官勢力的抬頭，宦官與外戚雙方勢力的鬥爭，終於還是造成了東漢的覆亡。

皆竇氏之黨也，乘憲之勢，枉法任情。」（頁253）

[105] 公法與私劍，這是兩種對付異己的手段，早在《韓非子‧孤憤》篇中就已指出，其云：「其可以罪過誣者，以公法而誅之；其不可以被以罪過者，以私劍而窮之。」（陳奇猷校注：《韓非子集釋》〔臺北：華正書局，1987年〕，頁207。）而這兩種對付異己的手段竇憲都有用。

[106] 《後漢書》，卷4，〈孝和帝紀〉，頁173。

[107] 《後漢書》，卷33，〈周章傳〉，頁1157。

第五節　結論

　　本文以張衡〈二京賦〉的解讀為例，由此進行大賦作品的實際深層解讀，從中可以發現：當讀者深入了解作者寫作的時代背景，並試圖探索字裡行間作者之意圖時，仍可以從頌美的文辭中發現若干諷喻之意。由研讀張衡〈二京賦〉而引發的若干問題出發，通過對《後漢書》、《後漢紀》等史料的考察，企圖將張衡創作〈二京賦〉的時代背景納入對賦作整體理解和詮釋的環節中，由背景入手以掌握作家的寫作動機、目的和想法。此一做法和純粹只對作品本身進行探討的做法不同，本文的做法乃是以考察作家的心志和創作意圖為主，而以作品和時代背景為輔，進行考索。透過史料與文學作品對勘的研讀方式，可以循環地加深對文學作品和作家的理解。

　　無論是第二節引王符《潛夫論・浮侈篇》之說，或是第三節所引王侯與竇氏一族之侈靡行徑，由這些資料看來，張衡〈二京賦〉中完全未提及侈靡之〈東京賦〉並非當時洛陽的真實情況，因此〈西京賦〉中所寫之侈靡其實正是對洛陽貴戚的諷刺。作者將欲有所貶抑、有所諷刺者放在〈西京賦〉中，這正是〈二京賦〉中的虛實筆法，表面上寫西京，其實說的是洛陽。而這也是在解讀〈二京賦〉時必須掌握的關鍵。還有第二節中所述〈西京賦〉中所表現的複調，正是因為這些原因使得〈西京賦〉顯得比〈東京賦〉更為重要，蓋因其所包藏的意涵更為豐富，如此文本需要解謎者進行解謎方能讀出不同的意思來。

　　如果只是把張衡〈二京賦〉看成一般的大賦，認為這樣的作品不過是歌功頌德，或者以為只是模擬之作，這樣的看法恐怕是很浮淺的。本文通過對張衡〈二京賦〉寫作背景的考察和賦作諷

喻意涵的探討，當可以改變這樣的看法。從而對於大賦的看法也將因此而得到改觀及修正。

　　一般言及大賦，尤其是像京都賦這樣的賦作，其本以歌頌帝國之都為主，原本就具有為帝國歌頌而書寫的特質，此可稱之為「帝國書寫特質」。大賦通常都具有這樣的特質。一般也多認為大賦就是歌功頌德、就是為帝王服務。不過在看過張衡〈二京賦〉之後，我們發現：不能簡單地將「帝國書寫特質」與歌功頌德、或為帝王服務劃上等號，或以為他們都是一樣的東西。

　　不可否認地，京都賦具有描寫帝國都城的帝國書寫特質，但是這並不意味著作者必然就是為了逢迎君王意思而作，也並不能因此就認定作者是拍馬屁或歌功頌德、逢迎諂媚之徒。這樣的看法，大抵是長期以來人們積累形成的看待賦的偏見。這樣的偏見在早期中國文學史的專著中頗為常見，如劉大杰（1904—1977）、游國恩（1899—1978）等人所編著之《中國文學史》對於漢賦的評論率皆以其為模擬之作、為帝王貢諛獻媚，對其做出負面的評價[108]，然而這樣的看法不免有其粗疏和偏狹之處，對於這一點，顏崑陽先生〈論「典範模習」在文學史建構上的「連漪效用」與「鏈接效用」〉一文已提出批評和反省[109]，對於像京都賦這樣的「典範模習」之作，正因班固〈兩都賦〉開啟在前，張衡〈二京賦〉承續在後，使得京都賦在後來形

---

[108] 劉大杰：《中國文學發展史》（臺北：華正書局，1988年），頁149-150、152；游國恩等主編：《中國文學史》（臺北：五南圖書出版公司，1990年），上冊，頁138-139、140。又相關討論請參本書「本論」第二章第一節。

[109] 顏崑陽：〈論「典範模習」在文學史建構上的「連漪效用」與「鏈接效用」〉，輔仁大學中國文學系、中國古典文學研究會主編：《建構與反思——中國文學史的探索學術研討會論文集》（臺北：臺灣學生書局，2002年），下冊，頁787-833。

成了一系列文學史上堪稱之「鏈接現象」。在這樣的情況下，批評家唯有深入地去解讀過作品，並了解其與之前作品的因襲與變化的關係方能對其做出適切的理解和批評。而每一個作家都生存在他當下的那個時代，因應著他自身所面對的問題，因此在研讀作品時還要進一步去看到作者所生存的那個時代、那個環境和背景，看似相似的作品其產生的時代背景不同，傳遞的訊息和效果也會不同。班固的〈兩都賦〉和張衡的〈二京賦〉便是如此。

第二章
漢賦與漢代經學關係述評

第一節　前言

　　漢代在文學發展上最具代表性的文體是賦，同時，漢代也是經學確立和昌盛的時代。因此，漢賦與經學存在著共同滋長的時代背景和社會文化基礎，二者間應該存在著相當程度的關聯。雖然六朝時早已有：「〈三都〉、〈二京〉，五經鼓吹」的說法[1]，但是對於賦與經學的關係，向來專門處理此課題的人是比較少的，因為要怎麼去舖陳和說明這兩者間的關係，也確實比較困難。誠如賦學名家萬光治（1943—）所說的：

> 展示經學之影響於辭賦的方式與途徑，乃成為賦學研究中
> 的一個難點和重點。[2]

不過，由於二十一世紀學術研究的發達，跨領域研究的興盛發展，也促使了這方面出現了一些可觀的研究成果。

　　環繞著漢賦與經學的相關研究，例如米靖《經學與兩漢教

---

[1]　《世說新語·文學篇》云：「孫興公云：『〈三都〉、〈二京〉，五經鼓吹。』劉孝標注云：「言此五賦，是經典之羽翼。」（見劉義慶撰、徐震堮校箋：《世說新語校箋》〔臺北：文史哲出版社，1985年〕，卷上，頁142。）

[2]　萬光治：〈漢賦與經學序〉，見馮良方：《漢賦與經學》（北京：中國社會科學出版社，2004年），頁4。

育》一書從漢代士人受教育的角度，指出了漢賦作者普遍受教育的內容厥為經學，也對獨尊儒術和王官學的社會背景做了很多詳細的說明，使我們對士人的知識背景有一定的了解。[3]侯文學《漢代經學與文學》一書則比較著重從經學視域的角度對先秦至漢代詩賦進行主題的分析和探討。[4]而曹勝高《漢賦與漢代制度：以都城、校獵、禮儀為例》一書則從制度的角度說明漢賦與漢代制度間的關係。[5]

　　而專門處理漢賦與經學關係的論著，近年來已經有胡學常《文學話語與權力話語：漢賦與兩漢政治》與馮良方《漢賦與經學》兩本專著對此議題進行了深入的研究。[6]在此之前，萬光治也關注過這個課題，不過他是以書中的一章來處理的，其《漢賦通論》（增訂本）第十一章〈漢賦與漢詩、漢代經學〉即是此一議題之研究。[7]

　　漢賦與經學的關係涉及的層面十分廣泛，既然專家學者對此已經有專書的研究成果，其中必定也有許多很好的見解和深入的討論，通過對前人研究成果的評述，將有助於後續對此一議題進一步地開展與研究。因此本文在此並不打算進行有關漢賦與經學的全面性探討，而擬以前人的研究成果評述為主。特別是將評述的對象集中在前述胡學常及馮良方二人之專書上，試圖從這兩本書的內容出發，對書中漢賦與經學關係的探討做一番檢視與反

3　參見米靖：《經學與兩漢教育》，（天津：天津人民出版社，2009年）第二、三章。

4　侯文學：《漢代經學與文學》，北京：人民出版社，2010年。

5　曹勝高：《漢賦與漢代制度：以都城、校獵、禮儀為例》，北京：北京大學出版社，2006年。

6　胡學常：《文學話語與權力話語——漢賦與兩漢政治》，杭州：浙江人民出版社，2000年。

7　萬光治：《漢賦通論》，北京：中國社會科學出版社、華齡出版社，2005年增訂本。

思。

　　胡學常《文學話語與權力話語——漢賦與兩漢政治》一書最大的特色便是運用了很多現代西方文化理論的觀念與術語，以一種新穎的觀點從權力話語的角度對漢賦與政治的關係進行分析和探討，的確給人帶來耳目一新的說法。書中有不少精彩的見解，例如指出漢代賦家對禮樂制度的焦慮，以及賦來自於《詩經》雅頌傳統，具有頌美性質和為帝王服務的本質等，這些說法大致皆令人相當贊同。不過，書中在使用若干現代西方術語時，也不免有令人感到不安與疑惑之處，例如其以「文化霸權」（cultural hegemony）來指稱經學[8]，使用「文化霸權」這樣的術語是否允當？是否能真實表示出經學在漢代的處境？對此，下文擬作進一步地探討。

　　而馮良方《漢賦與經學》一書雖然其基本觀念有不少承襲自胡學常之處，但馮書仍對漢賦與經學的關係進行了全面性的探討，也頗有見解。書中用了十一章分別就各個不同層面對漢賦與經學的關係進行了完整的探討，對於漢賦與經學此一議題的研究可說已經做了很完善的探討。惟其中某些論述觀點，也有令人不安之處，例如書中第十一章稱經學意識型態化，批判其定於一尊，對士人心靈的束縛等[9]，類似這樣的觀點和說法，似乎仍有可待商榷處。

　　綜合言之，從前述二書中不難看出，胡學常與馮良方這兩位大陸中青代的學者在其意識型態深處仍對經學抱持著某種特定的觀點和態度，而這樣的觀念其實正是沿襲著自中國共產黨建政以

8　胡學常：《文學話語與權力話語——漢賦與兩漢政治》，頁196。
9　參見馮良方：《漢賦與經學》，頁338。

來對包括經學在內的傳統儒學所一貫持有的否定立場而來，而這樣的否定立場遠則可以追溯至五四新文化運動以來所掀起來的激烈的反傳統思潮，近則與毛澤東（1893—1976）在一九四二年延安文藝政策講話以來對孔學的批判有關，以及建政之後一連串的政治運動與極左思潮的長時期深刻影響，至文化大革命「批林批孔」、「批孔揚秦」而達於最高峰。因此，胡、馮二人將經學視爲一種文化霸權和定於一尊，束縛士人心靈等這樣的觀點，除了有受到當代西方學術影響的因子在，最主要的觀點顯然仍是其來有自。然而，經學是否眞如其所言這樣？當狂烈的政治運動及特定的時代思潮皆已遠颺而去，一切皆事過境遷，風清雲淡之後，反而可以較爲從容地進行理性的反省與純粹學術的辯證。

本文的寫作擬就目前所見對漢賦與經學關係進行探討的專著先做一番介紹，說明其優點，繼而再對其中的內容做一些反省。通過這樣的方式來對漢賦與經學關係的探討做一番研究的反省和思考，以作爲後續研究的一個起點。

第二節　胡學常《文學話語與權力話語 ——漢賦與兩漢政治》評析

網路上的百度百科對胡學常《文學話語與權力話語——漢賦與兩漢政治》此書的評介是這麼說的：

> 本書以「漢賦與兩漢政治」爲論題，在展開這個話題時，摒棄「價值判斷」的常規思路，而將注意力集中於探求漢賦這種文學話題與兩漢政治之間的關係。該書以政治思想史視角觀照漢賦，所切入的乃是一個文學史與政治思想史

論者皆不曾關注的「空白地帶」。因此，本書既不同於傳統的文學史的研究，亦大異於傳統政治思想史的研究。[10]

為了解胡學常《文學話語與權力話語——漢賦與兩漢政治》（以下簡稱「胡著」）一書之內容，以下先簡介此書之章節架構。胡著全書共計六章，前面有〈導言〉。

〈導言〉說明全書的問題核心和主導性觀點。〈導言〉中提出的問題為：漢賦是怎麼歌功頌德的？為什麼非要不遺餘力、滿腔赤誠地歌功頌德不可？它如此歌功頌德，在漢代特定的時空座標和社會文化語境裡出現，到底意味著什麼？其所提問題十分重要，而提問的視角也具有新穎的創見，頗能引人矚目。〈導言〉由上述問題出發，追問之後發現：作為文學話語的漢賦，根本缺乏文學話語的獨立性和純粹性，它在本質上是政治性的。漢賦受制於專制權力，受制於官方意識形態，本身是其支配下的產物，同時本身又生產意識形態，成為維護現實政治秩序的文化力量。[11]

第一章〈漢賦知識譜系考索〉：對賦體進行源流考察，指出其來自於先秦隱語，來自於荀子〈賦篇〉。由於漢代經學的支配性力量，漢人另外建構了一套源自於《詩經》與《楚辭》的知識譜系，此種憑空的建構行為本身，即突顯了權力的運作。[12]

第二章〈賦家的制度性焦慮〉：本章先敘述漢代儒生對禮樂制度的焦慮，繼而述及賦家對禮樂制度的焦慮，以此說明二者擁有共同的禮樂理念。

---

[10] http://baike.baidu.com/view/3303157.htm，二〇一二年六月廿七日百度百科詞條「文學話語與權力話語」。

[11] 以上參見胡學常：《文學話語與權力話語——漢賦與兩漢政治》，頁2、3。

[12] 胡學常：《文學話語與權力話語——漢賦與兩漢政治》，頁32。

　　第三章〈專制政治下賦家的生存性焦慮〉：本章先述及漢初至武帝時士人身分、地位的轉型，說明漢武帝後便是專制帝王中央集權的體制，士人在此一背景下，為了擠進官僚行列，自覺或不自覺地把自己降為皇權的從屬物和工具。儒教意識形態確立了一個統一帝國的基本理想，為維繫統一提供了制度框架和文化框架。[13]士人在專制政治的高壓下，遭遇生存困境，其一表現為歌功頌德，其二表現為「悲士不遇」，其三則表現為脫離現實的「神仙思想」。

　　第四章〈漢賦的象徵、政治神話與烏托邦〉：本章由祥瑞、災異述及漢帝國的象徵資源，儒生運用帝國官方的象徵資源，作為抨擊政事的合法性依據；或借此歌功頌德，將之視作帝國政治及意識形態的支持力量。[14]此處所言象徵資源還包含郊祀、封禪、田獵等。第二節以五德終始的政治神話，言漢賦以五德終始和圖讖符命兩種方式完成了聖王神話的制作。[15]第三節則言賦家在文本裡重現聖王政治的烏托邦，美化現實，向君主大獻其媚。經由此「活化神話」的巫術性體驗，賦家對於現實政治的不滿和焦慮，也就獲得了升華。[16]

　　第五章〈漢賦的意識形態功能〉：由《詩經》雅頌之樂的頌揚與教化功能，進而說明歌頌對帝國統治而言具有美化和合法化的意義，而士人也視此為義不容辭的職責與義務。賦家為何要不厭其煩地歌功頌德呢？一是君王趣味的導引和控制，二是權力的宰制和利益的導向，三是經學的話語霸權控制，在經學思想的規

13　胡學常：《文學話語與權力話語──漢賦與兩漢政治》，頁85-86。
14　胡學常：《文學話語與權力話語──漢賦與兩漢政治》，頁130。
15　胡學常：《文學話語與權力話語──漢賦與兩漢政治》，頁155。
16　以上參見胡學常：《文學話語與權力話語──漢賦與兩漢政治》，頁159、166、169。

範和訓導之下，賦家自覺而不乏眞誠地歌功頌德，美化時政。[17]漢賦文本生產官方意識形態功能，以維護和顛覆兩種形態呈現。漢賦有意運用一套修辭技巧將諷諭包裝起來，使其若隱若現，似有非有。[18]

　　第六章〈漢賦修辭的政治意義〉：第一節〈漢賦敘事的政治性〉首言：話語之場便是權力運作之所[19]，由漢賦「巨麗」的審美特質出發，從漢賦的以大爲美，宏衍巨麗的敘事美學形態出發，由此觀察出此乃是社會政治使然。本章〈漢賦修辭的政治意義〉，意在說明漢賦與政治意識形態間的關係。胡氏認爲：大一統的漢帝國，專制政治想盡一切辦法，播散和灌輸大一統的政治秩序和意識形態。漢賦的宏大敘事便是如此而來的。但賦家頌與諷，顯與隱的做法，胡氏認爲可以從權力關係來看，他並用布迪厄的文學場域來看待，由利益、政治的角度解讀一切。爲了更進一步說明，第二節〈賦家的遊戲精神與政治無意識〉則說明文人雅集式的作賦活動，胡氏以遊戲的角度說明賦家頗似在「玩文學」[20]，並稱漢賦文本是一種快樂的文本。賦家有意識地在製造快樂，又在無意識中讓這種快樂打上了政治的印記。此之謂「政治無意識」，它乃是現實政治中不可解決之事在文學話語中的想像性或象徵性解決。[21]在遊戲的無意識裡，亦一直在再生產意識形態。[22]第三節總言之，漢代社會，知識缺乏分化，一切知識皆是政

---

[17]　胡學常：《文學話語與權力話語──漢賦與兩漢政治》，頁197。

[18]　以上參見胡學常：《文學話語與權力話語──漢賦與兩漢政治》，頁213、214。

[19]　胡學常：《文學話語與權力話語──漢賦與兩漢政治》，頁215。

[20]　胡學常：《文學話語與權力話語──漢賦與兩漢政治》，頁240。

[21]　胡學常：《文學話語與權力話語──漢賦與兩漢政治》，頁243。

[22]　胡學常：《文學話語與權力話語──漢賦與兩漢政治》，頁245。

治化知識,或者最終歸於政治。[23]由體物與寫志兩大型漢賦話語,配合漢賦的發展敘述其變化,並結合政治思想史來貫串全書的主旨:漢賦話語與權力間的關係,敘述大賦隨著大一統帝國的繁榮興盛,至衰微,東漢和、安帝以降抒情小賦的興起。

在眾多漢賦研究或辭賦研究的專著中,胡學常此書的確是一本頗引人矚目之作。該書的封面上引用了法國思想家米歇爾‧福柯(Michel Foucault, 1926─1984)的話,云:「你以為自己在說話,其實是話在說你。一個人不可能隨時隨地隨心所欲地說明一切。」在賦學研究的專書之中,胡著顯得十分新穎。因為大多數的漢賦研究都還是以作者和作品為主的研究,在方法上也是比較傳統的知人論世和文本分析方式。學術圈中正期待著在此一領域是否能有一些充滿創意和想法,打破以往的研究方式,而有新的角度和新的觀點出發之作產生。胡著的出現,的確使漢賦研究令人有種耳目一新之感。從封面或內容中都不免可以看到作者是運用了西方現代的觀念和方法來重新看待漢賦,他所採取的是一條新穎的、不同於傳統的研究進路。

對於研究進路的創新,作者胡學常自己是很有自覺的,他在該書的〈導言〉中除了自陳其「運用已有的文學史、政治思想史的分析框架和方法」外,還借助了當代西方的理論與分析模式,包括福柯的話語理論、西方馬克斯主義、布迪厄(Pierre Bourdieu, 1930─2002)反思社會學以及新歷史主義批評等。雖然這些西方理論各具風采,但其共通點就是關注文本與權力、意識形態的複雜關係,亦即關注於文本的政治性。[24]而由這樣的角度

---

[23] 胡學常:《文學話語與權力話語──漢賦與兩漢政治》,頁245。

[24] 胡學常:《文學話語與權力話語──漢賦與兩漢政治》,頁4。

和方法出發，也的確使胡學常這本書在漢賦研究上開展出一條新的視野和研究道路來。

　　傳統的漢賦研究，雖然也會有作者生平和時代背景等說明，但是就像法國文學社會學埃斯卡皮（Robert Escarpit, 1918—2000）所言，以往的文學史對於社會背景的處理僅只是像一扇屏風而已。[25]胡學常所採用的方法顯然與傳統的方式有很大的不同，由於西方新學的運用使他在進行分析時有了更敏銳和細膩的分析與觀察。就如同書前〈導言〉中說到：「漢賦話語與作爲官方意識形態的經學話語」二者間有著深刻的關聯，一方面漢賦受制於官方意識形態，但它同時又生產意識形態，二者間有合謀的關係。而漢賦的話語中便也在一方面想發出批判的聲音，一方面又極力運用修辭策略掩蓋這種異質的聲音。漢賦與兩漢政治間存在著一種複雜而游移不定的關係。[26]

　　胡著能從漢賦與兩漢政治的關係入手進行詳細而且有體系的論述，實爲開創之舉。而其文字十分流暢，論述也十分清晰，條理分明，的確很具有說服力。書中也不乏許多精闢的見解。例如第二章〈賦家的制度性焦慮〉和第三章〈專制政治下賦家的生存性焦慮〉都有很多精采的論述。

　　賦確實具有爲帝國潤色鴻業而作的特色，而它與緯書尤其有著密切的關聯性，這一點鄧國光教授在〈漢魏六朝辭賦與緯學〉一文亦曾指出漢魏六朝賦中有許多符命、嘉瑞、天象、王者受命等的內容。[27]胡著第四章〈漢賦的象徵、政治神話與烏托邦〉便

25　埃斯卡皮（Robert Escarpit）撰、葉淑燕譯：《文學社會學》（臺北：遠流出版公司，1990年），頁4。

26　胡學常：《文學話語與權力話語——漢賦與兩漢政治》，頁3。

27　鄧國光：〈漢魏六朝辭賦與緯學〉，收入氏撰：《文原：中國古代文學與文論研究》（澳

也是以緯學中的祥瑞之物等象徵來進行詮解的。不過胡著基本上受徐復觀（1903─1982）《兩漢思想史》和民國以來對皇帝一人專制制度的批判影響很深，因此他也不例外地過於將焦點都集中在皇帝一人專制這一點上來進行他所有的論述。全書批判力道很強，但是由於受到他所抱持的特定觀點的影響，不免在某些論述上顯得過於偏激或偏狹。如其云：

> 作為文學話語的漢賦，根本缺乏文學話語的獨立性和純粹性，它在本質上乃是政治性的。[28]

雖然可以了解作者是因為從政治的角度出發，強調漢賦的寫作都具有政治性，但是像這樣評論漢賦缺乏文學話語的獨立性和純粹性，這種說法仍不免過於武斷。

此外，胡學常應該受到中國大陸長期以來對經學抱持負面態度的影響，這一點也表現在胡書的論述中，成為該書觀點上最具有疑慮的地方。例如他說：

> 經學成為霸權，滲透在一切領域，形成主宰士人思想的一種支配性力量。[29]

為了徹底斬斷漢賦與經學的關連，胡學常運用傅柯的知識考古學的方法，不但重新考察漢賦的文體來源，而且也否定了漢人原有的說法：

門：澳門大學出版社，1997年），頁107-131。

[28] 胡學常：《文學話語與權力話語──漢賦與兩漢政治》，頁2。

[29] 胡學常：《文學話語與權力話語──漢賦與兩漢政治》，頁2。

　　　　漢賦原本具有一套源自先秦民間隱語的知識譜系，而漢人
　　　　卻背離於此，另外建構了一套源自《詩經》與《楚辭》的
　　　　知識譜系，此種憑空的建構行為本身，即突顯了權力的運
　　　　作。這種權力即是經學的話語權力。[30]

他認定賦的起源來自於《荀子·賦篇》，而將班固所說：「賦
者，古詩之流也。」或是言賦具有如同《詩》一般的美刺之義，
認為這都是漢人的憑空虛構。[31]事實上，胡氏只是從作品上去認
定漢賦源於荀子〈賦篇〉，可是如果從歌頌的文辭和祭祀的樂歌
的角度來看的話，漢賦的確承襲了《詩經》中雅頌的部分，這是
不爭的事實，這一點其實胡著在第五章第一節中也有提到。然而
因為胡氏的思想帶有預設的立場與既有的成見，因此在其論述中
不免把二千年前的漢代帝國視為一個現代的極權國家，從而經學
成為一套由國家官方一手掌控的意識型態，而無論經學家或是賦
家在其中都因為受到利祿之途所需，便因此成為這套意識型態的
生產者和強化者，其第五章〈漢賦的意識型態功能〉就是以這樣
的思路論述的。雖然胡氏也有注意到漢代帝國與現代極權國家的
不同，但他仍然認定漢代只是沒有像現代國家操作得那麼精細罷
了。他雖然運用了馬克思到布迪厄的理論，但是對於研究對象和
所採用理論、方法上的適用性卻缺乏深刻的反省，因此就變成了
將這一套論點強行套用在漢代社會去解讀以致於得出如此的結
果。

　　胡氏過於強調經學的霸權地位，強調經學在漢代具有強大的

30　胡學常：《文學話語與權力話語──漢賦與兩漢政治》，頁32。

31　胡學常：《文學話語與權力話語──漢賦與兩漢政治》，頁28-29。

規範性和控制性，使得經學因此規範了漢賦的寫作。但事實上，並不是經學的力量去規範漢賦的寫作，而是士人本身寫作的環境和預設的讀者才使得作品會朝某個方向發展。但是胡氏並不從客觀的情況出發去做分析和探討，而是已經先入為主地認為經學的力量主宰了士人的思想和心靈，一切都由此來進行論述。如其言：

> 儒術自身即成為帝國意識形態，漢廷亦尤其注重對臣民進行意識形態的灌輸，以便更好地控制士人。[32]

尤其在胡著的第四、五、六三章，這種論述的傾向更為明顯，例如他說：

> 君主欲與自然法則相合，往往會人為地製造出一些象徵，體現在宮室造作、君主行事以及各種宗教──政治儀式裡。[33]

從第五章開始，胡氏又援用布迪厄之理論，稱漢代經學家和賦家在社會上都是強勢文化資本。並且發展出以下的論述：

> 經學在帝王眼中或在他們的運用中，乃是一種頌美功德、潤色鴻業的工具。正是在此經學思想的規範和訓導之下，賦家自覺而不乏真誠地歌功頌德，美化時政，反而將經義標準中的譏刺一義弄得含混婉曲或隱而不彰。[34]

---

[32]　胡學常：《文學話語與權力話語──漢賦與兩漢政治》，頁101。

[33]　胡學常：《文學話語與權力話語──漢賦與兩漢政治》，頁129。

[34]　胡學常：《文學話語與權力話語──漢賦與兩漢政治》，頁197-198。

又云：

> 經學話語和漢賦話語的政治功能，在帝王那裡獲得了相當
> 的統一，皆在於歌功頌德，粉飾太平，這才是兩種話語最
> 深層的關聯。[35]

又云：

> 通觀漢賦文本，宣講儒家經義之處俯拾即是，賦家禮樂理
> 念、象徵資源的運用、政治神話以及烏托邦的建構等等，
> 都是典型的例子，無論是大量的頌美，抑或是隱藏其間的
> 諷諭，皆逃不出經學話語文化霸權的制約。[36]

　　然則胡氏顯然只偏取一方，他只從他想要論述的角度去看待
漢賦與漢代經學，所以他只看到了這一面，而完全不去看其他的
面向。

　　事實上，回頭反觀布迪厄的論述，他說：「國家是場域，而
不是機器」[37]，胡氏就是以機器的角度看待國家[38]，但布迪厄卻是
如此說的：

> 機器的表象事實上往往掩蓋了某個鬥爭場域的存在，而所
> 謂「絕對權力」的擁有者本人也必須置身於這一場域……

---

[35]　胡學常：《文學話語與權力話語──漢賦與兩漢政治》，頁198。

[36]　胡學常：《文學話語與權力話語──漢賦與兩漢政治》，頁198。

[37]　參見【法】布迪厄（Bourdieu, P.）、【美】華康德（Wacquant, L.D.）著：《實踐與反思：反思社會學導引》（北京：中央編譯出版社，1998年），頁140。

[38]　胡氏在書中頁101有言：「這是專制政治操縱赤裸裸的國家機器繩責群下……」

在政治場域的運作中存在著各種相互對抗的趨勢。[39]

　　布迪厄說：權力場域是一個包含許多力量的領域，受各種權力形式或不同資本類型之間諸力量的現存均衡結構的決定。同時，它也是一個存在許多爭鬥的領域，各種不同權力形式的擁有者之間對權力的爭鬥都發生在這裡。[40]換言之，布迪厄強調權力場域中各種力量的相互作用。同樣地，在漢代的權力場域中，也有很多股不同的力量，應該要從這個角度去看才是，而不是一昧地只從帝王本身由上而下，從單一的專制權力的角度只看到單一的面向，而看不到士人之間也有許多不同的群體，而經學家和賦家更不能說是享有權力之人。他們之中的許多人其實不過位居下僚，並沒有在政府中佔據什麼重要的職位。而在帝王宮廷之中也有各種不同思想和主張的人臣，都在發言影響著皇帝的判斷。漢武帝行封禪事便是一例。

　　其次，我們也不能把所有這些與經學相關的話語都看成是一個整體，也不能把所有儒生都簡化為只有一種，如「曲學阿世」的公孫弘（西元前200—121年）和「為儒者宗」的董仲舒（西元前179—104年）就何其不同！胡學常用權力話語稱漢賦或認為賦家與經學家佔據強勢文化的地位，這樣的論斷都只是在他理論中的推論，並不符合實際的歷史情況。而且胡氏所使用的術語都是西方社會學理論用以探討現代社會情況的，有其指稱涵意和語脈。被標籤化的使用在漢代的賦或經學上，並不貼切，而且很容

---

[39]　【法】布迪厄（Bourdieu, P.）、【美】華康德（Wacquant, L.D.）著：《實踐與反思：反思社會學導引》，頁299，註55。

[40]　【法】布迪厄（Bourdieu, P.）、【美】華康德（Wacquant, L.D.）著：《實踐與反思：反思社會學導引》，頁285，註16。

易使讀者產生誤解，起到誤導的作用。

胡氏誠然也對布迪厄之說有相當的了解，所以他在書中第五章第三節還花費不少篇幅說明布迪厄的理論，然而將之套用在漢代時，他便認定經學和漢賦都是漢代的強勢文化資本，二者間也有鬥爭，於是經學家便批評賦家在思想上和觀念上不合經義。[41] 事實上，這樣的說法也是很奇怪的，因為像是「自悔類倡」的枚皋[42]，他是賦家，並不是經學家，所以並不存在著經學家批評賦家的問題。或是像悔其少作，「壯夫不為」的揚雄（西元前53—18年）[43]；或是上書漢靈帝，批評辭賦下者，「連偶俗語，有類俳優」的蔡邕（西元133—192年）[44]，或是在《漢書·藝文志·詩賦略》中批評「競為侈麗閎衍之詞，沒其風諭之義」的班固（西元32—92年）[45]，他們都有賦的寫作，在身分上他們很難一刀二分地說他們是經學家或是賦家，因為他們兩個身分兼具。因此胡氏引用了這些人的批評後得出賦家與經學家鬥爭這樣的結論是不準確的。而且胡氏對於經學和賦在漢代的興盛都以利祿的吸引來解釋，也是比較偏狹的看法。

第三節　萬光治〈漢賦與漢詩、漢代經學〉評析

萬光治論及漢賦與經學關係之說見於其《漢賦通論》第十一

---

[41]　胡學常：《文學話語與權力話語──漢賦與兩漢政治》，頁211。

[42]　《漢書》（班固撰、顏師古注，點校本，臺北：鼎文書局，1991年），卷51，〈枚皋傳〉，頁2367。

[43]　《法言義疏》（揚雄撰、汪榮寶義疏、陳仲夫點校，北京：中華書局，1987年），〈吾子〉，頁45。

[44]　范曄：《後漢書》（點校本，臺北：鼎文書局，1991年），卷60下，〈蔡邕傳〉，頁1996。

[45]　《漢書》，卷30，〈藝文志〉「詩賦略」，頁1756。

章〈漢賦與漢詩、漢代經學〉。[46]萬光治此章文分三節，章節如下：

一、賦的文化史地位：說明賦在漢代具有文學的自覺和脫離學術自主的獨立性；

二、漢代經學與詩的經學化：

（一）漢代經學簡說

（二）詩經學的興起

（三）漢代文人詩歌的萎縮；

三、漢賦與漢代經學：

（一）經學的文學規範

（二）經學家之賦：舉例爲董仲舒、孔臧、王褒、班固

（三）賦的藝術探索意義

（四）賦的題材開拓意義

（五）小結

文章其主要部分在第三節，前兩節主要是背景的說明，而萬氏主要的論點，認爲：經學所帶來的影響是負面的，包括詩歌創作的萎縮，漢賦受到的約束和規範。他說：「經學之士鄙薄辭賦，又往往技癢，時有所作；賦家屬文，惟恐干犯經學，卻常常受到後者的抨擊。」[47]

全文最特別處在於第三節中的第四和第五小節，萬氏能在經學與漢賦的關係中去處理到漢賦自身發展和創造的美學規律，和題材上的開拓，雖然他將此解釋爲是賦爲「與經學的對抗」所致。[48]他說：漢賦在受經學影響和束縛的同時，又以自己廣闊的社

---

[46] 萬光治此書是先於一九八八年出版，二〇〇四年再出修訂版，修訂版主要補入四章，與本次要處理的第十一章無關，故漢賦與經學關係探討之著作，當以此書時代最早。

[47] 萬光治：《漢賦通論》（增訂本），頁179。

[48] 萬光治：《漢賦通論》（增訂本），頁204。

會題材和對藝術規律的探索表現爲與經學的對抗。[49]又云：

> 漢儒爲維護經學的神聖性，視詩賦爲闡經釋義的工具；他
> 們以「天道尚質」的神學觀規範文學，強求文學內容和形
> 式都必須統一於「天」的「德性」。在這樣的壓力下，漢
> 賦作家依然能夠循著文學自身發展的要求作頑強的藝術探
> 索。[50]

萬光治認爲漢代經學對賦體文學的影響主要表現在兩個方面：經
學不獨以循環封閉的體系，嚴重地桎梏著賦對自身藝術形式的探
索，而且在內容結構上，也常常使某些賦作在酣暢淋漓的物象描
繪和事象描繪的後面，拖著一條沉重而又極不協調的經學尾巴。
「曲終奏雅」、「勸百諷一」之所以成爲漢賦的最爲突出的缺
陷，經學是應當負有很大的責任的。[51]

　　不過在萬光治的說法中，也有一些說法可以看得出他當時的
思想背景，例如他說：「漢儒將《詩三百》經學化，甚至將它與
讖緯迷信結合起來，正是先秦儒家詩論往唯心主義方向惡性發展
的結果。」[52]這可以看得出來是作者受到共產主義思想影響下的
話語。又如其第三節的第四小節〈賦的題材開拓意義〉中，萬光
治以賦作內容中是否有歌頌或描繪勞動者來作爲對漢賦的評價[53]，
由此也可以看出他受中國社會主義思潮影響的傾向。而在評王褒

---

[49]　萬光治：《漢賦通論》（增訂本），頁211。
[50]　萬光治：《漢賦通論》（增訂本），頁203。
[51]　萬光治：《漢賦通論》（增訂本），頁199-200。
[52]　萬光治：《漢賦通論》（增訂本），頁189。
[53]　萬光治：《漢賦通論》（增訂本），頁204-206。

的〈甘泉頌〉時,萬光治云:「其後的頌美之詞,卻不免於落入『天人感應』的俗套」,並斥之為「陳詞爛調」。[54]

事實上,回到客觀的歷史情境來看,對帝王專制批判的這種思想並不是漢代人民會有的想法。今日視為封建迷信的內容,對漢代人而言卻並非如此。其次,萬光治只看到經學對漢賦影響在其批判性的部分,而沒有提及其頌美的這一部分,這一點在其後的馮良方《漢賦與經學》做到了。

當今日我們在對古代的社會情況進行批判時,是不是能還原到它的歷史場景中去以那時的社會條件去客觀看待?擺脫現代人既定的偏見呢?漢代的皇權統治在當時的社會背景下,的確需要,也有神話的色彩。「天人感應」之說是不是俗套或陳腔濫調?抑或是一種對當時帝王郊祀景象的文學描繪?特別是國家的祭祀大典本身就帶有濃厚的宗教儀式性質時,這樣子的批評是否適當?經學有它神學的色彩,尤其是緯學這部分,漢賦中也的確有這方面的呈現。崇尚禮樂制度是士人的普遍心態,賦家的諷與頌其實也是一體兩面的表現。如果我們從發言者的發言位置和其意識形態去看,不難看出如萬光治之學者,在撰寫論文時,本身也帶著屬於他們生活時代和社會特有的意識形態框架在看待經學,同時也多少不可避免地用現代國家和政府的概念去批評漢代。

第四節　馮良方《漢賦與經學》評析

雲南大學人文學院的馮良方教授,其《漢賦與經學》一書,

---

[54] 萬光治:《漢賦通論》(增訂本),頁198。

可以說填補了漢賦與經學關係這個課題長久以來的空白。

　　由萬光治的書序可以得知：馮良方早在十餘年前即已閱讀萬光治《漢賦研究》一書。其書邀萬光治作序，當有受其書啓迪之意。而在馮良方書第五章中最可以看到受萬光治影響的影子。而馮良方《漢賦與經學》繼胡學常《文學話語與權力話語——漢賦與兩漢政治》一書後於二○○四年出版，雖然作者〈後記〉自言其對此研究課題的萌發是始於就讀四川師範大學的時候，但從書中還是可以看出馮書是有受胡學常書一定程度影響的。[55]二者的觀點有不少相一致處，只是胡書以「漢賦與兩漢政治」爲副標題，而馮氏逕以《漢賦與經學》爲題，不但焦點更爲集中，而且論述的層面也較全面。萬光治在馮良方《漢賦與經學》（以下簡稱「馮著」）書的序言中肯定了馮良方的研究，他認爲：馮良方此書其材料與論證的角度、層次都比他豐富得多！深入、細緻和有系統的論述，是在此之前不曾有過的，結論也有極強的說服力。[56]

　　馮良方《漢賦與經學》一書，其書摘要云：該書對漢賦與經學的關係作了系統分析和論述。具體做法有以下四點：

一、通過對漢賦和經學的發生、確立和解體的總體把握，勾勒了二者大致相同的運動軌跡；

二、立足對賦家身分、漢賦源流、體裁流變的分析，揭示了經學對漢賦的滲透和影響；

三、從經學的政治批判性和意識形態化入手，論述了漢賦的諷諫理論和頌美意識；

四、從經學思想和漢賦內容的實際出發，揭示漢賦文本對經義

55　馮良方：《漢賦與經學》第二章，頁73，註二有引胡學常書。
56　參見萬光治：〈漢賦與經學序〉，見馮良方：《漢賦與經學》，頁4-6。

具體入微的表現。

通過認眞勘察經學與漢賦的關係。該書認爲：總體來說，經學與漢賦既有親和的一面，也有悖離的一面；經學以其無與倫比的強勢地位規範、控制著漢賦，漢賦亦自覺或不自覺地接受了經學的規範、控制，雖然二者有時也有矛盾，但合一是主要的。[57]

全書掌握住一個關鍵，即抓住漢賦與經學中共同存在的一個矛盾，這個矛盾在經學是歌頌與批判；在漢賦是勸與諷。全書以此爲核心，展開多方論述，說明經學對漢賦的影響和規範。這個說法有承襲自萬光治之處，和胡學常之處。但馮良方書的整體架構和寫法又都不同於前二者。他的章節更多，處理的範圍和視野更寬廣，在寫作方式上也不同於胡學常。胡學常書多有驚人之語，搬用西方理論和術語之處較多，且胡著關心著重處在於政治思想史；相較之下，馮著採取傳統歷史文獻論證的寫法，雖然觀念上相似，但是論述過程比較謹愼和保守，而且其研究對象是以漢賦爲中心的研究，不同於胡學常關注的是政治權力運作的思想史。

馮良方《漢賦與經學》全書共十一章，第一、二、三、四及十一章，是第一部分，主要立足於對漢賦源流、作家身分、體裁流變的分析，揭示經學對漢賦的滲透和影響。第五至十章是第二部分，探討經學與漢賦中共同存在的批判和歌頌的矛盾核心，多方論述經學之於漢賦的深刻影響。[58]

---

[57] 以上該書摘要見《漢賦與經學》封面內頁「內容提要」。

[58] 有關馮良方《漢賦與經學》一書的評介，新浪博客網「劉煒的博客」上有劉煒：〈一個矛盾貫通經學與賦──讀馮良方教授的《漢賦與經學》〉一文（http://blog.sina.com.cn/s/blog_61c1e8c00100grys.html，2012年8月14日檢索），對馮著全書及各章內容做了簡明扼要的敘述，值得參看。

一　馮著第一部分

第一章〈走向經學〉說明漢初至武帝時，經學進入主流思潮的發展歷程。由思想史的敘述來說明經學在漢代所具有的主導性力量。此為全書研究中基礎的背景因素。

第二章〈賦家與經學家〉：本章由士人的身分地位入手，探討經學家與賦家兩種身分在漢初至武帝時的發展和變化。作者由士人的轉型說明士人在大一統的中央集權、帝王專制下，喪失過去游走諸侯間的自由。賦家變成朝臣，欲有所作為就不得不經學家化。而經學家也往往擅長辭賦。賦家之經學家化即「言語侍從之臣」，經學家之賦家化即「公卿大臣」。文末引用胡學常之說，言：「在經學的強迫和利誘之下，也使得賦家千方百計躋身於經學家之列。」[59]有關「賦家經學家化」這一點，萬光治在《漢賦與經學》一書的序言中評論道：「分析賦家經學家化的原因，馮著並未在實質上超越前人，因經學而造成賦家的內在矛盾，並影響其賦的創作，則是馮著的獨見。」[60]

第三章〈漢賦文體源流辨析與經學〉：本章分別就賦之三體：詩體、騷體和散體，追溯其源流。並認為將漢賦與《詩經》、楚辭相聯接乃是漢儒的嫁接，是經學化的影響。詩體賦的源頭是荀子〈賦篇〉和〈成相篇〉；騷體賦源於楚辭；散體賦源於戰國縱橫家。第三節中更進一步說明經學為了維護自己的正統地位，不承認漢賦與楚歌、民間隱語和縱橫家的淵源關係，將其源流上推至《詩經》，原因即在於此。[61]

---

[59]　馮良方：《漢賦與經學》，頁73。
[60]　萬光治：〈漢賦與經學序〉，見馮良方：《漢賦與經學》，頁5。
[61]　參見馮良方：《漢賦與經學》，頁91。

　　第四章〈漢賦三體的盛衰與經學〉與第十一章〈漢賦的轉型與經學的衰頹〉是結合賦史與經學史分別敘述騷體、詩體、散體賦的興衰與經學興衰的關係。第四章先言騷體賦因思想感情與經學的要求悖離，因而不能成爲經學隆盛時代文壇正宗。[62]詩體賦在經學隆盛時代，也因其篇幅短小，詠物瑣細，難以「潤色鴻業」，故也自然被冷落。[63]散體賦才是佔據經學時代賦體中心地位者。[64]第十一章則敘述隨著東漢中後期經學的衰頹，使得散體賦沒落而抒情賦（詩體、騷體）勃興。

　　第十一章中解釋東漢末經學衰頹的原因，認爲主要是因爲：外戚宦官的專權堵塞了經學之士仕進的道路和兩次的黨錮之禍；同時經學自身的痼疾：煩瑣的形式和僵化惡劣的學風（指師法家法和黨同伐異）也都是造成其衰頹的原因。[65]而更重要的原因是經學意識形態化，思想定於一尊，思想和學術失去自由探索的精神，不允許異議存在，是導致經學衰頹的重要原因。[66]

　　然則馮著第十一章所言東漢末經學衰頹的情況，其實皮錫瑞（1850—1908）在《經學歷史》中的說法是：漢學衰而鄭學盛、「鄭君徒黨徧天下」。[67]可見馮氏所言是偏於一隅之見，並不全面。

二　馮著第二部分

　　第五章〈漢賦的諷諫精神與經學的政治批判性〉和第六章

---

[62] 馮良方：《漢賦與經學》，頁103。

[63] 馮良方：《漢賦與經學》，頁113。

[64] 馮良方：《漢賦與經學》，頁121。

[65] 馮良方：《漢賦與經學》，頁332-337。

[66] 馮良方：《漢賦與經學》，頁338。

[67] 以上參皮錫瑞撰、周予同注：《經學歷史》（臺北：漢京文化，1983年），〈經學中衰時代〉，頁148、151。

〈漢賦的頌美意識與經學的意識形態化〉是全書主要的基本觀點所在。第五章說明漢賦的諷諫來自於經學的政治批判性。這個說法和萬光治相同。第六章說明漢賦的頌美意識源於經學的意識形態化。這部分的說法則同於胡學常。雖然在觀念上對前人有所承襲，但寫法上馮著著重以更多實際的一手文獻材料和漢賦文本為例，來進行其論述。

第七章〈漢賦與經學的大一統觀念〉：由《春秋》公羊學的大一統學說出發，結合漢初至武帝時的中央集權趨向，說明大一統觀念的深入人心，因此賦家便自然歌頌大一統。另一方面，士人受到大一統政治的壓抑，發展創造出另一系列「悲士不遇」的賦作。

第八章〈漢賦與經學的聖王理想〉：由「聖王理想」這一課題來說明經學對漢賦的影響。先說明經學中的「聖王理想」，繼而說明漢賦中的聖王多將漢代帝王聖王化，其實與現實不符。[68]而漢賦對帝王的聖王化，有諷也有勸，合二為一，彼此界線模糊。

第九章〈漢賦與經學的禮樂理念〉：本章主要亦參考了胡學常書的第二章，由漢儒對禮樂制度焦慮的表現來看漢賦中相關題材的作品，包括苑囿田獵、宮殿臺榭、音樂舞蹈，這三類題材當從禮樂思想的角度看時，分別表現出的禮樂思想包括：一、合三驅之禮，奢儉適中；二、「奢不可踰，儉不能侈」；三、重雅樂，輕俗樂。末節更探討漢賦「巨麗」之美乃大一統時代專制帝王威權的象徵。

---

[68] 馮良方《漢賦與經學》第八章第二節云：「賦家筆下的漢代帝王並不是歷史上的那位帝王的寫實，他們或多或少給帝王貼上了神聖的標籤，把賦家筆下的聖王直接對應等同於歷史上的某某帝王也是不可取的。」（頁244）又云：「漢賦中出現的漢代帝王，並非完全是歷史真實的再現，而是賦家塑造出來的聖王。」（頁255）

　　第十章〈漢賦與經學的災異祥瑞說〉：由經學的災異祥瑞說
論及漢賦中的這兩類題材，災異類如〈旱雲賦〉具有諷諫功能；
祥瑞類則是爲統治者歌功頌德、粉飾太平的重要資源。論述祥瑞
類的部分，類似的說法亦可見於胡學常書第四章。

　　馮良方《漢賦與經學》一書多承襲胡學常書之觀念和想法，
例如馮書第六章第三章說明漢賦的頌美意識，其結論爲：「漢賦
頌美意識的形成，重要的原因在於經學意識形態化的影響。」[69]接
著馮良方引用胡學常的話：「意識形態最重要的社會功能，即是
爲某一統治提供合法性證明，它不惜歪曲和掩飾現實，精心編製
一套系統性而又程度不同地具有封閉性的思想觀念體系，目的就
在於爲正在行使的統治辯護，向世人宣揚這種統治是合法的。」[70]
此章末，最後馮良方說：「經學在漢代就是這樣的意識形態。漢
賦歌頌帝王，經學爲統治提供合法性證明，二者在本質上是相通
的。」[71]由前述所引可見馮書受胡學常書的影響，而胡書第五章漢
賦的意識形態功能正是論述觀點上最爲偏頗的。

第五節　胡著、馮著二書比較

　　由於胡學常與馮良方二書有先後關係，在理路和觀念上也有
諸多相似之處，因此，以下通過將胡著與馮著二書章節內容的同
主題之章節相對應處製成「胡著、馮著二書結構對照表」，由這
個對照表，可以看出二者間相同與相異之處：

---

[69]　馮良方：《漢賦與經學》，頁180。
[70]　馮良方：《漢賦與經學》，頁181。
[71]　馮良方：《漢賦與經學》，頁181。

胡著、馮著二書結構對照表

	胡學常書（2000）	馮良方書（2004）
一、源流	第一章 1. 先秦隱語 2.《詩經》 3.《楚辭》	第三章 1. 詩體賦：荀子 2. 騷體賦：楚辭 3. 散體賦：戰國諸子
二、賦家身分、地位	第三章 1. 轉型 2. 士不遇 3. 神仙思想	第二章 1. 轉型 2. 賦家的經學家化 3. 經學家的賦家化
三、禮樂制度	第二章賦家的制度性焦慮	第九章漢賦與經學的禮樂理念
四、象徵、政治神話	第四章漢賦的象徵、政治神話與烏托邦	第八章漢賦與經學的聖王理想 第十章漢賦與經學的災異祥瑞說
五、意識形態	第五章漢賦的意識形態功能	第六章漢賦的頌美意識與經學的意識形態化
六、巨麗	第六章漢賦修辭的政治意義	第九章第五節漢賦的「巨麗」之美與禮樂
		第四章漢賦三體的盛衰與經學、第十一章漢賦的轉型與經學的衰頹：以賦史、經學史結合的方式敘述
		第五章漢賦的諷諫精神與經學的政治批判性（鳳案：可以看到萬光治之說的影響）
		第一章走向經學 第七章漢賦與經學的大一統觀念

　　由「對照表」中可以看出：胡學常用了比較具有理論和系統架構的章節來論述，而馮良方則是後出轉精，用了更多的章節來處理漢賦與經學的關係，做得比較細膩。以下分項敘述兩者間的差異。

一　源流

在這個部分馮良方處理得比較細，分別針對賦的三體去探其源流。

二　賦家身分、地位

補充說明馮良方之第二、三節之說，表述如下：

賦家的經學家化	言語侍從之臣	例：司馬相如、司馬遷、劉向、揚雄、班固、蔡邕
經學家的賦家化	公卿大臣	例：董仲舒、倪寬、孔臧、劉歆、馬融

三　禮樂制度

胡學常	馮良方
強調政治上的帝王專制引發士人禮樂制度上的焦慮	歸於節儉 苑囿田獵 宮殿臺榭 音樂舞蹈 巨麗之美 分別由具體的題材和特色入手

馮良方《漢賦與經學》第九章云：「經學希望通過禮樂對苑囿田獵、宮殿臺榭、音樂舞蹈等的規定，限制帝王的行為，維護社會的長治久安，漢賦熱衷於對這些題材的描寫，也相應地貫穿了禮樂精神。」[72]這也正是胡學常書第二章中主要的核心觀念。在論及苑囿田獵題材的賦作方面，馮氏指出：為了限制帝王過分地

---

[72]　馮良方：《漢賦與經學》，頁252。

追求苑囿田獵之樂，經學文本對於苑囿之制時有論述。[73]而曹勝高的《漢賦與漢代制度：以都城、校獵、禮儀為例》一書更是在這部分進行專題而深入的探討。[74]

論宮殿臺榭題材，馮氏云：「賦家不約而同地把宮殿臺榭描繪得上與天齊，連鬼神都不能攀登，描寫宮殿臺榭的眾多、華麗，固然是一種審美的藝術表現，但它確實也是一種『推而隆之』即『主文而譎諫』的獨特手法。」[75]

論音樂舞蹈題材，馮氏舉例說明漢賦用區分俗樂、雅樂，區分鄭、衛之樂的方式，再以禮樂教化做最後的諷諫。

論漢賦的巨麗之美，馮氏云：極度的鋪張和誇飾，目的是為了放大帝王在這方面的享樂之弊，以引起療救的注意。[76]巨麗之美，也是在宣揚帝王的威權。[77]

四　象徵、政治神話

馮著在此有承襲胡著之說，例如胡著第四章第三節云：「賦家將遠古聖王視作一種象徵資源，通過這種象徵的操演，他們業已表明大漢諸王的功德直可與三皇五帝媲美，甚至還超越之。」[78]這樣的觀點在馮著中已獨立為第八章專章討論漢賦與經學中的聖王理想，且有更進一步的探討和說明。馮良方《漢賦與經學》第

---

[73]　馮良方：《漢賦與經學》，頁253。

[74]　曹勝高《漢賦與漢代制度：水都城、校獵、禮儀為例》，北京：北京大學出版社，2003年。

[75]　馮良方：《漢賦與經學》，頁274。

[76]　馮良方：《漢賦與經學》，頁296。

[77]　馮良方：《漢賦與經學》，頁298。

[78]　胡學常：《文學話語與權力話語──漢賦與兩漢政治》，頁159。

八章第二節云：「聖王有雙重內涵，兼有聖人的品質和君主的權力，因此，聖王的構想也有兩種思路。如果說公羊學等以孔子為素王是將聖人王化的話，那麼，在漢賦中則有另一種思路，即將王聖化。雖然漢賦裡也有遠古聖王出現，但更多的卻是將漢代帝王聖王化，即聖王被現實化為漢代的帝王。」[79]對於聖王和聖王化有更進一步地說明其內涵和表現。

又如馮書第十章云：「如果明白漢賦中的這些鳥獸草木與經學有關，多為祥瑞，則又可發現其重要的原因還在於：以祥瑞數量的眾多去體現政治清明、國家太平，最終達到宣揚漢德，為漢代帝王的統治製造合法性的目的。」[80]這也約略可見胡著第四章之跡。至於馮著第十章末所云：「大量的祥瑞也使漢賦同經學一道具有一種特殊的『怪異詭觀』的色彩。」[81]則是頗具創見之說。[82]

五　意識形態化

胡學常書第五章云：「漢賦在形成別具一格的文學話語之時，稟承了由《詩經》所開創的雅頌文學傳統。在漢廷上下的一片頌美聲中，賦家亦在不遺餘力地歌功頌德。」[83]他又說：漢賦乃是受政治激勵與操縱的文化生產過程。[84]為能更充分說明其理論和立論的觀點，胡學常在本章中對這些西方術語和觀念做了較多的

---

[79]　馮良方：《漢賦與經學》，頁226。

[80]　馮良方：《漢賦與經學》，頁328。

[81]　馮良方：《漢賦與經學》，頁329。

[82]　此正如劉勰《文心雕龍·正緯》所云：「事豐奇偉，辭富膏腴，無益經典而有助文章。」（周振甫《文心雕龍注釋》〔臺北：里仁書局，1984年〕，頁50。）

[83]　胡學常：《文學話語與權力話語——漢賦與兩漢政治》，頁184。

[84]　胡學常：《文學話語與權力話語——漢賦與兩漢政治》，頁199。

說明，他說：

> 葛蘭西曾經斷言，統治階級總是通過自己思想上和道德上
> 的領導權，把自己的意志和權威強加給被統治階級，從而
> 確立自己的文化霸權。但是，這種文化霸權的確立，並
> 不是一種外在的強制性過程，而是通過各種文化機制的引
> 導和馴戒，在特定社會造成某種共同的價值觀或共識而實
> 現的。在這一過程中，被統治階級積極主動地認同文化霸
> 權，不知不覺淪為其支配物。經學在漢世所確立的話語霸
> 權，正是葛蘭西所說的「文化霸權」。[85]

此外，胡學常在其書第五章第三節中也介紹了馬克思（Karl
Heinrich Marx, 1818—1883）、曼海姆（Karl Mannheim,
1893—1947）、帕森斯（Talcott Parsons, 1902—1979）、阿
爾都塞（Louis Althusser, 1918—1990）、哈貝馬斯（Jürgen
Habermas）等人「意識形態」一詞的使用，並解釋「意識形態
化」的意義。[86]

胡著本章的主要論點在於強調：「首先，漢賦的生產本身要
受到帝國意識形態的制約或支配，其次，漢賦這種文學話語又生
產著意識形態。」[87]馮良方《漢賦與經學》第六章雖然不像胡著中
充滿這麼多西方理論名詞，但是觀念上一樣是稱經學的「意識形
態化」。

---

[85]　胡學常：《文學話語與權力話語——漢賦與兩漢政治》，頁196。
[86]　胡學常：《文學話語與權力話語——漢賦與兩漢政治》，頁199-201。
[87]　胡學常：《文學話語與權力話語——漢賦與兩漢政治》，頁204。

第六節　結論

　　學者論述漢賦與經學關係時，選擇從政治權力關係作爲切入點，這樣的視角和方法可以看出頗受法國學者傅柯（Michel Foucoult, 1926—1984）權力學說的影響，也是一個新穎的切入角度。但在實際閱讀這些研究成果後，卻發現其說雖採用了新的視角切入，卻仍然不免於落入二元化對立的思考模式，使其只看到權力上下的對立關係。

　　從政治權力關係來看，不可否認地，賦的生產、創作本就與帝王宮廷文化有著密不可分的關聯。漢初文帝、景帝時諸侯王仍保有類似戰國時期的養士之風，因此文人賦家有聚集於吳王劉濞處者，也有後來奔往梁孝王劉武處者。[88]然則若純以政治權力或利益取向來解讀，要如何解釋司馬相如已經進入中央宮廷，卻又奔梁孝王去的這種舉動呢？[89]

　　漢代的帝王專制時代，與現代國家社會二者的社會形態並不相同，相較於漢代社會，現代社會更爲複雜和精密，加上共產主義的興起，葛蘭西的霸權理論也由此而生。在挪用西方理論與方法的同時，若未能注意到古今中西社會形態的差異，很容易便因理論的套用，而將古代社會視爲一個現代社會看待。但是實際上的漢代帝國並不是一個現代極權國家，這樣的論述乃成爲現代學

---

[88]　《漢書・鄒陽傳》載：「是時，景帝少弟梁孝王貴盛，亦待士。於是鄒陽、枚乘、嚴忌知吳不可說，皆去之梁，從孝王游。」（卷51，頁2343）

[89]　《漢書・司馬相如傳》記載他「以訾爲郎，事孝景帝，爲武騎常侍，非其好也。會景帝不好辭賦，是時梁孝王來朝，從游說之士齊人鄒陽、淮陰枚乘、吳嚴忌夫子之徒，相如見而說之，因病免，客游梁，得與諸侯游士居，數歲，……會梁孝王薨，相如歸。」（卷57，頁2529-2530）

者對它的想像。

余英時在〈人生識字憂患始：中國知識人的現代宿命〉一文中特別說道：中國古典文化中雖然缺乏作為政治與法律概念的「自由」，但是卻到處都瀰漫著自由的精神。儒家固然重視群體秩序，但基本上仍然肯定這個秩序出於個人的自由選擇。[90]他強調「自由」在中國早已有之，在中國古典文化中更處處可見這種精神。余英時先生進一步認為：

> 我們今天常常聽到一種說法，認為一九四九年以來的「一黨專政」體制是傳統專制王朝的繼續和發展。這句話似是而非，完全混淆了傳統皇帝制度和二十世紀極權體制之間的界線。事實上中國傳統的皇權祇能下伸到縣一級而止，縣以下皇權便鞭長莫及，基本上是民間自治。因此才流傳著「天高皇帝遠」這一句諺語。[91]

余先生還在文中對皇帝專制與一黨專政這兩種體制做了比較，說明古代的皇帝還必須遵行法度，並不能任意而行，而極權體制卻能以一人之力「無法無天」地禍亂天下，傳統的皇帝哪能夢到有這樣無邊無際的權力？[92]

胡學常《文學話語與權力話語——漢賦與兩漢政治》一書其論述自成體系，看似有系統的論述，但是卻有將漢代帝國等同

---

[90] 余英時：〈康正果《出中國記：我的反動自述》序——人生識字憂患始：中國知識人的現代宿命〉，見氏撰：《會友集——余英時序文集》（彭國翔編，增訂版，臺北：三民書局，2010年，頁361-382），下冊，頁368。

[91] 余英時：〈人生識字憂患始：中國知識人的現代宿命〉，頁370。

[92] 余英時：〈人生識字憂患始：中國知識人的現代宿命〉，頁373-374。

於一現代極權國家的毛病，而過度將政治權力視爲一切的中心，
也是此書的一大毛病。前引余英時文章中便指出：在中國舊傳統
中，政治並不必然是最高標準，更不是唯一標準。[93]

　　馮良方《漢賦與經學》一書既深受胡學常書的影響，自然也
難脫同樣的觀點，馮書第六章論「經學的意識形態化」，其云：
「儒學在武帝時期定於一尊，獲得了前所未有的崇高地位，但付
出的代價也是相當昂貴的，那就是不得不逐漸主動或被動地改造
自我的特性，從而喪失了自身的獨立和批判的自由。」[94]經學作爲
一門學術，卻遭遇這樣的解讀，這恐怕又是另外的問題了！

　　總而言之，用極權國家的政治制度去比擬古代的皇帝制度，
二者間還是有很大的不同，有著天壤之別的。誠如余英時所批評
的：

> 長期以來，西方和日本學者往往強調中共政權與傳統王朝
> 之間的傳承關係，更把毛澤東所擁有的權力理解為「皇帝
> 型的權力」。這種看法似是而非，過於簡單化了。[95]

同樣地，用極權國家的思想控制去比擬漢代的經學，又何嘗不是
似是而非，過於簡單化了的做法！

　　胡學常與馮良方二人之書述及漢賦與經學關係，雖有不少說
明，然惜其多囿於本身之偏見，而未能客觀如實地對待其研究客
體。而二人在書中的許多觀念又可以看出有相承之跡，及其受徐
復觀《兩漢思想史》之說的影響；加上中國大陸長期以來對「經

---

[93] 余英時：〈人生識字憂患始：中國知識人的現代宿命〉，頁374。
[94] 馮良方：《漢賦與經學》，頁162。
[95] 余英時：〈人生識字憂患始：中國知識人的現代宿命〉，頁377-378。

學」一科的負面看法都對胡、馮二人有較深的影響；兼之受現代西方理論影響，援引一些新術語和觀念至其研究中，卻未能辨明其中古今和中西的差異，未能對理論或術語做謹慎的使用，便成爲一時之間乍看非常大膽、新鮮之說，但深究之，卻大有問題的論點。胡學常將所有一切歸咎於漢代的皇權與受其支配的儒學，這便成爲其批判時的替罪羔羊。這樣的理解不但對傳統儒學和經學不公平，而且也難以眞正掌握到問題的眞相和本質。

　　誠然，胡學常與馮良方二書在漢賦與經學此一領域的研究上，仍然是有開創之功，書中也提出不少卓見，於漢賦與經學的關係做出不少說明，對後學有很大的幫助和啓發。本文針對二書中的一些論點提出批評，大概只是書中的局部，其他未提及部分，多贊成其說。整體而言，二書仍具有很高的參考價值。但顯然漢賦與經學二者間存在著很多複雜的關係，在經過二書的探討後，仍然還有很多值得進一步再去探討的空間。本文指出二書論點中有疑慮之處，也正是希望後續的研究者能避免跟隨這樣的觀點，或是能夠對相關議題再做更多的反省、思考與說明。

參考文獻

　　本書目排列原則如下：一、以書名項居首方式呈顯；二、依著作內容性質分類排列；三、同類著作中再略依著作涉及內容之時代、成書先後及作者生年先後排列。四、西文著作則依西文書目方式著錄。

一　賦學文獻

《文選》，蕭統編、李善注，胡克家刻本，臺北：華正書局影印，1995年。

《評注昭明文選》，于光華編，臺北：學海出版社影印石印本，1981年。

《文苑英華》，李昉等編，臺北：新文豐出版公司影印明隆慶刊本，1979年。

《御定歷代賦彙》，陳元龍輯，京都：中文出版社，1974年。

《全上古三代秦漢三國六朝文》，嚴可均編，北京：中華書局，1958年。

《全漢賦校注》，費振剛等校注，廣州：廣東教育出版社，2005年。

《兩漢賦評注》，龔克昌等評注，濟南：山東大學出版社，2011年。

《全唐文》，董誥等編，北京：中華書局，1983年。

《全唐文新編》，周紹良主編，長春：吉林文史出版社，2000年。

《全唐賦》，簡宗梧、李時銘主編，臺北：里仁書局，2011年。

《古賦辯體》，祝堯撰，文淵閣《四庫全書》本，臺北：臺灣商務印書館景印，1983年。

《賦話六種》，何沛雄編：香港：三聯書店，1986年。

《歷代賦論輯要》，徐志嘯編，上海：復旦大學出版社，1991年。

《歷代賦話校證》，何新文、路成文校證，上海：上海古籍出版社，2007年。

〈卜魁城賦跋〉，徐松撰，《黑龍江志稿》，卷62，藝文，頁11b。收入興振芳主編：《遼海叢書續編》第2冊，瀋陽：瀋陽古籍書店，1993年。

〈臺灣九二一地震賦並序〉，簡宗梧撰，見「e元賦史」網站 http://memo.cgu.edu.tw/twchien/073 .htm

〈臺灣玉山賦〉，簡宗梧撰，見「e元賦史」網站。http://memo.cgu.edu.tw/twchien/074.htm

〈太魯閣賦〉，顏崑陽撰，《看見太魯閣》，顏崑陽編；葉世文、陳義芝等撰，臺北：躍昇文化事業公司，2001年。

二　賦學相關論著

《賦史》，馬積高撰，上海：上海古籍出版社，1987年。

《歷代辭賦研究史料概述》，北京：中華書局，2001年。

《中國辭賦發展史》，郭維森、許結合撰：南京：江蘇教育出版社，1996年。

《辭賦通論》，葉幼明撰，長沙：湖南教育出版社，1991年。

《中國賦學：歷史與批評》，許結撰，南京：江蘇教育出版社，2001年。

《賦體文學的文化闡釋》，許結撰，北京：中華書局，2005年。

《賦學講演錄》，許結撰：北京：北京大學出版社，2009年。

《漢賦源流與價值之商榷》，簡宗梧撰，臺北：文史哲出版社，1980年。

《漢賦史論》，簡宗梧撰，臺北：東大圖書公司，1993年。

《漢賦通義》，姜書閣撰，濟南：齊魯書社，1989年。

《漢賦研究》，龔克昌撰，濟南：山東文藝出版社，1990年。

《漢賦通論》，萬光治撰，北京：中國社會科學出版社、華齡出版社，2005年增訂本。

《漢賦文化學》，鄭明璋撰，濟南：齊魯書社，2009年。

《文學話語與權力話語——漢賦與兩漢政治》，胡學常撰：杭州：浙江人民出版社，2000年。

《漢賦與漢代制度：以都城、校獵、禮儀為例》，曹勝高撰，北京：北京大學出版社，2003年。

《漢賦與漢代文明》，曹勝高主編，長春：東北師範大學出版社，2009年。

《漢賦與經學》，馮良方撰，北京：中國社會科學出版社，2004年。

《漢唐賦淺說》，俞紀東撰，上海：東方出版中心，1999年。

《詠物與敘事：漢唐禽鳥賦研究》，吳儀鳳撰，臺北：花木蘭出版社，2007年。

《魏晉詠物賦研究》，廖國棟撰，臺北：文史哲出版社，1990年。

《先唐辭賦研究》，郭建勛撰，北京：人民出版社，2004年。

《中晚唐賦分體研究》，趙俊波撰，北京：中國社會科學出版社、華齡出版社、2005年。

《中唐五大家律賦研究》，王良友撰，臺北：文津出版社，2009
　　年。

《唐宋賦學研究》，詹杭倫撰，北京：中國社會科學出版社、華
　　齡出版社，2004年。

《北宋初中期辭賦研究》，劉培撰，臺北：萬卷樓圖書公司，
　　2004年。

《辭賦文學論集》，周勛初等著，南京：江蘇教育出版社，1999
　　年。

《中國賦論史》，何新文、蘇瑞隆等著，北京：人民出版社，
　　2012年。

《辭賦文體研究》，郭建勛撰，北京：中華書局，2007年。

《科舉考試文體論稿：律賦與八股文》，鄺健行撰，臺北：臺灣
　　書店，1999年。

《律賦論稿》，尹占華撰，成都：巴蜀書社，2001年。

《唐代律賦考》，彭紅衛撰，北京：社會科學文獻出版社，2009
　　年。

《試賦與識賦──從考試的賦到賦的教學》，游適宏撰，臺北：
　　秀威資訊科技公司，2008年。

《唐律賦研究》，馬寶蓮，臺北：文化大學中文所博士論文，
　　1992年。

《歷代京都賦的文化審視》，王欣慧撰，臺北：國立政治大學中
　　國文學系博士論文，2009年12月。

《學者論賦──龔克昌教授治賦五十周年紀念文集》，編委會
　　編，濟南：齊魯書社，2010年。

〈漢賦敘述模式所體現的漢代世界觀〉，戶倉英美撰，發表於國
　　立政治大學文學院主辦「第三屆國際辭賦學研討會論文發表
　　會」，1996年12月。

〈體國經野義尚光大──劉勰論漢賦〉，畢萬忱撰，《文學評論》，1983年第6期。

〈漢魏六朝時期的海賦〉，譚家健撰，《聊城師範學院學報》（哲學社會科學版），2000年第2期。

〈框架、節奏、神化：析論漢代散體賦之美感與意義〉，吳旻旻撰，《臺大中文學報》，第25期，2006年12月。

〈龔教授漢賦講稿英譯本序〉，康達維撰；蘇瑞隆、龔航譯，收入《學者論賦──龔克昌教授治賦五十周年紀念文集》，濟南：齊魯書社，2010年。

〈論漢賦的文化意蘊〉，劉慧晏撰，收入《學者論賦──龔克昌教授治賦五十周年紀念文集》，濟南：齊魯書社，2010年。

〈論漢大賦的崇高風格〉，柯繼紅撰，《四川文理學院學報》，第20卷，第4期，2010年7月。

〈賦是漢代宏大敘事的典型樣本──以漢大賦為中心〉，陳春保撰，《四川文理學院學報》，第21卷，第1期，2011年1月。

〈一個矛盾貫經學與賦──讀馮良方教授的《漢賦與經學》〉，劉煒撰，http://blog.sina.com.cn/s/blog_61c1e8c00100grys.html

〈歌功頌德型唐賦創作之社會因素考察〉，吳儀鳳撰，收入元培科學技術學院國文組主編：《生命的書寫──第二屆主題文學學術研討會論文集》，臺北：萬卷樓圖書公司，2003年。

〈唐賦的帝國書寫特質探討〉，吳儀鳳撰，《東華漢學》，第4期，2006年9月。

〈初盛唐典禮賦芻論〉，趙小華撰，《蘭州學刊》，2007年第5期。

〈越人獻馴象賦與杜甫關係獻疑〉，詹杭倫撰，唐代文化、文學研究及教學國際學術研討會，逢甲大學唐代研究中心、中文系主辦，2007年5月19、20日。

〈從「唐無賦」到「賦莫盛於唐」——唐賦評價變遷之考察〉，
　　陳成文撰，《國立臺北教育大學語文集刊》，第14期，2008
　　年7月。

〈山嶽‧經典‧世變——唐華山賦之山嶽書寫變創及其帝國文化
　　觀照〉，許東海撰，《漢學研究》，第28卷，第2期，2010
　　年6月。

〈論北宋的典禮賦〉，劉培撰，《寧夏社會科學》，2005年5
　　月，第3期。

〈本體‧文體‧身體——明代賦家喬宇、王祖嫡之華山巡禮及其
　　創意之旅〉，許東海撰，《中正大學中文學術年刊》，2007
　　年第2期，2007年12月。

〈和寧及其西藏賦〉，池萬興撰，《濟南大學學報》（社會科學
　　版），第18卷，第4期，2008年7月。

〈在地景上書寫帝國圖像——清初賦中的「長白山」〉，王學玲
　　撰，《中國文哲研究集刊》，第27期，2005年9月。

三　詩文集、文論、筆記、小說

《全唐詩》，彭定求編、點校本，北京：中華書局，1960年。

《揚雄集校注》，揚雄撰、張震澤校注，上海：上海古籍出版
　　社，1993年。

《張衡詩文集校注》，張衡撰、張震澤校注，上海古籍出版社，
　　1986年。

《鮑參軍集注》，鮑照撰、錢仲聯增補集說校，上海：上海古籍
　　出版社，1980年。

《王績詩文集校注》，王績撰、金榮華校注，臺北：新文豐出版
　　公司，1998年。

《張九齡集校注》，張九齡撰、熊飛校注，點校本，北京：中華
　　書局，2008年。

《王昌齡詩校注》，王昌齡撰、李國勝校注，臺北：文史哲出版
　　社，1973年。

《杜詩詳註》，杜甫撰、仇兆鰲注，臺北：里仁書局，1980年。

《白居易集箋校》，白居易撰、朱金城箋校，上海：上海古籍出
　　版社，1988年。

《元稹集》，元稹撰、冀勤點校，北京：中華書局，2000年重
　　印。

《空同先生集》，李夢陽撰，臺北：偉文圖書出版社，1976年。

《袁宏道集箋校》，袁宏道撰、錢伯城箋校，上海：上海古籍出
　　版社，2008年2版。

《王國維全集》，謝維揚、房鑫亮主編，杭州：浙江教育出版
　　社，2009年。

《會友集──余英時序文集》，余英時撰、彭國翔編，臺北：三
　　民書局，2010年增訂版。

《文心雕龍注》，劉勰撰、范文瀾注，臺北：臺灣開明書店，
　　1985年臺16版。

《文心雕龍解說》，劉勰撰、祖保泉解說，合肥：安徽教育出版
　　社，1993年。

《封氏聞見記校注》，封演撰、趙貞信校注，北京：中華書局，
　　2005年。

《酉陽雜俎》，段成式撰、杜聰校點，濟南：齊魯書社，2007
　　年。

《新譯唐摭言》，王定保撰、姜漢椿注譯，臺北：三民書局，
　　2005年。

《能改齋漫錄》，吳曾撰，臺北：木鐸出版社，1982年。

《易餘籥錄》，焦循撰，光緒丙戌刻本，臺北：文海出版社，出版年不詳。

《世說新語校箋》，劉義慶撰、徐震堮校箋，臺北：文史哲出版社，1985年。《唐前志怪小說輯釋》，李劍國輯釋，臺北：文史哲出版社，1995年。

四　文學研究

《白話文學史》上卷，胡適撰，臺北：遠流出版公司，1986年。

《中國文學發展史》，劉大杰撰，臺北：華正書局，1988年。

《中國文學史》，游國恩等主編，臺北：五南圖書出版公司，1990年。

《中國文學論集》，徐復觀撰，臺北：臺灣學生書局，1974年。

《文原：中國古代文學與文論研究》，鄧國光撰，澳門：澳門大學出版社，1997年。

《傳統文學與類書之關係》，方師鐸撰，臺中：東海大學，1971年。

《游的精神文化史論》，龔鵬程撰，石家莊：河北教育出版社，2001年。

《中國山水詩研究》，王國瓔撰，臺北：聯經出版事業公司，1986年。

《中國詠物詩「託物言志」析論》，林淑貞撰，臺北：萬卷樓圖書公司，2002年。

《鳥類書寫與圖像文化研究》，韓學宏撰，臺北：文津出版社，2011年。

《中古文學史論文集續編》，曹道衡撰，臺北：文津出版社，1994年。

《漢代文學的情理世界》，李炳海撰，長春：東北師範大學出版
　　社，2000年。

《漢代士風與賦風研究》，王渙然撰，北京：中國社會科學出版
　　社，2006年。

《張衡評傳》，許結撰，南京：南京大學出版社，1999年。

〈張衡著作繫年考〉，楊清龍撰，《書目季刊》，第9卷，1975
　　年12月。

《六朝文學觀念叢論》，顏崑陽撰，臺北：正中書局，1993年。

《抒情與描寫：六朝詩歌概論》，孫康宜撰、鍾振振譯，臺北：
　　允晨文化實業股份有限公司，2001年。

《「博物思維」與六朝文學》，許聖和撰，花蓮：國立東華大學
　　中國語文學系碩士論文，2006年。

《唐代科舉與文學》，傅璇琮撰，西安：陝西人民出版社，2003
　　年。

《文苑英華研究》，凌朝棟撰，上海：上海古籍出版社，2005
　　年。

《古典文學論探索》，王夢鷗撰，臺北：正中書局，1984年。

《明代的圖像與視覺性》，柯律格著、黃曉鵑譯，北京：北京大
　　學出版社，2011年。

《古代漢語》，王力撰，臺北：藍燈文化事業公司，1989年。

《臺灣自然生態文學論文集》，東海大學中文系編，臺北：文津
　　出版社，2002年。

《臺灣自然寫作選》，吳明益撰，臺北：二魚文化，2003年。

〈中國古代自然審美觀〉，宋建林撰，《北京社會科學》，1994
　　年第4期。

〈新「自然」考〉，林淑娟撰，《臺大中文學報》，第31期，
　　2009年12月。

〈尋找X點，或者孤獨向前──試論劉克襄自然寫作的認知與建
　　構〉，許建崑撰，東海大學中文系編：《臺灣自然生態文學
　　論文集》，臺北：文津出版社，2002年。
〈詠物詩的評價標準〉，黃永武撰，收入中國古典文學研究會主
　　編：《古典文學》第一集，臺北：臺灣學生書局，1979年。
〈論唐代「集體意識詩用」的社會文化行爲現象──建構「中國
　　詩用學」初論〉，顏崑陽撰，《東華人文學報》，第1期，
　　1999年7月。
〈論詩歌文化中的「託喻」觀念──以《文心雕龍・比興篇》爲
　　討論起點〉，收入成大中文系主編《第三屆魏晉南北朝文學
　　與思想學術研討會論文集》，臺北：文津出版社，1997年。
〈論「典範模習」在文學史建構上的「漣漪效用」與「鏈接效
　　用」〉，顏崑陽撰，輔仁大學中國文學系、中國古典文學研
　　究會主編：《建構與反思──中國文學史的探索學術研討會
　　論文集》下冊，臺北：臺灣學生書局，2002年。
〈身體時氣感與漢魏「抒情」詩──漢魏文學與楚辭、月令的關
　　係〉，鄭毓瑜撰，收入氏編：《中國文學研究的新趨向：自
　　然、審美與比較研究》，臺北：臺大出版中心，2005年。
〈試論盛唐山水田園詩的審美生成及其因「物」應「心」結
　　構〉，陳建森撰，《唐代文學研究》第八輯，桂林：廣西師
　　範大學出版社，2000年。
〈白色動物精靈崇拜──中國古代白色祥瑞動物論〉，楊敏撰，
　　《民族文學研究》，2003年第2期。

五　經學、義理

《周易注疏》，王弼、韓康伯注、孔穎達疏，南昌府學本，臺
　　北：藝文印書館，1993年。

《尚書注疏》，孔安國傳、孔穎達疏，南昌府學本，臺北：藝文印書館，1993年。

《毛詩注疏》，毛公傳、鄭玄箋、孔穎達疏，南昌府學本，臺北．藝文印書館，1993年。

《韓詩外傳箋疏》，韓嬰傳、屈守元箋疏，成都：巴蜀書社，1996年。

《周禮注疏》，鄭玄注、賈公彥疏，南昌府學本，臺北：藝文印書館，1993年。

《禮記注疏》，鄭玄注、孔穎達疏，南昌府學本，臺北：藝文印書館，1993年。

《大戴禮記滙校集解》，方向東撰，北京：中華書局，2008年。

《春秋左傳注疏》（左丘明傳、杜預注、孔穎達疏，南昌府學本，臺北：藝文印書館，1993年）

《春秋公羊傳注疏》，公羊壽傳、何休解詁、徐彥疏，南昌府學本，臺北：藝文印書館，1993年。

《孟子注疏》，趙岐注、孫奭疏，南昌府學本，臺北：藝文印書館，1993年。

《春秋繁露義證》，董仲舒撰、蘇輿義證，鍾哲點校，北京：中華書局，1992年。

《白虎通疏證》，班固撰、陳立疏證、吳則虞點校，北京：中華書局，1994年。

《六藝論疏證》，鄭玄撰、皮錫瑞疏證，光緒己亥年長沙思賢書局刻本。

《緯書集成》，安居香山、中村璋八輯，石家莊：河北人民出版社，1994年。

《經學歷史》，皮錫瑞撰、周予同注釋，臺北：漢京文化公司，1983年。

《經學與兩漢教育》，米靖撰，天津：天津人民出版社，2009
　　年。

《漢代經學與文學》，侯文學撰，北京：人民出版社，2010年。

《國語》，舊題左丘明撰、韋昭注，點校本，臺北：漢京文化公
　　司，1983年。

《新編管子》，王冬珍等校注，臺北：國立編譯館，2002年。

《莊子集釋》，郭慶藩輯、王孝魚點校，臺北：華正書局，1987
　　年。

《韓非子集釋》，陳奇猷校注：臺北：華正書局，1987年。

《淮南鴻烈集解》，劉安等編撰、劉文典集解，點校本，北京：
　　中華書局，1989年。

《說苑集證》，劉向撰、左松超集證，臺北：國立編譯館，2001
　　年。

《法言義疏》，揚雄撰、汪榮寶義疏、陳仲夫點校，北京：中華
　　書局，1996年。

《論衡校釋》，王充撰、黃暉校釋，北京：中華書局，1990年。

《抱朴子外篇校箋》，葛洪撰、楊明照校箋，北京：中華書局，
　　1997年。

〈君子人格與「比德」〉，《學術月刊》，1995年第2期。

六　史學、文獻學

《戰國策箋證》，劉向集錄、范祥雍箋證、范邦瑾協校，上海：
　　上海古籍出版社，2011年。

《新校本史記三家注》，司馬遷撰、裴駰集解、司馬貞索引、張
　　守節正義，點校本，臺北：鼎文書局，1993年7版。

《漢書集注》，班固撰、顏師古集注，點校本，臺北：鼎文書
　　局，1991年7版。

《後漢書》，范曄撰、李賢注，點校本，臺北：鼎文書局，1991
　　年6版。

《後漢紀》，袁宏撰，張烈點校，北京：中華書局，2002年。
　　（與《漢紀》合爲《兩漢紀》）

《北史》，李延壽撰，點校本，臺北：鼎文書局，1980年。

《舊唐書》，劉昫撰，點校本，北京：中華書局，1975年。

《新唐書》，歐陽修撰，北京：中華書局，1975年。

《資治通鑑》，司馬光撰，點校本，北京：中華書局，1994年。

《唐會要》，王溥撰，臺北：世界書局，1974年。

《南部新書》，錢易撰、黃壽成點校，北京：中華書局，2002
　　年。

《登科記考》，徐松撰、趙守儼點校，北京：中華書局，1984
　　年。

《登科記考補正》，徐松撰、孟二冬補正，北京：北京燕山出版
　　社，2003年。

《兩京城坊考》，徐松撰，與《三輔黃圖》合刊，臺北：世界書
　　局，1963年。

《三輔黃圖》，未詳撰人，臺北：世界書局，1963年。

《唐代の長安と洛陽：地図編》，平岡武夫編，京都：同朋舍，
　　1956年。

《華嶽志》，李榕纂輯，收入石光明等編：《中華山水志叢刊・
　　山志卷七》，北京：線裝書局影印道光刻本，2004年。

《楊寬古史論文選集》，楊寬撰，上海：上海人民出版社，2003
　　年。

《漢魏制度叢考》，楊鴻年撰，武漢：武漢大學出版社，2005
　　年。

《中國教育史》，胡美琦撰，臺北：三民書局，1978年。

《唐代科舉制度研究》，吳宗國撰，瀋陽：遼寧大學出版社，
　　1997年。

《歲華紀麗》，韓鄂撰，收入故宮博物院編《故宮珍本叢刊》，
　　484冊，海口：海南出版社，2001年。

《類書簡說》，劉葉秋撰，臺北：國文天地雜誌社，1990年。

《中國印刷史》，張秀民撰、韓琦增訂，杭州：浙江古籍出版
　　社，2006年。

《簡明中華印刷通史》，張樹棟、龐多益、鄭如斯撰，桂林：廣
　　西師範大學出版社，2004年。

《西安碑林書法藝術》（增訂本），陝西省博物館編著，西安：
　　陝西人民美術出版社，1997年。

七　禮典、禮制、民俗

《大唐郊祀錄》，王涇撰，與《大唐開元禮》合刊，北京：民族
　　出版社，2000年。

《大唐開元禮》，蕭嵩編撰，與《大唐郊祀錄》合刊，北京：民
　　族出版社，2000年。

《中國禮制史：隋唐五代卷》，陳戍國撰，長沙：湖南教育出版
　　社，1998年。

《唐代禮制研究》，任爽撰，長春：東北師範大學出版社，1999
　　年。

《唐代禮典的編纂與傳承──以大唐開元禮為中心》，張文昌
　　撰，臺北：國立臺灣大學歷史學研究所碩士論文，1997年6
　　月。

《泰山封禪與祭祀》，湯貴仁撰，濟南：齊魯書社，2003年。

《巡狩與封禪——封建政治的文化軌　》，何平立撰，濟南：齊魯書社，2002年。

〈書評：陳戌國《中國禮制史・隋唐五代卷》、任爽《唐代禮制研究》〉，雷聞撰，《唐研究》第7卷，2001年12月。

〈從中和節看唐代節日民俗〉，朱紅撰，《史林》，2005年第5期。

〈論唐代的華山信仰〉，賈二強撰，《中國史研究》，2000年第2期。

〈論唐代的山神崇拜〉，王永平撰，《首都師範大學學報》社會科學版，2004年第6期。

〈「本命」略說〉，賈二強撰，《中國典籍與文化》，1998年第2期。

〈本命信仰考〉，劉長東撰，《四川大學學報》哲學社會科學版，2004年第1期。

八　外文譯著

《古代中國的節慶與歌謠》（*Fêtes et chansons anciennes de la Chine*），葛蘭言（Marcel Granet）撰；趙丙祥、張宏明譯，桂林：廣西師範大學出版社，2005年。

《陀思妥耶夫斯基詩學的問題》，巴赫金（Mikhail Bakhtin）撰、白春仁、顧亞鈴譯，收入錢中文主編：《巴赫金全集》第5卷，石家莊：河北教育出版社，1998年。

《文學社會學》，埃斯卡皮（Robert Escarpit）撰、葉淑燕譯：臺北：遠流出版公司，1990年。

《實踐與反思：反思社會學導引》，皮埃爾・布迪厄（Pierre Bourdieu）、華康德（Loïc Wacquant）撰；李猛、李康譯；鄧正來校，北京：中央編譯出版社，1998年。

《藝術觀賞之道》（Ways of seeing），約翰‧柏杰（John Berger）撰、戴行鉞譯，臺北：臺灣商務印書館，1993年。

《地圖權力學》，丹尼斯‧渥德撰；王志弘等譯，臺北：時報文化出版公司，1996年。

《中國的思維世界》，溝口雄三、小島毅主編；孫歌等譯，南京：江蘇人民出版社，2006年。

九　外文原著

David R.Knechtges, *The Han Rhapsody: A Study of the Fu of Yang Hsiung*. Cambridge: Cambridge University Press, 1976.

Hwan, Ming-chorng. *Ming-tang: Cosmology, Political order and Monuments in Early China,*（PhD diss., Harvard University, 1996）.

國家圖書館出版品預行編目(CIP)資料

賦寫帝國：唐賦創作的文化情境與書寫意涵
　／吳儀鳳著. -- 初版. -- 臺北市：萬卷
樓，2012.08
　　面；　公分　--（文學研究叢書）
ISBN 978-957-739-764-5(平裝)

1. 賦 2. 文學評論 3. 唐代

　　　　　820.9204　　　　　101016687

賦寫帝國：
唐賦創作的文化情境與書寫意涵

2020 年 11 月 初版二刷
2012 年 8 月 初版 平裝

ISBN 978-957-739-764-5　　　　　　　　定價：新台幣 400 元

作　　　者	吳儀鳳	出　版　者	萬卷樓圖書股份有限公司
發　行　人	林慶彰	編輯部地址	106 臺北市羅斯福路二段 41 號 9 樓之 4
總　編　輯	張晏瑞	電話	02-23216565
編　　　輯	吳家嘉	傳真	02-23218698
編　　　輯	游依玲	電郵	editor@wanjuan.com.tw
封面設計	果實文化	發行所地址	106 臺北市羅斯福路二段 41 號 6 樓之 3
	設計工作	電話	02-23216565
	室	傳真	02-23944113
		印　刷　者	博創印藝文化有限公司

新聞局出版事業登記證局版臺業字第 5655 號

網 路 書 店　www.wanjuan.com.tw
劃 撥 帳 號　15624015